講談社文庫

コズミック 流

清涼院流水

講談社

『コズミック』まえがき

たった一つの出会いが、時に、あなたの人生を大きく変えてしまうことはあるでしょう。人との出会いだけではありません。本との出会いも同様。一冊の本の読書体験が、後の人生や、今まで築き上げてきた価値観に少なからず影響を与えるのは珍しくないと思います。

一生に何冊の本を読むのか？　人それぞれですが、どんな本でも、読み終えてから時間が経《た》てば、読書で得た瑞々《みずみず》しい感動は色褪《いろあ》せます。いつまでもナマの感動をリアルに保存することは、人間の脳にはできません。都心の交差点を行き交う交通の動脈にも似た本の流通。本屋を流れる年間のべ十億冊もの新刊の洪水の中、ほとんどの本は残酷に忘れ去られる宿命があります。どんな本でもいずれは世の中から忘れられるのだとしても、少しでも永《なが》く憶《おぼ》えている人がいて、その時の読書体験を懐《なつ》かしがれるような本をつくれたら、と願います。

だから奇を衒《てら》ったわけではありませんが、この本『コズミック 流』と、同時に発表する『ジョーカー 清』では、おそらく、かつて誰も経験したことのない趣向を凝らしました。『コズミック 流』『ジョーカー 清』は、それぞれ『コズミック』『ジョーカー』という大きな物語の前半部分――いわゆる「上巻」です。「下巻」の方にも、『コズミック 水』『ジョーカー 涼』と、一文字ずつ漢字が添えられています。「上巻」「下巻」ではなく、「流」「水」「清」「涼」としたのには、もちろん理由《わけ》があります。

それぞれ「上巻」「下巻」からなる二つの物語を読む時、ふつうは「上巻」「下巻」「上巻」「下巻」と順に読みます。『コズミック』と『ジョーカー』は互いに密接な関係を持ちながらあくまで独立したお話なので、どちらから読み始めても構いません。要するに、この二つの物語では、『コズミック』→『ジョーカー』または『ジョーカー』→『コズミック』という二通りの読み方ができるわけです。……ふつうは。もちろん、ふつうの読み方をしていただいてもなんら支障はありませんが、より楽しめる（かもしれない）読書方法として、このまえがきでは第三の理想的な読み方を明示いたします。

まず『コズミック』前半を、次に『ジョーカー』を通して、最後に『コズミック』の後半を、という読み方です。なぜ、そんな奇妙な読み方を？　と、疑問に思われるのは当然ですが、詳しい話は作品の核心部分に関わってきます。今はただ、理想的なその第三の読み方を前提としてそもそも『コズミック』は書かれたのです、とだけ申し上げておきましょう。

無難な読み方でも、無難な範囲内での読後感は得られるでしょう。でも、あなたがもし、退屈な日常生活に嫌けがさして、生涯で未体験の刺激をお求めなら、大アタリか大ハズレか気にせず、のるかそるか、迷わず第三の読み方を選択されますようオススメします。

この本――『コズミック 流』から始め、漢字が「流」→「清」→「涼」→「水」と並ぶ順番が、あくまで理想です。『コズミック』（流と水）の中に『ジョーカー』（清と涼）をサンドイッチするこの読み方によって、あなたが「流水の中の清涼――清涼IN流水」の神髄を堪能《たんのう》してくださいますよう切望しています。

目次

※『ジョーカー清』あるいは『コズミック水』に続く

コズミック流

「コズミック(COSMIC)」

Ⅰ☆宇宙。宇宙的。

Ⅱ☆調和がとれて秩序のある。

Ⅲ☆広大無辺な。

Ⅳ☆幅の広い。

Ⅴ☆フランスの詩人・ヴァレリーの用語。
文学で、地上的なものを超越した、
詩的な感動をあらわす。

扉図版作成／小石沢昌宏

神亀雖寿
猶有竟時
騰蛇乗霧
終為土灰
老《ろう》驥《き》伏櫪
志在千里
烈士暮年
壮心不已
盈《えい》縮《しゅく》之期
不但在天
養《よう》怡《い》之福
可得永年

神亀《ふしぎなるかめ》は寿《いのちなが》しというも
いつかは竟《おわ》る時あらん
空に騰《のぼ》る蛇は霧に乗るも
やがては土灰となりはてん
老いたる駿馬は櫪《かいばおけ》に伏すも
千里のかなたに夢を馳《は》す
烈士《いさましきおのこ》は年老ゆるとも
壮《たけ》き心の已《や》むことはなし
長く短く定めなき命の期
されどただ天運とあきらむるな
身も心も安らかに養えよ
永久《とわ》なる命得べからん

（曹操「歩出夏門行」一章）
書き下し文＝竹田 晃

1994年1月1日午前0時1分、
マスコミ各社、警察庁、
日本探偵倶楽部に、
次のようなFAXが送られた。

『犯罪予告状』

今年、1200個の密室で、
1200人が殺される。
誰にも止めることは
できない。

密　室　卿

このFAXを送信したのは、
東京都内某所のレンタルビデオショップ。
バイトの店員は、FAXを利用した人物を
記憶していない。

施錠の前
プレマーダー

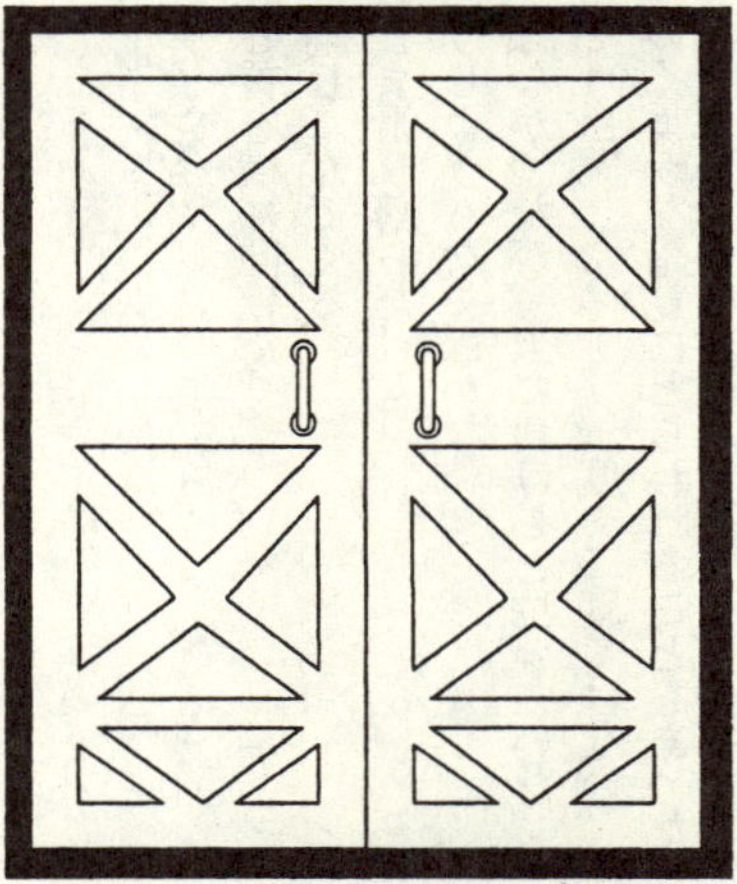

密室の・扉に鍵が・かけられる

天は号泣していた。

——なにをそんなに悲しむのか。『予《よ》』の考えを知ってのことか？

仰向けに寝転んだまま、密室卿《みっしつきょう》はごろりと首を横に向けた。

バショウの葉にあたり、雨の滴《しずく》が窓から踊りこんでくる。

滴は密室卿の頬《ほお》に接吻《せっぷん》すると弾けてそのまま滑り落ちた。

……はかないものだ。命というものはどうしようもなくはかない。

密室卿は泣いていた。嗚咽《おえつ》を漏らすことはなかったが、天に負けじと泣いていた。

自分は間違っているのだろうか？　——そう自問したのも、一度や二度ではない。時には気持ちが揺らぎ、自分のすべてが崩壊していくような錯覚にとらわれることもあった。

だが、……

やらねばならない。——必《かなら》ず。

●

密室卿は知っていた。

千数百年もの間、誰にも解かれることのなかった密室の秘密を知っていた。
——密室——
……なんと心地よい響きの言葉だろう。
密室は人生の象徴だ。すべての方位を壁に囲まれ、謎を内に孕《はら》んでいる。
密室の中には、すべてがある。
だからこそ、密室の中での死は美しい。
——ましてや、密室卿に殺されたのであれば尚更だ。

●

密室の中で、密室卿は法悦境《ほうえつきょう》にある自分を感じていた。
——『扉』を開かねば……。
完璧な密室のみが持つ独特の雰囲気が、密室卿を縛る。
——密室の『扉』を……。
グルグルと、がんじがらめにする。密室の呪縛《じゅばく》が体を支配する。
危険な高揚感《こうようかん》が閃《ひらめ》き、瞬時に全身を疾《はし》りぬける。
裸の心で密室卿は感じる。宇宙を……世界の神秘のすべてを。
もう迷いはない。
そして、密室卿は覚悟を固める。
——『扉』を開く時が来た！

●

雨足が激しくなる。

——悲しむことはない。もう、決めたことなのだ。

雨の音にまぎれて、蛙の鳴き声がした。続いて、ポチャンという小気味よい音が……。

山吹の茂みに潜んでいた蛙が、池に飛びこんだのだろう。

いつもの癖で、反射的に俳句を詠んだ。

山吹や　蛙飛《と》ンだる　水の音

涙をふくと密室卿は微笑した。

これから自分がやろうとしていることを考えると、笑わずにはいられなかった。

●

……密室伝説は、その時、幕を開けた。

密室の『扉』が開かれ、その直後——密室には、また鍵がかけられた。

密室内部
現世《うつしよ》の夢

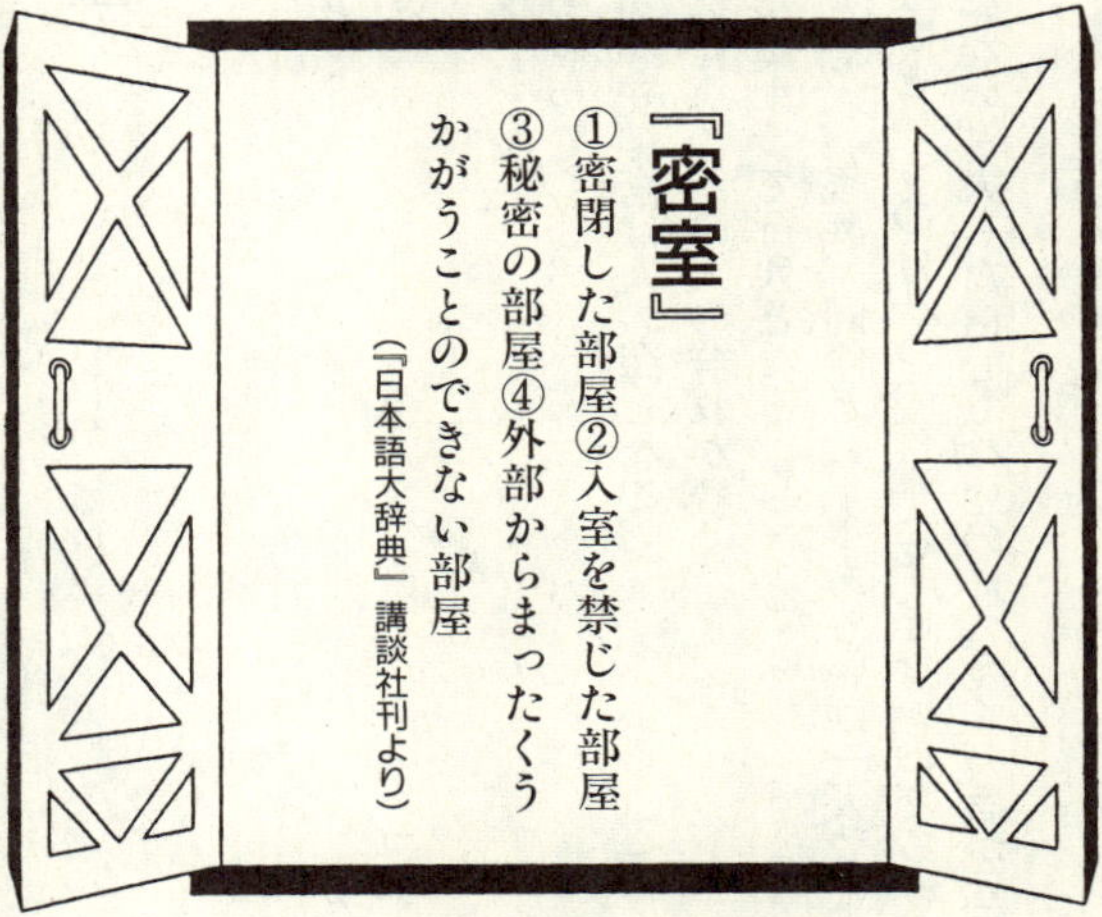

『密室』
①密閉した部屋②入室を禁じた部屋③秘密の部屋④外部からまったくうかがうことのできない部屋
（『日本語大辞典』講談社刊より）

密室一　平安神宮の密室

『人生のスリル』

今夜も、獲物たちが狩り場にやってくる。

狙われているとも知らずに、奴らは必ずやってくる。

大晦日《おおみそか》から元日へと年が改まるその頃、平安神宮は人の海となる。

京阪《けいはん》電車の丸太町《まるたまち》駅から、丸太町通沿いに幾つかの人の群れが続く。

東山丸太町の交差点を過ぎると、群れが集まって行列となる。

――『初詣《はつもうで》』という名目を借り、友人、恋人、家族、同僚と（――あるいは一人で――）参詣《さんけい》する奴らのほとんどにとって、『初詣』というのは一つの行事にすぎないのだろう。元日に参拝する必然性など、なにも感じていない。大した信心もないのに、多くの者が元日にここにやってくる理由は……。

――い、い、い、い、い、い、みんながしていることだから――

日本人というものはそういうものだ。群集心理に左右されやすい。……学生時代、教師から聞かされた人種の特徴を示す小話を、須賀原小六《すがわらころく》はよく憶《おぼ》えている。船が沈没し、一艘の救命ボートに様々な人種が乗りあわせた。ところがボートは小さく、何人かが救命具をつけて海に飛び込まなければ、今度はボートが沈んでしまう。そんな状況での説得の言葉は……

アメリカ人↓「スポーツマンシップを期待して」

イギリス人↓「あなたを紳士と見込んで」

ドイツ人↓「船長の命令です」

日本人↓「みんな飛び込みますよ」

……自意識なんてものは、奴らからは微塵《みじん》も感じられない。群衆に埋没した奴らは、『初詣客』というジグソーパズルを構成する一つ《ワン・》のピースでしかない。

——そうさ。奴らは、ピースにすぎない。

小六は、仕事の前に自分のやろうとしていることを正当化するのが好きだった。

——オレは、『人様《ひとさま》』のものをくすねるんじゃない。奴らはピースなんだから。

平安神宮には、要所要所に数人のガードマンが配置されている。ガードマンたちは決して無能ではない……だが、小六たちスリにとって、彼らの目をかいくぐって『狩り』をするのは容易なことだった。

人の壁が小六を守ってくれる。人の壁に囲まれた群衆の密室は、『狩り』には絶好の場所なのだ。ガードする側でも、そのことは承知している。だから、初詣客に注意をうながしてはいるものの、必要最低数以上にガードマンをふやすなどということはしない。撲滅《ぼくめつ》できるはずのない窃盗《せっとう》を根絶しようと努力するのは、ヒマで低能な奴が試みること。ガードする側も、自分たちにできる限界は承知している。商売人が万引の被害をあらかじめ計算に入れて売物に値をつけるように。

自分は盗られるはずがないと、根拠もなく盲信している連中がいなくならない限り、スリがこの世から絶滅することはない。

小六だけではなく、スリを生業《なりわい》とするものたちにとって、大晦日から元日にかけての平安神宮は絶好の狩り場だった。

人の壁と闇が自分を守ってくれる——稼《かせ》ぎ放題だ。

●

ポマードで髪を丁寧に後ろへなでつけ、紺のスーツで上下を固めている。その上には、黒のロングコート。見るからに高価な金時計を左の手首にはめ、太い黒縁の伊達眼鏡《だてめがね》をかけている。

——人生の道を踏み外したことのないエリートサラリーマン、ってとこだな。

初詣客が互いに注意しているとも思えないのだが、わざわざ疑わしい格好をしていくこともない。初詣客の中には、コートの下にスーツを着ている者は決して多くない。だが、小六はかつての経験から、スーツを着ている方が獲物を油断させやすいということを承知していた。……少なくとも、薄汚れたジャンパーによれよれの帽子、といった出で立ちより警戒されにくいのは事実だろう。

トイレの鏡にニヤリと微笑みかけると、小六はネクタイの角度を正した。

咳《せき》払いを一つして、外に出る。

かなり広い喫茶店は、まもなく午前零《れい》時になろうかというのに、満席に近い状態だった。親しげに笑みを交わすカップル、騒がしくバカ話をする若者たち、珍しく深夜の外出を許された子供たちの脇には、孫に優しい視線を向ける老人も見える。

——大晦日はやはり特別な日だな。一般人にとっても、オレたちスリにとっても。

カウンターの椅子に置いたブリーフケースをとり、伝票をウエイトレスに渡す。ブルー・マウンテンは、仕事の成功の前祝いとしては、安い値段だ。『珈琲《コーヒー》の青山』……『青山』の由来はブルー・マウンテンなんだよな——と、小六はくだらないことを思い出して苦笑しつつ、支払いを済ませた。

すべてが面白く、おかしい。

既に確定している仕事の大成功は、小六にとって、決して不快なものではなかった。

●

東山丸太町の交差点にある喫茶店から平安神宮までは、徒歩十分の距離である。途絶えることのない参詣《さんけい》行列が、神宮への道を示してくれる。列に入った小六は、ゆっくりと歩を進めながら、追憶《ついおく》にふけっていた。

★

あれは……小六が中学生の時だから、もう二十五年も前のことになる。

三度目に万引で捕まった時、小六は初めて警察に連行され、指紋をとられた。

『盗癖《とうへき》がついちまってるんだ、こいつは。社会からドロップ・アウトしたクズだ』

小六を取り調べた警官は、野良犬に唾《つば》を吐くように、そう言い捨てた。

警官の説教は十分程度で終り、小六は迎えにきた母親と一緒に帰宅した。

道中、母親は終始無言だった。

家についた時、ただ一言、『父ちゃんに謝るんだよ』と言っただけだった。

小六は父が大嫌いだった。自分は定職に就《つ》くでもなく酒に溺《おぼ》れ、妻と息子たちを働かせてその日その日の暮らしを凌いでるくせに、やたらに威張りちらしている父は、尊敬ではなく憎悪の対象だった。

殺してやりたい、そう思ったことも一度や二度ではない。

そんな父を母がまだ愛していなかったら、きっと小六は父を本当に殺していただろう。

●

父は、玄関口で待ち構えていた。一升瓶《いっしょうびん》を手に持ち仁王《におう》立ちになっているその後ろから、兄と妹がおずおずとこちらを見ていた。

黙って父の脇を通り過ぎようとした時、嫌味ったらしい口調が小六の背中を叩いた。

『警察の厄介になるようなことしといて、オレに挨拶なしか？　小六よぉ、ずいぶん偉くなったもんだなァ、お前《めえ》』

──貴様に言われてたまるか！

舌打ちをし、小六がふり返った時、鉛《なまり》の固まりのようなもので頭を強打された。

頭が割れた、と思った。母と兄妹が短く悲鳴をあげた。

その時は、一升瓶で殴られたことさえわからなかった。頭が熱くなり、手をあてると緋《あか》い液体がかすかに付着した。よろめきながらも、頭に血をのぼらせた小六は父に飛びかかり、馬乗りになり、憎らしい顔をひたすら殴打《おうだ》した。

なにかを叫んでいたような気もするが、あの時、自分がなにを口走ったか……、まったく憶えていない。

止めに入った母たちを突き飛ばし、小六は家を出た。

最後に目にした父の顔は血まみれだった。

……それ以来、一度も家には帰っていない。

●

小六は浮浪者に紛《まぎ》れて生活し、スリを繰り返し、一日一日を必死で生きた。浮浪者たちは、仲間に加わった小六に様々なことを教えた。彼らは小六のライヴァルであり、友であり、親代わりの存在であり、生きた教師だった。わずかな稼ぎを仲間に騙《だま》し取られることもあったが、それはそれでいい経験だった。最初こそ憤慨《ふんがい》したものの、詐欺は騙される側がいなくては成立しないということを学び、失敗する度に小六は大きく成長していった。

兄や妹とは何度か顔を合わせたが、結局、母とは家を出て以来口をきいていない。

兄から『親父が死んだ』と聞かされた夜、小六は誰もいない公園で一人祝杯をあげた。

父の死に対する悲しみといったものは、まったくなかった。

アルコールという魔物の餌食《えじき》となった時に、彼の父は既に一度死んでいたからだ。

●

父が不帰《かえらず》の人となった頃には、小六は仲間からも一目置かれるほどにスリの腕をあげていった。世間の連中が『落伍者《アウトロー》』と呼ぶような仲間ばかりが増えていった。それでも小六の心に虚脱感はなく、素晴らしい仲間に囲まれた最高の人生だという充足感で一杯だった。

パチプロからパチンコで損をしないテクニックと心がけを盗み続けたおかげで、今では、パチンコはスリと並ぶ小六の収入源だ。成功の秘訣《ひけつ》というものは、誰かから教わるものではなく自分で学ぶものなのだということもまた、小六は理解していた。勝ち続ける、とまではいかないものの、競馬、競輪、競艇の『三競』でもハナがきくようになっていた。

——退屈な人生はつまらないモンだ。なぜ？　それは、人生はギャンブルだからさ。冒険とスリルのない人生は、人生じゃない。

小六にとって、ギャンブルはアイデンティティだった。趣味の延長上にある娯楽……そのさらに延長には、職業として彼が選んだスリというギャンブルもある。

万引を繰り返していた少年時代、大人たちは自分を厳しく叱るばかりで、優しく諭《さと》してくれた者は一人もいなかった。悪いことをしてはいけないと、ただ繰り返すだけ。なぜ、それが悪いことなのかを論理的に説明することは決してせず、ただひたすらに、考えることなく繰り返すだけ……。

今では小六は、自分の周りに最低の大人たちしかいなかったことに感謝すらしていた。もっとまともな大人たちに囲まれていたら、自分は現在のようにはなれなかっただろう。気心の知れた仲間たちにも会えず、社会の歯車である自分に疑問を抱かず、無為に人生を過ごしていたかもしれない。なにも目的を見出だせず……、人生という密室の中で、生きる指標――『扉』を探して右往左往《うおうさおう》していたかもしれないのだ。

そうならなかったことに、小六は心から感謝していた。

★

喧騒《けんそう》が小六を包んでいる。

小六は、平安神宮に向かっている自分に回帰した。

――これまでの人生のことを思い出すと勇気が出るな。

小六の体に、力が漲《みなぎ》ってくる。自然に笑いがこみあげ口元がゆるむ。

高揚感で体が爆発してしまいそうだ。

——スリはオレの天職だ！

そう絶叫したい気分だった。

平安神宮に近づくにつれて屋台が増え、人の声は大きくなっていく。

道路は渋滞《じゅうたい》し、車は足どめをくらっている。

うねる人の波を巧みにすり抜け、小六は朱色の柱が並ぶ応天門の階段を昇った。

視野が拡がり、小六の視界全体に人の海が現れる。黒い人間の頭がうねうねと揺れ、小六を挑発している。三万人は下らないだろう。

——今夜も、獲物たちがいっぱいだ。

小六は、大声をあげて笑いそうになった。

——これだから、平安神宮での『狩り』は止められない。

最初の獲物は、どいつにするかな？

★

三好美世子《みよしみよこ》は、びくびくしていた。

平安神宮には、人間が多すぎた。一箇所にこれだけの人数が集まっているのを、美世子は過去二十三年間の人生で見たことがなかった。

本殿を始めとする幾つかの建物に灯《あか》りがついている他には、篝《かがり》に入った松明《たいまつ》がゆらゆらと乱舞しているだけなので、辺りは一面薄闇だ。

美世子が思わず由良直樹《ゆらなおき》の腕をぎゅっと握ると、直樹は優しい声を返した。

「ミヨは、ここ初めてなんだよな。すごい人だろ」

三好美世子は、『ミヨ』というアダ名で呼ばれている。

名づけ親は、彼女が今、腕を組んでいる男だ。

「――毎年、こうなの？」

美世子の声には、呆れたような響きがあった。直樹は笑って頷《うなず》く。

本殿へと続く長い長い列は後尾のところで右へ左へと曲折し、とぐろを巻いた蛇を連想させるものだった。最後尾をようやく探しあてると、直樹と美世子はそこへ並んだ。列の先頭へ達するには三十分から一時間、いや、もっとかかるかもしれない。直樹と美世子の後ろにも、すぐに列ができた。初詣の群衆はそれぞれ会話を交わし、それらが集合して独特の喧騒を作り出している。

騒音の渦の中にいても、周囲の人間の会話ぐらいは耳に入ってくる。

直樹は、美世子にだけ聞こえるように心持ち声を低くした。

「……もっと早く来ておくんだったな。午前零時ごろから、また混み始めるぞ。それにしても、まったく、ヒマなやつが多い。どこにこんなに人がいるんだか」

「でも、わたしたちもここにいるのよ」

遠慮がちに美世子が言うと、直樹は肩をすくめた。

「厳しいお言葉だね。抗弁を試みてもいいけど、ま、オレたちがヒマなのも事実だしな」

「オレたち、ですって。勝手にわたしをヒマ人《じん》の仲間にしないでくれる？　こう見えても、年末年始はそこそこ忙しいんだから」

「ミヨはもてていいなァ、正月からデートの約束でいっぱいなんだろ？　あまり男を弄《もてあそ》ぶなよ。せめて、二股にしておけ」

直樹は、悪戯《いたずら》っ子のような眼になった。

恋人の冴えない冗談に、美世子は思わず苦笑した。

「……ハズレ。あいにく、わたしは一人の男性に尽くすタイプだもん」

「うらやましいね、その、ミヨに尽くされる野郎」

「名前、知りたい？　由良直樹ってひと」

「おっ、いい名前。ハンサムな奴だろ？」

「さあね……」

美世子は片目をつぶってみせた。

●

満員電車、満員のバス、駅、繁華街、デパート……

美世子は、人が群れているところが嫌いだった。

人が嫌いではないのだが、群衆というものを彼女は苦手としていた。

誰も自分に注目しているはずがないのに、なぜか、いつもみんなに見られているような気がするのだ。頭のてっぺんから爪先まで、まじまじと、値踏みするような視線の集中砲火を受けているような……。

物心ついた時からそういう感情があり、様々な治療を試みたものの、いずれも結果は無駄に終わっていた。

実家で精神科医を営む美世子の父に言わせると、広場恐怖症の一種で、群衆劣等感《クラウド・コンプレックス》とでも言うべき症状らしい。病気というよりも、性格に起因する問題なので、これといった治療の術《すべ》はないようだ。気をつけていればとりたてて生活に支障をきたすことはないだろう、と今日に至るまで放置されたままでいる。

現に、学生時代、同級生たちが群れていても、美世子は別に恐怖は感じなかった。ただしそれも、全校集会のレヴェルにまでいくと、充分に怯《おび》える対象となったのだが。

大学を卒業し、大手のゲーム会社に入社したはいいが、新入社員たちのゲーム談義についていけず、初めの一月《ひとつき》は他の社員たちから孤立していた。

たとえそれがどんなに小さな集団であっても、美世子が群衆と判断すれば、彼女がその中に入っていくことは難しかった。

由良直樹が掛橋《かけはし》となってくれなければ、美世子は永遠に社員の環《わ》の中に入ることができなかったかもしれない……。

★

五月初頭、社運を賭けての大プロジェクトであった新作ゲームが完成した、打上げの日。デスクの上を片づけ、早々に退社しようとしていた美世子に陽気な口調で話しかけてきたのが、直樹だった。

『やあ。君は、打上げには来ないの？』

直樹の顔を見た瞬間、美世子はハッとした。高校の時つきあっていた水上芳樹《みずかみよしき》にそっくりの男が話しかけてきたのだ。驚くのも無理はない。

刹那《せつな》的に浮かんだのは、男が水上当人だという発想だったが、それはすぐに頭の中で却下された。二年浪人して大学に入った水上が、今、こんな所にいるはずがない。

『……あの、あなたは？』

『あれ、初対面？　オレは、CG《コンピュータ・グラフィックス》課のホープ由良直樹。――まだ、こっちの質問の答えを聞いてないんだけど』

顔は似ているが、喋《しゃべ》り方はまったく違っていた。水上は単語をとぎらせながら喋ることが多かったが、直樹の言葉は流動的だった。相手の唇《くちびる》からこちらの耳へと言葉が流れこんでくるような印象を受けた。

『わたし、行きません。用事がありますから』

美世子は嘘をついた。母親と弟に夕食を作ってやり、トレンディドラマを観《み》ながら夜を過ごすのは、『用事』とは言えないだろう。

『そう……、残念。君みたいな美人が来ないんじゃ、面白くない。オレも打上げには出ないでおこうかな』

表情を変えず、さらりと言ってのける。

美世子は、心の琴線《きんせん》がかすかに震えるのを感じたような気がした。

『ひょっとして、ナンパなさってます？』

直樹は破顔《ニッコリ》し、たちまち、少年のようなあどけない表情になった。

『うまくやったつもりなんだけど。……今の誘い方、どう？』

『女心をくすぐるには、まだまだじゃないかしら？　実はわたしの今晩の用事、大した用事じゃないの』

『――決まりだ。一緒に打上げに出よう』

直樹が側《そば》にいてくれる時、美世子は不思議とリラックスできる自分に気づいた。気がつくと、彼女は打上げの席上で群衆に溶け込んでいた。

●

水上芳樹が受験した大学（――そして不合格になった大学――）よりも偏差値の高い大学に現役で合格してしまったせいだろうか。大学に入ってから、美世子と水上の関係は日に日に悪化していった。

劣等複合《インフェリオリティ・コンプレックス》というやつかもしれない。受験勉強の合間に励ましの電話をかけてくる美世子を、水上は冷たくあしらうようになった。

それでも美世子は、たまに電話をして、冷酷な彼氏を励まし続けた。しかし……

水上はやがて嫌味しか言わないようになった。

当然の帰結であるかのように二人の関係は終焉《しゅうえん》を迎えた。

『お前にゃ、オレの気持ちはわからねえよ！』

それが水上の最後の言葉だった。

●

打上げの翌日から、美世子と直樹はつきあい始めた。

直樹との関係は、水上の時よりも、はるかにうまくいった。

美世子は、水上との関係が破局に至ったことに責任を感じていた。自分が彼を追い詰めて、苦しめてしまったのかもしれない。……別れてからもずっと、心の片隅にそんな罪悪感を持ち続けていた。

そんな考えは男どもをつけあがらせるだけだ。もっと自分中心にものを考えればいい——直樹は自分が『男ども』の一員であるのを忘れたかのような口調で美世子を慰《なぐさ》めた。

直樹は恋愛だけでなく様々な面で豊富な人生経験を持ち、人間的にも美世子より一回りも二回りも大きい人物だった。彼は、恋愛に対する責任は男女平等であるということを美世子に教えてくれた。そして実際、二人はすべてにおいて対等の立場でつきあっていた。

美世子は、少しずつ水上の影を捨てていった。群衆に対する恐怖感《フォビア》も以前ほどではなくなり、直樹と一緒の時はなんとか普通にふるまえるようになった。

水を得た魚のように、美世子は直樹と接することができた。すべてが幸福に包まれ、順調すぎて、美世子には怖いぐらいだった。初めての相手とよく似た顔を持つ直樹とベッドを共にすることにも、抵抗はなかった。その時には、水上の影は美世子から完全に消えていて、直樹は直樹以外の何者でもなかったからだ。二人が一つになった時、美世子は自分が直樹を愛していることを知った。

――中学、高校、大学のつきあいというのは、わたしにとって最初から崩れる運命にある子供の恋愛《レッスン》だったのかもしれないわね。本当の伴侶《パートナー》は、就職してから、人生の職場に入ってから見つかるものなのかもしれない。

二人は今では、お互いに結婚のことを意識してつきあっていた。直樹の腕の中で眠る時、美世子は限りなく幸せだった。すべて問題なく、万事がうまくいく――はずだった。

★

平安神宮の群衆がまた自分を見ているような気がしていた。

が、びくびくしながらも、美世子はなんとか平常心を保つことができた。

腕を組んでいる直樹から勇気をふきこまれているようだった。直樹の前でなら、がんばることができる。直樹の顔をこっそりと見上げる。彼は、黙って本殿の方を向いていた。

——不思議なひと……。

いつも勇気と自信に溢れていて、周りにいる人たちに力を与える存在。直樹ほど魅力的な男性は、他にいないだろう。満足そうに、美世子ははにかんだ笑みを浮かべる。直樹を一人じめする最高の幸せを、全身が震えるほどに激しく感じながら。

……その後ろから須賀原小六が忍び寄っていることを、彼女が知る由《よし》もなかった。

★

三人の獲物から現金のみを調達した。収穫はなかなかのものだった。

だが、まだまだこんなものではない。

——なんといっても、今日は稼ぎ時なのだ。

小六は、本殿へと続く長蛇の列の中ほどに並ぶカップルに眼をつけた。

男の方は知的な顔立ちだが、あまり金は持っていなさそうだ。女の方は……

妙にびくびくしている。

——なにをそんなに怯えているんだ。右肩から下げているブランド物のハンドバッグに、よほど大事なものを入れてるのかい、お姉ちゃん？

大事なものを持っている者。大金を持っている者は一目でわかる。

スリを警戒しすぎているのだ。わたしから盗らないでと、顔に書いてある。
――決めた。次の獲物は、あの女だ。
本殿へと続く列の周囲にも、人が溢《あふ》れている。
数万人もの人がいるのだ。誰がなにをしていようと、わかるものか。
木の葉は森に隠せ。人は、人ごみに隠せ――。
列の近辺は、特にこみあっていた。
肩と肩が衝突する。どこかから、ののしりあう声もする。
――スリがスラれたりしたら、面白すぎる冗談だ。気をつけよう。
一歩ずつ慎重に、小六はそのカップルの女の方に歩みよる。
見えないように下から手をまわす。
群衆の間をぬうように、スリの手が伸びる。密集する体の隙間からスルリと伸びる。
獲物に飛び掛かる蛇の敏捷《びんしょう》さで、手が伸びる。
三好美世子のハンドバッグを、須賀原小六がつかんだ。

★

年が変わる瞬間は、独特の雰囲気を備えている。

すべてが一瞬で瓦解、崩壊、霧消し、次の瞬間、すべてが新生、創造、構築される神々《こうごう》しい聖刻《とき》――。

……PPPPPP……

アラームが新年の到来を告げた。

美世子が右手の腕時計に眼をやると、午前零時一秒だった。

デジタル時計は休みなく時を刻む。未来へ、……二秒、三秒、四秒。

――一九九三年から、一九九四年へ――

平安京創建一二〇〇周年の年がやってきた。今年は、二人にとってどんな一年になるだろう。来年の今頃はもう、結婚しているだろうか?

美世子の思考は、そこで中断を強いられた。

肩からかけているハンドバッグが、後ろからずいと、つかまれた!

反射的に短い悲鳴をあげ、美世子は直樹の手をきつく握った。

「どうした、ミヨ?」

美世子が後ろをふり返ると、そこには――

鮮血が美世子の顔にふりかかる。顔だけではない、髪にも、服にも、靴にも……

黒いコートの下に紺のスーツを着た首のない屍体《したい》が、ハンドバッグをつかんだまま地面に倒れ伏した。首の斬り口から噴水のように血が吐き出される。神宮の地面に血が飛び散り、またたく間に赤い泉が拡がる。

誰かが(――女の声だ――)かん高い悲鳴をあげた。屍体の周りからは人が退き、それを取り巻くように人の輪ができる。ざわめきが膨脹し、爆発する。

——なんなの、これ。なにかの冗談!? 本当に、人間なの?

首なし屍体のすぐ隣り。

胴体と別れを告げたばかりと思《おぼ》しき首が、ころころ転がり、停止した。

髪は後ろになでつけられ、太い黒縁の眼鏡をかけた、首……

眼鏡の奥で、眼がパチパチと二回まばたきをする。

両眼と口を開けたまま、首はただの肉塊となった。

●

首のない屍体の背中には、なにか文字が書かれているようだった。

暗いのではっきりとは見えない。美世子は直樹の胸に顔をうずめていたが、好奇心からおそるおそる眼を凝らした。

三文字の言葉。

二文字めまでは『密室』と読める(——密室ですって? ——)。

三文字めは、なんと書いてあるのか、美世子にはわからなかった。

●

密室……。

美世子は、平安神宮がいわゆる密室状況下にあった、という事実に気づいて慄然とした。

四方を人の壁に囲まれた、人の密室。

――わたしのすぐ近くに、犯人がいたということだわ。誰か、見た人はいるのかしら？
誰もその問いには答えてくれそうになかった。

★

不気味な惨劇は、平安京創建一二〇〇周年の京都、平安神宮で幕を開けた。一つの首斬《くびき》り殺人が、人類未曾有《みぞう》の密室連続殺人へと発展するとは、この時、誰も予想しえなかった。

……ただ一人の例外、密室卿を除いては。

●

『一番目の被害者』一九九四年一月一日未明

■須賀原小六　性別＝男　年齢＝三八　身長＝一七三　体重＝七二
血液型＝ＡＢ　職業＝無職（スリ）

屍体発見現場◎京都府
密室の仮名称◎平安神宮の密室

■現場の状況←
①平安神宮には人が溢れていたが、犯人、不審人物を目撃したとの証言はない。
②当時、現場には約三万人の初詣客がいた。
③被害者は、首を鋭利な刃物で切断されていた。
④現場の周辺から、凶器と思われるものは発見されていない。
⑤被害者の背中には、被害者自身の血で『密室壹《いち》』と記されていた。

密室二　空車タクシーの密室

『埋葬されたガム』

元日というのは、妙なものだ。

こちらがそれと意識しているからだろうか？

それとも『元日』という日そのものに謎めいた力があるのか？

一月一日、街はいつもと違った顔を見せる。

——よくよく考えれば、それも当然のことかもしれない。歩道は、初詣に赴《おもむ》くと思われるオメデタイ恰好の人々でごったがえし、道路は昼前から車で混雑している。……そのくせ、いつもならこの時間に開いている店が閉まっているのだ。

ゴーストタウンに、艶《あで》やかな服装の人々が突然ドッとやってきた光景を考えれば、元日が目に妖《あや》しく映るのも理の当然かもな。

……また、赤信号だ。

町田竜一郎《まちだりゅういちろう》は、愛車《タクシー》のハンドルから手を離して、胸ポケットからガムを取り出した。口に放り込み、舌で折り曲げ、クチャクチャとそれを嚙みながら、ふとガムというものについて考える。

――ガムは面白い。嚙んでも嚙んでもねちょねちょと体をくねらせ、口の中で踊り続けている。退屈な時の暇《ひま》つぶしには最高だな。

二年前、タバコの喫《す》いすぎでトイレで血を吐いてから禁煙を続けている竜一郎にとって、ガムは、口の寂しさを紛らわせてくれる無二の親友だ。

信号が青に変わる。竜一郎は、アクセルを踏んだ。

――それにしても……。

――案外、人間もガムと似たようなものかもしれないぞ。生まれた時から、口の中という密室の中でしか生きられないガム。そうでありながらも密室で踊り続けるしかないガムは、人間と同じじゃないか。

――人間も、人生という『口の中（密室）』で、運命という『舌』に弄ばれるガムに過ぎないじゃないか。

――人間はガムなのだ。

そう考えると、毎日を必死で生きている自分が、なんだか急に卑小《ひしょう》な存在になった気がした。人生というものが、不意にバカバカしくなる。

――人間はガムなのだ。

――こいつは巧い言い回し《フレーズ》だ。オレの墓碑銘《エピタフ》はこれにしてもらうか。しかし……、オレが死んだら誰が墓を造るんだ。オレには、親兄弟も恋人も、これといった友人もいない。天涯《てんがい》孤独の一個のガムでしかないオレの墓は、誰が造るんだろう？
★

昨晩は家族四人で遅くまでテレビを観て夜更かしをしていた。起床は遅く、朝食兼昼食《ブランチ》におせち料理を食べたのが午前十一時を過ぎた頃だった。

岡本涼蔵《おかもとりょうぞう》は、十四歳になって今までよりも明らかに球威《きゅうい》を増してきている息子の涼介《りょうすけ》と、家の前の路上でキャッチボールをしていた。

――涼介の奴、いつの間にこんなに球が速くなったんだ？

速いだけではない。重い球だ。

カーヴやシュートもおりまぜ、コントロールも正確だった。

――子供の成長は速いんだな。涼介の球のように速い。光陰矢《こういんや》のごとしとは、うまく言ったものだ。やれやれ、この調子だと、気づいたら孫とキャッチボールしているかもしれないな。いや、その頃にはオレも、けっこうな年か……。

そう考えると、時の流れの速さがせつなく思えたが、涼介の成長を体で感じられることは、嬉しくないはずがなかった。

「親父、もっと本気で投げてくれよ。ゆるすぎるよ」

父の球を受けながら、涼介が不平をもらしている。

「こいつ、言ってくれるじゃないか。オレの本気の球を受けられるのか？」

「いいから投げてみろよ」

涼蔵は大きくふりかぶって、鋭く右手を投げおろした。涼介の手前でボールはカクンと落ち、アスファルト舗装の道路でワンバウンドしてミットにおさまる。

ヒュー、と涼介が口笛を吹いた。

「へえ、やるじゃん。フォークかよ」

「生意気《ナマ》を言わなきゃ、教えてやってもいいんだぞ？」

「もう投げられるよ。クソ親父！」

ボールと一緒に、涼介の愛情を受けているような気がした。

今はまだ……父と子の間を阻《はば》む垣根は小さなものだ。だがやがて垣根は成長し、涼介の姿は涼蔵の側からは見えなくなるだろう。

涼蔵と父の関係がそうであったように。

——自分の現在の年齢に涼介が達した時、涼介はなにをしているだろう。どんな職に就《つ》いているだろう。父親と同じようにサラリーマンの道を選んでいるだろうか。子供とキャッチボールをしているだろうか？

その時、岡本家のドアが内から開かれた。扉についた鈴がシャランと鳴る。

めかしこんだ妻の雪絵《ゆきえ》と、一張羅《いっちょうら》を着た絵美《えみ》が出てくる。

涼蔵のボールをキャッチすると、涼介は二人の元へ歩み寄った。

「お、絵美。その服、なかなか似合うじゃん」

「ありがと。お兄ちゃんは……また昨日と同じ服着てるの？」

不精な涼介は、同じ服を何日も着続けることがあった。今日も、元日だというのに昨日と同じ服を着ている。

苦笑しながら、雪絵も、急《せ》かすように息子に言った。

「そうよ、涼介。待っててあげるから、今から着替えてきなさいよ」

「いーよ。オレは、服装や髪形で本当の自分をごまかすのは嫌なんだ」

涼蔵が、後ろから涼介の頭を軽く小突いた。

「お前は、単に面倒臭いだけだろうが。そんなことじゃ、嫁さんの来手がないぞ」

涼介は、涼蔵を見上げると悪戯っぽく笑う。

「心配するなって。親父だって、結婚できたんだから」

笑いの輪が拡がった。

★

「ありがとうございました。おばあちゃん、気をつけて。……忘れ物がないようにね」

九十九髪《つくもがみ》に曲がった腰の老婆を阪急《はんきゅう》電車門戸《もんど》厄神《やくじん》駅で降ろした町田竜一郎は、すぐにその場で次の客を拾った。

年の頃、七十前後の夫婦らしい男女だ。

眼鏡をかけた老紳士然とした男の方は、杖を持っている。

「どちらまで？」

バックミラーに映る二人に竜一郎が問いかけると、老婦人の方が応えた。

「厄神さんまでお願いします」

「厄神さんですか。なにぶん、人が多いもんでねえ、近くまでしか行けませんが……それで構いませんか？」

バックミラーに目をやる竜一郎。

婦人が紳士に目で尋ねる。老紳士はうなずき、咳《せき》ばらいをして杖の柄を握りしめた。

「近くまでで結構ですので、お願いします」

老婦人に了解の意を示すと、竜一郎はアクセルを踏む足に力をこめた。

――初詣客が多いので、今日は客に不自由しない。ありがたいこった。

日本三大厄神の一つ門戸厄神は、初詣客で元日から賑わっている。阪急電車門戸厄神駅から西に歩いて十分ほどで岡田山の麓《ふもと》に至り、その辺りから参詣行列が続いている。ゆるやかな傾斜の岡田山の参道は、たいした広さではない。それに加えて屋台が道の両側に並んでいるので、車で直接、門戸厄神まで行くのは不可能であった。

人の列ができている通りを避け、竜一郎はタクシーを走らせる。車では三分の距離だ。

――メーターは上がらないが、まあいいだろう。質より量だ。

正月の間は、初詣客を狙うに限る。距離は短いが、その分、回転が速い。

三十分前から嚙み続けているガムは、いいかげんまったく味を感じなくなっている。

柔らかいゴムを嚙んでいるような感じだった。

――飲みこんでやろうか。いや……

竜一郎は左手をハンドルから離し、胸ポケットにつっこんでおいた包み紙で危篤のガムを優しくくるんだ。

――ちゃんと埋葬してやらないとな。オレたちは似たもの同士なんだから。

竜一郎がほくそ笑んだのに、二人の客は気づかなかった。

●

「あなた。お体の方は大丈夫ですか?」

乗りこんできてからしきりに咳をしている老紳士は、どうやら、なにか持病があるようだ。老婦人は心配そうに、右手で男の背中を軽くさすっている。

――病気を押してまで初詣に行かなくってもいいだろうに。

声に出すことはなかったが、それが竜一郎の率直な感想だった。

「京都の平安神宮で、昨晩、殺人事件があったって言うじゃありませんか。ニュースで言ってましたわ」

「ああ。われわれも気をつけんとな」

咳こむ老紳士。

――だから、気をつけるんなら、おとなしく自分の家で寝てろよな。

ちらちらとバックミラーの二人を見ながら、竜一郎は心の中で毒づいていた。

車道を走る自転車がタクシーの進路を妨害している。竜一郎がクラクションを鳴らすと、老婦人はビクッと一瞬、顔を強張《こわば》らせた。

「でも、初詣客の中で人殺しなんて怖いですわねえ」

「物騒な時代だ」

老紳士は、また大きく咳こんだ。

平安神宮の殺人、――か。

本当に物騒な時代になってきたものだ、と竜一郎も思う。連続殺人やバラバラ殺人など、ここ数年、とみに犯罪が凶悪になってきているような気がする。ミステリドラマや推理小説などの悪影響ではないのだろうか？

竜一郎もタクシー会社の同僚に勧められ、つい先日、ベストセラーになっているトラベルミステリとやらを読んでみた。テンポのいい話で、読んでいる最中は物語にひたすら没頭した。だが、読み終えてからよくよく内容を考えてみると……。

一人の人間が列車の中で殺された事件を、警視庁の刑事たちが束になって、ああでもないこうでもないと推理する内容には閉口してしまう。読んでいる時に面白ければ、リアリティなど関係ないのかもしれない。確かに値段分の面白さは提供してもらえたのだし。

――それでも、滑稽なんだな。

事実は小説より奇なり、とはよく言ったものだ。小説は超現実的だからこそ面白いのだと、竜一郎は思っていた。ところがどうだ、極上の推理小説と銘打たれたあのミステリは、現実の事件にはるかに見劣りする内容だった。

――あんな話を書いて食っていけるなら、オレでも小説家になれるかもな……。

もっともそれは素人考えで、プロの世界は決して甘くないのだろうが。

三分は、夢想するには短すぎる時間だった。

老夫婦を降ろした竜一郎は、一分と待たずに、初詣帰りの新たな客をつかまえた。

★

「あーあ、天ぷらソバでも食いてぇ」

ジーンズにウインドブレーカー、野球帽という出で立ちの涼介は、歩きながらブツブツと不平を漏らしている。

岡本家の四人は、住宅街を走る道を、門戸厄神へと歩いていた。国道一七一号線を一本、北に入った道である。門戸厄神までは徒歩三十分の距離だ。歩いていくのには少し遠いので、途中で、タクシーをつかまえるつもりだった。

「さっき昼ごはんを食べたところでしょ」

子供たちの後ろを、夫と二人でゆっくり歩く雪絵が、軽く叱《しか》るような口調で言った。

「オレ、おせちってあまり好きじゃないんだよ」

涼介は、おせち料理にはあまり箸をつけていなかった。育ち盛りの少年が、あの程度の量で満足できるはずはないのだが、と涼蔵はいぶかっていたのだが、案の定、そういう裏があった。……思い返してみれば、昨年も、その前の年も、涼介は料理に文句を言っていたような記憶がある。

雪絵の兄は、そこそこ名の知れた日本料理屋の板前《イタ》をしている。その縁もあり、岡本家では毎年、三ヵ日はおせち料理だけを食べるという習慣があった。上質の料理を安価で回してもらえるということで、涼蔵などは素直に義兄に感謝しているのだが、どうも涼介には不満があるらしい。

「あんなにうまいものが嫌いなのか？」

信じられない、といった調子で涼蔵は息子の背中に問いかけた。

四人の先頭を歩いていた涼介はふり返り、絵美と目を見合わせる。

「だって地味じゃんかよ。絵美も嫌いだろ？」

それは、質問というより誘導尋問に近かった。

兄想《おも》いの妹は、曖昧にうなずいてお茶を濁している。

「大人になれば、わかるんだよ。あのうまさが」

そう言いながらも、それは嘘かもしれないなと、涼蔵は胸中密《きょうちゅうひそ》かに思っていた。

涼蔵は子供の頃からおせちが好きで好きでたまらなかった。昔から涼蔵にとって、正月の楽しみは、お年玉よりもおせちだった。

同様に涼介は、大人になってもおせちを嫌いかもしれない。

それはそれでいいか、とも思う。おせちが好きか嫌いかで人格が決定されるわけではないし、涼介がおせちを嫌いなのは、世代の差というよりも、単に、個人的な趣味の問題である可能性もあるからだ。

「いいよ、オレ子供だし」

ふてくされたような口調で言うと、涼介はまた先頭を歩き出した。後ろの三人は、顔を見合わせ、声を殺して笑った。無邪気な岡本家の長男は、一家の人気者だった。

●

道の両脇に、ずっと人家のコンクリート塀が並んでいる。はるか後方から前方まで。巨大迷路の道の一つを歩いているような不思議な感じだった。国道から一本、中に入っただけでも、人通りはかなり少ない。動いているのは自分たちを含めて数えるほどしかいないということもあり、無機的な印象を見る者に与える殺風景な景観だった。

●

――タクシーだ。

黄色に白のラインが入ったタクシーが、こちらに向かってくる。進行方向は逆だが、脇道から国道へ出られるだろう。

「涼介、タクシーだ」

声をかけるとともに、涼蔵自身も右手をあげてタクシーに合図を送った。

★

――そろそろ昼めしでも食うかな。

まだ正午までには時間があったが、竜一郎は、いつになく空腹を覚えていた。

回転が早いということは、それだけ多くの客の相手をしなければならないということだ。客の中には、嫌な奴もいる。小銭を出すのにグズグズする奴や、最短区間しか乗っていないのに万札を出して、『領収書』と宣《のたま》う奴らだ。

多くの客を乗せると嫌な客にあたる確率も増える。最低の客に接すると腹が立ち、ストレスがたまる。ストレスがたまると、腹が減る。

――つまりは、そういうことだな。

冷静に自己分析をしてみせるが、飢えは一向におさまる様子がない。

――弁当屋でチキン南蛮でも買うか。それとも、牛丼屋で大盛を食うか。……コンビニの弁当でもいいな。

ガムをきらしていることを思い出した竜一郎は、コンビニに寄ることに決めた。

今度は余分にガムを買っておこう。今日は、まだまだ忙しくなりそうだ。

少し前方に、手をあげている家族連れが見える。少年と父はそうでもないが、母と娘の方は、一目でそれとわかる恰好をしている。また初詣客だ。

——今から厄神まで引き返すのは面倒だな。また、昼めしが遅くなっちまう。

そう思った時、純真な瞳の少年と目があった。

——まあ、いいか。もう一組乗せてからでも遅くはない。昼めしは逃げないんだ。

開いた窓から、冷たく乾いた風が竜一郎の顔に吹きつける。

ハンドルをきり、タクシーを歩道に寄せた。

●

歩道に寄ってきたタクシーは、なぜか涼蔵たちの前を素通りした。

「なんだよ。手、あげてるのに」

涼介は野球帽をとり、それを通りすぎたタクシーにふってみせた。

「お客さんが乗ってたんじゃないの」

母の当然の疑問を娘が軽く否定する。

「ううん。運転手さん以外、誰もいなかったよ」

タクシーはそのまま直進し続ける。前方はカーヴになっているというのに、そのまま……

歩道に乗りあげ、人家のコンクリート塀に突っ込む。——まったく減速せずに。

スペースシャトルを打ち上げたような轟音が、瞬間的に轟いた！

コンクリート塀の一部が崩れ、タクシーはそこにボンネットを押し込む形で停止した。

●

――運転手は大丈夫か？

しばらくは四人とも、じっと動かなかった。

――なぜ、カーヴを曲がらなかったんだ？

突然、我に返り、涼蔵はタクシーへと駆け出した。涼介がその後を追う。

何事かと道路に出てきた周囲の家の者たちがタクシーへと歩み寄っている。コンクリート塀をぶち抜かれた人家からも、中年の男性が出てくる。

涼蔵たちはタクシーに駆け寄り、運転席側の開いた窓から中を見た。

「……なんだよ、これ！」

涼介が悲鳴をあげ、二、三歩後ずさった。

あまりにも日常生活からかけ離れたオブジェが、そこにあった。

超現実的すぎるがゆえに、恐怖や生理的な嫌悪感は湧いてこなかった。

それほどまでにアンバランスな光景だった。

運転席に腰かけた運転手には、首がなかった。

フロントガラスや車内に、血が飛び散っている。そして、肉塊と化した運転手の膝には、タクシー会社のロゴの入った帽子をかぶった首が、トンと乗っている。

――運転手の首と思《おぼ》しきそれは、なにかに驚いたような、呆然とした表情をしていた。

●『2番目の被害者』一九九四年一月一日昼

■町田竜一郎
性別＝男　年齢＝四四　身長＝一六五　体重＝六八
血液型＝B　職業＝タクシー運転手

屍体発見現場◎兵庫県
密室の仮名称◎タクシーの密室

■現場の状況←
①被害者は、走行中のタクシー車内で、首を鋭利な刃物で斬られて殺された。
②目撃者の証言では、コンクリート塀に衝突する直前、運転手はまだ首を斬られていなかった（首が胴体に乗っていただけ、という可能性はある）。
③現場の周辺から凶器と思われるものは発見されていない。
④被害者の胴体は、シートベルトで運転席に固定されていた。そして、その背中には、被害者自身の血で、『密室貳《に》』と記されていた。

密室三　砂丘マンションの密室

『影に潜む魔』

ブラウン管には、初詣客で賑わう各地有名神社の映像が映しだされている。アナウンサーの声は躍動感溢れるもので、ニュースも祝賀ムード一色、といった感じだ。

──そろそろね。綾女《あやめ》たちが帰ってくるのは。

壁にかかる時計は、午後七時十八分を指していた。昨夜、スーパーで買った『洋風おせちセット』の残りを食卓の中央にすえる。家族三人ぶんの皿と箸を並べ終えた山咲華音子《やまざきかねこ》は、窓を開けるとヴェランダに出た。

マンションの七階から、眼下に広がる夜の街を眺めるのは気持ち良かった。夜闇に家々の光点がちりばめられた様子は、きらびやかな宝石のショーケースを思わせる。視界いっぱいにまばらに広がる煌《きら》めきの向こうに見える日本海も、月光を浴び優雅に輝いている。思わず詩を創作してしまいたくなるような美景だった。

一月の寒風が肌を刺す。ぶるる、と身を震わせた華音子は、あわてて室内に戻ると窓を閉めた。娘の受験が間近だという時に、母親が風邪をひくわけにはいかない。

『続いてのニュースです。昨夜、平安神宮で中年男性が殺された事件で、……』

アナウンサーの声が、にわかに沈んだ調子になった。

なんだろう？——華音子は、食卓の椅子に座り、注意をテレビに向ける。

ニュースは、今日の正午頃、兵庫県の門戸厄神のすぐ近くで、タクシー運転手が殺された事件を報じていた。

人家の塀に頭を突っ込んだタクシーと、その周りを囲んでいる捜査員たちの様子がブラウン管に見える。VTRだろう。

と、映像が一変して、タクシーの取り除かれた夜の現場に立つリポーターの報告が入る。

警察では、昨夜の平安神宮の殺人事件との関係を鋭意捜査中、初詣の混乱を利用した、同一犯人による犯行との可能性もある、とのことだった。

——怖いわ。初詣客の中で、人が殺されるなんて。

華音子の背中を、なにか得体の知れない冷たいものが滑りおりた。

彼女も日中、綾女の合格祈願を兼ねた初詣に行った。あの人がごったがえす中で、殺人が行われていたら……それは、愉快とはほど遠い想像だった。

考えてみれば、初詣の時ほど、様々な人生背景《バックグラウンド》を持つ人々が一堂に会する場も珍しいのではないだろうか？

普段なら怪しく見える人も、初詣の人の渦にまぎれてしまったら、おそらく他の人たちとあまり区別できないだろう。

平安神宮と門戸厄神の事件が同一犯人だとしたら、犯人はどんな人物なのだろうか。

——変質者？　それとも……

華音子はぶるぶると首をふると、あわててリモコンをとり、テレビを消した。

——こんなことを考えても、しょうがないわ。事件の捜査は警察がするでしょうし、それに、ここは鳥取県なんだから。

京都の平安神宮、兵庫の門戸厄神、……次は、島根の出雲《いずも》大社とか？

——まさかね。京都と兵庫の事件がたとえ同一犯人だとしても、すぐにまた殺人を犯すなんてことはないでしょう。立て続けに三人も殺される事件なんて、現実には滅多にないと思う。推理小説ならよくある話でも。

——本当に変質者が初詣客を狙って殺人を繰り返しても、家でじっとしていればいいわ。いや、そもそも、殺人というのは、動機があって成立するものだから、わたしは大丈夫。

——わたしは大丈夫。本当に……そうなの？

——幸広《ゆきひろ》になら、動機があるかもしれない。わたしを殺す動機が。

ふとそう考え、次の瞬間、華音子はひどい自己嫌悪に襲われて眉をひそめた。

——わたしはなんてちっぽけで、いやらしい人間なんだろう。結局、いつも自分のことしか考えていないのよ。殺人事件のニュースを見て、真っ先に傍観者である自分の安全を確認して、一人で安心しているなんて呆れるわ。元日早々、家族に死なれた遺族の胸の内も知らずに……。

今日、もし幸広が死んだら。今日、もし綾女が死んだら。

華音子は、どんな風に感じるのだろう。

——わたしは、元日だけは命日にしたくないわ。

ふたたび利己的な思考が動きだす。

そう気づいた時、華音子は愕然とし、自分に対する憤りに震えた。

——こんなわたしだから、幸広とうまくいかなかったのよ。

——こんなわたしだから、きっと……。

★

高校を卒業した頃は、幸広との愛がすべてだと信じていた。

幸広さえいればそれでいい……そう、信じていた。

両親を説得し、幸広と一緒になった。

幸広は印刷会社に就職し、安アパートでの二人暮らしが始まった。

しかし、現実の人生は華音子が夢に描いていたほどロマンティックでもドラマティックでもなかった。

毎日が同じことの繰り返し。朝起きて朝食を作り、幸広を起こして、朝食を食べさせる。幸広を送り出した後、掃除、洗濯……ボーッとテレビを観ているうちに買物、夕食の支度。ひたすら、その繰り返し。

アパートの隣り近所の住人は、昼間いなかったり年齢が華音子とあまりに離れていたりで、彼女の方からつきあいを閉ざしてしまった。大学に進学したり、就職したりした友だちは、それぞれの新しい環境で新しい友だちを作り、自分からは次第に遠ざかっていく……。

幸広と一緒なのは限られた時間だけ。アパートに帰ってくると、幸広は疲れてすぐ眠りにつくことが多い。夫婦の営みを持つことも減って、他人のようなよそよそしさが二人の間に漂い始める。

働く気力もなく、いったん途絶えた近所とのつきあいが再開することもなく、これといった趣味もなく、ただ中途半端に余った時間をもてあます日々が続く。気がつくと新婚生活という密室の中でがんじがらめになっていた。

世界は変わってしまった。こんなはずではなかった。もっと楽しいはずの人生が……。

自分の置かれている状況を冷静に考えると、無性に涙が流れ、発狂しそうになる。密室の壁の圧力に押し潰されそうになり、自分という人格が崩壊しそうになる。

大学に行っておけばよかったのかもしれない。就職していればよかったのかもしれない。

選択を誤った過去の自分への憎悪が日増しにつのり、幸広との仲は冷えきっていった。

●

昇進、昇給しても喜ばない妻に、ある日、幸広は疑問を口にした。

『いったいどうしたっていうんだ。なにか不満か？　最近のお前、おかしすぎるよ。昔の華音子に戻ってくれよ。なあ、楽しくやろうぜ』

——あなたはいい……。職場で、知り合いもたくさんいるでしょう。——でも、わたしは、あなたのせいで、すべてを失った。

長い時間を経てたまっていたものが、堰《せき》を切ってあふれ、膨脹し、爆発する。

……あなたのせいで……あなたのせいで……あなたのせいで！

——わたしの人生は狂ってしまったのよ！

気がつくと華音子は、無我夢中で、手当たり次第に物を幸広に投げつけていた。

幸広はその後、三日間、家に戻らなかった。

●

——わたしたちの仲は終わったの。もう、これ以上は続けることはできないわ……。

それでも華音子は、離婚することが怖かった。自分は、幸広のせいですっかりダメな人間になってしまった。今、一人で社会に出ても生きていく覇気《はき》はないと思えた。

結婚した時の両親の言葉が、水面下から浮上するように、不意に脳裏によみがえる。

『お前たちは、まだ早すぎると思うけどねえ』

早すぎる？　――早すぎる。……早すぎる！

そうだったのだ。わたしたちに結婚は早すぎたのだ。おとなしく両親の言うことを聞き、大学に進学し、就職してからでも結婚は遅くなかった。自分はあまりにも、世間というものを知らなすぎたのだ。

最初に『扉』を閉ざしたのは華音子自身だった。両親や友人たちの反対をつっぱね、威勢よく『わたしは専業主婦になる』と豪語し、密室の中に閉じこもる道を選んだのは、彼女自身だった。

密室の中には、幸広も一緒にいてくれると思っていた。

現実には、幸広もまた密室の外にいた。彼女は独りだった。

絶望にくれ、精神の崩壊まで秒読みとなった時、華音子は妊娠を知った。

●

子供ができれば、幸広との仲も修復できるかもしれない。

中学や高校の頃のように、また楽しくやれるかもしれない。

これから生まれてくる子供は、華音子の希望だった。

幸広との掛橋《かけはし》となってくれ、自分を幸せへと導いてくれる子供……。

実際、綾女が生まれると、幸広は変わった。

今も住んでいる、家賃は高いが広いマンションに移り、前よりいっそう働くようになった。そして、表面上は、優しく華音子に接するようになった。

それが表面上の優しさでしかないことを、華音子は敏感に感じとっていた。幸広の優しさは自分に向けられているのではない。幸広の優しさは、常に、彼の娘に向けられているのだ。自分は、娘にとって必要な母親だから優しくしてもらっているのにすぎない。

華音子は綾女に嫉妬した。夫の寵愛《ちょうあい》を受ける娘を羨《うらや》ましく思った。だが、綾女を憎悪することはできなかった。綾女は自分が腹を痛めて産んだ子であり、密室の中で共に暮らす同士だったから。

●

綾女が成長するごとに、幸広と華音子の関係は、娘が産まれる以前のものにまた戻っていった。その頃には、華音子はすべてがどうでもよくなり始めていた。

――生きるってことは、たぶん誰にとっても、こういうものなんだ。所詮、密室から外に出ることはできないのよ。

そう考えるようになった。

★

愛車《シビック》を走らせながら、山咲幸広は、綾女の話に相槌《あいづち》を打っていた。元日というのに、午後から夜にかけて、学習塾の『元日特訓』があった。ようやく勉強漬けの一日を終え、彼女は解放感でいっぱいの表情をしている。

元日ということで、塾の方でも、いろいろ考えているようだ。勉強だけでなく、もちつき大会を催したり、教室でもできる簡単なゲームをはさんで授業をしたり……綾女の話を聞くかぎりでは、彼女も今日一日かなり楽しんだようだった。が、勉強に支配された毎日だ。『楽しさ』という感覚が麻痺しているのではないか、と幸広は首を傾《かし》げずにはいられない。『小学校時代の勉強で人生を有利にしよう』――という文句は、塾の宣伝文句《キャッチ・コピー》としてはよいが、自分の子供のためを考えると、果たしていいことなのだろうか？

明けても暮れても勉強、勉強で、子供たちには心休まる暇がない。中学受験、高校受験、大学受験、そして、就職……。決められたレールの上を（――世間が理想とし、親が希望する人生のレールの上を――）とにかく走り続けなければならない子供たち。

今でこそ違和感なく接することができるようになったが、最初、綾女に接した時、幸広は名状しがたい戸惑いに直面したものだ。

この子の将来を決めるのは、自分と華音子なのだ――その責任の重みに、押しつぶされそうになることもしばしばだった。

子育てなんてものは、洗脳と同じだ。親の思い通りに子供を教育し、親の倫理観を子供に叩きこみ、親の理想が子供の理想となるようにしむける。

――だが、自分や華音子が（――人間的にまだまだ未熟な我々が――）人の親となる資格はあるのだろうか。教祖となり、洗脳者として、子供の人生に多大なる影響を及ぼして良いものだろうか？

答えの出ないまま、幸広は子育て、そして人生を諦観《ていかん》するようになった。

——なにを自分は懸念していたんだろう。身の程知らずにも真理に手を伸ばし、『扉』を見出だそうと……。

所詮、答えは出ないのに。

結局、人間は密室に囚《とら》われているのに。

●

カーラジオのニュースが、平安神宮に続いて門戸厄神の近くでも殺人事件が発生したことを報じていた。今度の被害者は、タクシーの運転手、とのことだった。

「また人が殺されたんだって。こわーい」

首をちぢこめ、助手席の綾女はラジオに注意を傾けている。

幸広は、さして興味をそそられなかった。最近では、毎日、何人もの人間が殺されたり、事故死したりしているため、他人の死に慣れてしまったのだ。

「タクシーの運転手さんって、タクシーの中で殺されたのかなぁ、パパ?」

ラジオに耳を傾けながら綾女が尋ねた。ニュースでは、詳しい事件の状況については言及されていなかった。ただ、二つの事件は現場の状況などに類似する点が多いため、警察では同一犯の可能性を検討中、とのことだ。

「どうかなァ? ……タクシーの中にいる人が殺されるなんてことは、ないんじゃないか。タクシーの外で殺されたんだろ」

幸広は曖昧に首をふってそう言いながら、なんとか話題をそらさねばと考えていた。子供に殺人の話はあまり良くない。ホラー映画が好きというだけでも、綾女は普通の小学生の女の子らしくないのだから……。

「走っているタクシーの中で殺されたんだったら凄いよね。空を飛んできた物質を通過する能力のある怪物が、運転手さんをズバッと殺しちゃうの」

子供の想像力には、驚かされることもしばしばだった。綾女が空想上の怪物の話をするのは今に始まったことではないが、今回のは傑作だった。

「そんなことは……」

言いかけて、幸広はさむけが自分の体を走るのを感じた。

幸広と綾女は、走行中の車の中にいる。もし今、自分たちが誰かに殺されたら——。

車という密室、しかも走行中。外部から完全に遮断された空間と『死』が絶妙のイメージで結合し、不可解な恐怖を増幅させた。

綾女が怪《け》訝《げん》そうに見つめてくるのを感じながら、幸広は、しばらく言葉を失っていた。

●

『サンドヒル宮城』は、八階建てのマンションだった。住宅街の中心からは外れているが、車があれば、そう不便というわけでもない。

地下の駐車場に車を停め、階段でエントランスへと上がる。

ホールを脇に折れ、エレヴェーターのボタンを押す。

その間、幸広はずっと、綾女の手を握っていた。

七階から、エレヴェーターが降下してくるのが表示でわかる。

七……六……五……四……三……二……

チンッ、と音がして扉が開いた。

だれも乗っていないエレヴェーターの箱《ケージ》に乗りこみ、『7』というボタンと『閉』ボタンを押す。

エレヴェーターは、ゆっくりと……上昇を開始した。

★

華音子は、インターホンの音で我に返った。

――綾女たちだわ。

随分と長い時間が経過したようだが、時計を見ると、まだ午後七時二十五分だった。

インターホンが鳴る。二度、三度……

――鍵を開けなくちゃ。

華音子は腰をあげようとした。

●

四度、五度……六度……。

何度鳴らしても、華音子の返事はない。トイレにでも入っているのだろうか。あるいは、電話中か。いや、それにしても長すぎる。

幸広は、不思議そうな顔をしている綾女を見下ろした。

「綾ちゃん、鍵持ってたな。出してくれないか」

幸広は、綾女を迎えに行くためだけに外出したので、スラックスにトレーナーというラフな恰好をしている。鍵は持っていなかった。

「ママは、お家《うち》にいないの？」

「いや、いないはずはないんだが――」

華音子には、たまに黙り込み、自分の世界に浸ってしまう癖があった。そうなると、外部の音が耳に入らないのだ。また、あれだろうか？

「ちょっと待ってね。カバンの底にあったはず……」

ミッキーマウスの柄の入ったカバンをゴソゴソやっていた綾女は、鳥取砂丘のキー・ホルダーのついた銀の鍵を取り出し、幸広に差し出した。

幸広はうなずき、鍵を鍵孔に挿入し、右に回す。

カチリッ。

鍵の開く音が、通路の静謐《せいひつ》の中、不気味に一際《ひときわ》大きく響いた。

●

「ただいまー。ママ、いないの？」

綾女の声が、吸い込まれるように室内に消える。

室内は、無音の空間だった。空気が張りつめたピリピリとした謎の緊迫感が漂っている。

靴を脱ぐと、幸広は通路を抜け、食卓の置かれたリヴィングに達した。

そこで彼が見たものは――

●

「きゃっ!」

幸広の後ろからニュッと顔を出した綾女が、短く悲鳴をあげた。いったんは顔をそらしたものの、おそるおそる幸広を盾にして『それ』を覗き込む。

ホラー映画の与えてくれるゾクゾクとした快感が、綾女は好きだった。しかし、これは、ゾクゾクなどというものではない。

映画より現実的なはずの本物の屍体。

しかも、彼女の実の母親のもの。屍体は、なんだかよそよそしかった。

純白のテーブルクロス、料理、皿は、鮮血で朱に染まっている。椅子に座った華音子には首がなく、首をもがれたマネキン人形のように座す彼女の首の切り口は緋《あか》い。

料理の載《の》っていない大皿の上に、華音子の首が載っていた。

★

華音子……。そんなバカな――。

じっと立ちつくす幸広の脳裏に漠とした悲哀が去来する。

最近、華音子と彼はうまくいっていなかった。

だが、彼らは夫婦だった。生涯の伴侶《パートナー》だったのだ。

中学、高校時代の華音子との楽しい想い出が、白黒《モノクロ》の映像で、走馬灯のように高速で頭をよぎっていった。

●

「パパ。パパ！　しっかりして、パパ！」
綾女が体を揺すっている。幸広は、自分が涙を流していることに気づいた。
そしてその時、このマンションの部屋が今なお密室状況であることに気づいた。
華音子は密室の中で首を斬られて殺された。
――ということは、華音子を殺した犯人は、まだこの部屋の中にいる！
ゾワッ
一瞬で全身に鳥肌が立った。綾女を抱きしめる腕に力がこもる。
幸広は、おそるおそる周囲の様子をうかがった。

灯りがついているのは、リヴィングと通路だけだ。
居間、ヴェランダ、バス、トイレ、……どこかの闇に犯人が潜んでいるかもしれない！
そう考えると、恐怖に気が狂いそうだった。
斧を持った変質者が室内に潜んでいたら……。
ハアッ　ハアッ
息を切らす。全身の毛穴から発汗する。体が熱い。
――警察を呼ぼう――
しかし……
幸広には、電話までの距離が、はてしなく遠く思えた。

●

『3番目の被害者』一九九四年一月一日夜

■山咲華音子　性別＝女　年齢＝二九　身長＝一五六　体重＝四四
血液型＝B　職業＝主婦

屍体発見現場◎鳥取県
密室の仮名称◎マンションの密室

■現場の状況←
①被害者は、密室状況にあったマンションの部屋で、首を鋭利な刃物で斬られて殺されていた。
②遺族の証言では、窓も扉も内側からしっかり施錠されていたにもかかわらず、室内には誰もいなかった。
③現場の周辺から凶器と思われるものは発見されていない。
④食卓の椅子に座っていた被害者の背中には、被害者自身の血で、『密室参《さん》』と記されていた。

密室四　超高速・国道の密室

『首を斬《き》る橋』

善良な市民が初夢の中で戯《たわむ》れている頃、山極教太《さんごくきょうた》は、暴走族グループ『狂鬼狼《きょうきろう》』の特攻隊長《ヘッド》として、十人ほどのグループを先導していた。

夜道に爆音を轟かせ、国道一八〇号線をゆっくりと走る。

前方を確認しつつ、教太はメイン集団の数十メートル先を走っている。

昼間は車も多かったが、今は、ほとんど見られない。

——オレたちが、夜の国道をしきってるんだ！

まぶたを閉じ、ヘルメットなしの頭部《ノーヘル》に吹きつける冷たい風を心地好く感じながら、教太はXJR《ペケジエー》・一二〇〇《トゥエルブ》のスピードをあげた。

●

「『山賊《さんぞく》』のダンナ、今日はペース早いよね」

赤く染めた髪をツンとおっ立てた湖城魅紀《こじょうみき》が、バイクの爆音に負けじと、声をはりあげて話しかけてくる。

『山賊』とは、山極教太の通り名だった。サンゴクの音と、ゾク（族）を掛けた単純なネーミングなのだが、案外、定着している。岡山県全域とまではいかずとも、総社《そうじゃ》市では、『狂鬼狼の山賊』と言えば族仲間なら誰にでも通用する名前だ。

倉橋哲也《くらはしてつや》は曖昧にうなずいただけだった。哲也の興味は今のところ、背中にギュッと押しつけられている魅紀の胸の感触よりも、後方の闇にあった。

——山賊さんに殿軍《しんがり》任されたんだ。気合い入れてかないとな。

哲也たち殿軍の三機は道路いっぱいに間隔をとって広がり、後方に注意を集中している。パトカーに追撃された時、その進路を妨害し、仲間を逃がす。解散すると今度は自らも脇道にそれ、警察をまく。殿軍の役割は重要であり、だからこそ、殿軍を任されるのは族にとって非常に名誉なことなのだ。

高校の先輩であり、『狂鬼狼』の同志でもある山極教太を、哲也は尊敬していた。

——巷《ちまた》で言われているほどおっかない人じゃない。確かに敵には容赦ない。が、仲間にゃ優しい人だ。それに、確かな人生哲学と信念に基づいて行動する姿は本当に凄いと思う。

『哲也、オレたちは悪《ワル》じゃない』

哲也を殿軍に指名した時、彼はそう言った。

『無条件にオレたちを悪《あく》だと決めつける奴らこそが悪《ワル》さ。「自分の思考」ってものを持たずに、道徳なんて物差しで他人を測ろうとするバカどもがいるかぎり、オレはいつまでも走りをやめないぜ』

山賊の言葉は絶対だった。張りのある声が天から降ってきて脳天から入り、体の中をビリビリと走り抜けたように感じられた。

『とびっきり大きな音たてようぜ！　奴らの目をさましてやるにゃ、オレたちの目ざましが必要だろうからな！』

――山賊さん。あんた、最高だよ……。

山賊と出会い、哲也は人生というくだらない肥溜《こえだ》めから救い出された気がした。人生という密室の外から眺めて、初めてわかった。それは、なんと濁った色をしていることか！

――将来、たとえ族を抜けることになっても、あの人生の肥溜めにだけは戻りたくない。もう、二度と。

「テツ！　おい、テツ！」

並走するタツとケンが自分を呼ぶ声に、哲也は気づいていた。

「……わかってるよ」

ミラーに映るパトカーのライトは、遠目でもすぐそれとわかる。

国道付近の住民のことを考えて、敵さんはサイレンを鳴らしていない。

「お手並み拝見、ってとこか」

哲也の股間を軽く撫で、なまめかしい声で、魅紀が挑発する。哲也は、GSX《ジスペケ》・一一〇〇《イレヴン》を一気に加速した。

「魅紀、しっかりつかまってろよ！」

「アイアイサー！」

殿軍の三機をパトカーが猛追する。

★

「元日からパッパカうるさい奴らだな」

パトカーの中で、伊達新平《だてしんぺい》が舌打ちをした。

「正確には、一月二日だ。もう午前零時を回ってる」

助手席に座る羽山亮《はやまりょう》は、几帳面な性格だった。

「細かいこと言うな。しかし、新年早々、こんな所で族と鬼ごっこしてるとは……。十年前には思ってもみなかったぞ」

「当たり前だ。オレたちは予言者じゃない」

伊達と羽山が初めて会ったのが、ちょうど十年前、中学一年の時だった。あの頃は互いに虫の好かない奴だと思っていたものだが……奇妙なもので、それ以来、くされ縁が続いている。今ではどちらも、いちばんつきあいの古い友人だ。

「まあ、連中なんてかわいいものさ。密室卿に比べたらな」

いきり立つ同僚をなだめようと羽山が切り出したが、逆効果だったようだ。

伊達は、呆れたようなまなざしで相棒を見る。

「おいおい、それは口外厳禁だぞ」

羽山には、ふだん冷静なわりに、大胆なところがあった。ヒヤヒヤさせられるのは今回が初めてではない。

「構わんさ。パトカーの中は密室だ。誰も聞いちゃいない。……それにしても、だ。新平、お前どう思う。あの事件について？」

「どう思うったって、まだ三つの殺人が同一の犯人と決まったわけじゃないだろうに。それより！　まだマスコミにも箝口令《かんこうれい》をしいてるんだ。お前、不用意にその話題を口に出すのは慎《つつし》めよ」

そうは言ったものの、伊達と羽山も実は密室連続殺人の裏話を同僚から耳打ちされた身だった。まったくもって、人の口に戸は閉《た》てられないものだ。

「どうだか——。京都、兵庫、鳥取、……次は、この岡山かもしれんぞ。これ以上、事件が続いたら、上層部はどう動くかな？」

「探偵倶楽部《たんていクラブ》のお歴々も動き始めたようだ」

「ほう……。あの、犯罪捜査のエリート頭脳集団か。これは面白いことになってきた。事件を解決するのは、警察か、探偵倶楽部か？」

「お前は、そのよく動く口を少しは閉じたらどうだ」

「――見ろよ。誘ってるぞ、奴ら」

パトカーのすぐ眼前で、バイクの後ろにまたがる赤毛の女が、「ファック・ユウ」と口を動かし、こちらに中指をつきたてている。

「あいつら、なめやがって！」

「おしおきの時間だ。尻《ケツ》百叩きですみそうにないな。新平、お手やわらかにな」

「あいつらの無事を祈ってやれよ」

話題がそれたことに安堵しつつ、伊達が微笑した。

★

後ろが騒がしくなってきた……。警察《サツ》だな。

山極教太は減速し、ミラーで後方に注意を向ける。

――『首斬り橋』を越えたら解散するか。

道路が上り坂に入った。『首斬り橋』は、もう、すぐそこだ。

『天道橋』――族仲間に『首斬り橋』と呼ばれるその橋は、天井川にかかっている。十年前、警察がはったピアノ線で族の一人の首が斬れて転がったというマユツバものの伝説を持つ橋である。

伝説の真偽はともかく、天井川にかかる橋であるため、高速では下り坂が見えない。

族グループが丸太を置き、対立グループを転倒させるという事故も過去に頻発《ひんぱつ》している、由緒ある橋である。

教太は、時速四十キロまでスピードを落とし、メイン集団が追いつくのを待った。

★

右に左にパトカーを混乱させようと嫌がらせ運転をする殿軍の三機に、伊達は手を焼いていた。

「最近の族は事故らない。安全確認をおこたらないからな。……族が安全確認とはお笑いだよな」

伊達の苦労をよそに、先ほどから羽山は冷静な声で、暴走族に対する文句を並べている。

「それどころか、最近、奴らは携帯電話《ケイタイ》で連絡をとりあっているんだぞ。——族も進化したもんだ。もっとも、一方で幼稚なこともやっているんだがな。オレとしては、道路にテープで『START』と書くのはやめて欲しいところだ。ここらはサーキットとは違うし、なにより、あれはセンスが悪い」

伊達は運転しながらイライラしていた。横でいろいろと喋られると、運転に集中できないのだ。

「先月、『紅《くれない》の鯱《しゃち》』を一斉に取り締まった時には、驚かされたもんだよな。憶えているか、新平？　補導した二十人のうち、十人が小学生だったんだぞ。族の世界の低年齢化も進みすぎだ。数学も習わないうちから族とつるんでるから、『紅の鮭』、『破滅（破滅？・）』、『FUK YOU!（FUCK YOU?）』なんてふうに文字を間違えるんだ。スプレーで落書きをする前に、奴らは漢字や綴《スペル》りを勉強すべきだろ。そうは思わないか、新平」

相棒の返事は短かった。

「静かにしろ！」

★

哲也は、パトカーのライトを背中に浴びながら、先日、魅紀と鷲羽《わしゅう》山を車で走っていた時のことを思い出していた。

●

山道を走る哲也たちの乗った車を、二機のバイクが猛スピードで追いぬいていった。

――飛ばし屋だ――

すぐに豆粒ほどに小さくなったバイクを見送りしばらくすると、黒板を爪でひっかいた音を千倍は強烈にした音が深夜の山道に轟《とどろ》いた。

まず女の体が道路に転がっていた。数十メートル行ったところに男の体が。

さらに数十メートル先にはバイクがあった。

男も女も即死だった。

●

最近の暴走族は、スピードよりも音を重視するようになった。スピードを重視する輩《やから》は、飛ばし屋として、暴走族から分離していった。

——オレも、昔は、音よりもスピードを重視していた。暴走することによって、世間から逃れられると思っていたからだ。

教太に会って、哲也の人生観は百八十度変わった。

——山賊さんに会っていなければ、オレも……。

山道でみた男女の屍体が思い出された。

——昔の自分は、己を見失っていた。だからこそ、蒙《もう》を啓《ひら》いてくれた山賊さんには感謝している。少しでも、あの人の力になりたい……。

あの人のために、オレは走るんだ。

★

メイン集団が追いついてきたところで、教太は一気に加速した。

四十……五十……六十……

スピードメーターの針が、レッドゾーンを目指す！　坂の勾配《こうばい》は急になる。国道の両脇の人家の数も、天井川に近づくにしたがって、まばらになる。

七十……八十……九十……

教太は弾丸となって、『首斬り橋』を目指した。

橋は天井川にかかっているため、向こう側は全く見えない。

だから、教太は『首斬り橋』が好きなのだ。

──人生と同じで、先が見えないスリルがある。

時速一〇〇キロに達した時、『首斬り橋』の頂上部で勢い余って、教太を乗せたXJR・

一二〇〇は宙を駆った。

ジェットコースターの浮上感に似ている。

尻がフワッと持ち上がり、内臓が下から押し上げられるかのような奇妙な快感……。

「いやっほう！」

空中で、教太は叫んだ。

着地すると、彼を乗せたバイクは下り坂を滑りおりた。

●

「いやっほう！」

教太の声が聞こえた直後、後続のバイク数機も、『首斬り橋』を越えた。

前方の下り坂を教太のバイクが滑っていく……。

バチバチと火花を散らしながら、運転手《ライダー》を乗せたまま滑っていく……。

コロコロとボール大のなにかが転がる（――首？　――）。

続いて胴体も車体から離れ、路上をすべるように転がる。

一〇〇メートルほど滑ったバイクは、路上で軽くスピンしながら停止する。

「山賊さん！」

誰かが絶叫した。

★

『首斬り橋』を越えた時、前方の路上で、メンバーが輪になっているのが見えた。

「おい、あいつらなにしてんだ！」

「パトカーが来てるんだぞ！」

タツとケンが絶叫する。下り坂を走る三機の後ろからは、パトカーが……。

「どうしたっての、テツ。みんな集まってるじゃん」

魅紀の声にも、戸惑いがうかがえる。

哲也は加速し、輪を描くようにメンバーの周りを回って止まった。

なにかが――説明できないなにかが、彼を警戒させた。

なにかヤバイことが起こっている！

その時初めて、哲也は教太の姿がメンバーの中に見えないのに気づいた。

――山賊さん……！

GSX・一一〇〇を乗り捨て、メンバーの一人に駆け寄る。

「どうした？　山賊さんは！」

事故ったのか、と言いかけた哲也に、メンバーは顎で『それ《ヽヽ》』を示した。

●

山賊はそこにいた。

国道一八〇号線の路上に、首を斬られて横たわっていた。少し離れたところには、生気の通わぬ虚《うつ》ろな瞳をした教太の首が（――特攻隊長《ヘッド》の頭部《ヘッド》が――）転がっている。主を失った胴体の背中には、『密室肆《し》』という文字が……。

山極教太の屍体は、常夜灯の円形の光を受け、スポットライトを浴びているかのように見えた。

★

「どうしたんだ、奴ら？　なにを雁首《がんくび》並べてるんだ」

伊達はブレーキを踏み、パトカーを停めた。

「こんなところで集会されたらたまらんな」

車を降り、羽山が肩をすくめる。二人は顔を見合わせた。

相手は十人程度だ。応援は必要ないだろう。

「おい、お前ら。どうした？」

自分でも間の抜けた質問だとは思ったのだが、一様にしょぼくれた尋常《じんじょう》ならざる族たちの雰囲気が、彼にそう尋ねさせた。

——なにかが起こったのは間違いない。事故か？

伊達の後ろを歩きつつ、羽山は、悪い予感に震えていた。そんなことがあるはずがない。まさかとは思うが、これはもしや……。

族たちは輪を崩し、二人の警官に道をゆずった。やけに素直な彼らを怪訝そうに見やり、伊達と羽山は路上に転がるそれを見た。

「……嘘だろ」

「——大当《ビンゴ》たりだ」

思わず後ずさる伊達。

帽子のつばを下げ、うなだれる羽山。

二人は、応援を呼ぶためにパトカーに戻った。

救急車よりも霊柩車が必要なのは瞭然《あきらか》だった。

「密室卿の第四の被害者だ。……なあ、新平。オレは悪い予感がしているんだ」

パトカーのドアを開けた伊達の手が止まった。顔をあげ、十年来の親友に視線を向ける。

「気があうな。実は、オレもだ」

「おそらく、この事件はまだまだ続くぞ。この、密室連続殺人はな」

「……ああ」

一瞬にして生命を絶たれた山極教太。

殺人の舞台は、京都府、兵庫県、鳥取県から岡山県に移った。

――次なる密室卿の被害者は？

●

『4番目の被害者』一九九四年一月二日未明

■山極教太
　性別＝男　年齢＝二五　身長＝一八三　体重＝七六
　血液型＝O　職業＝暴走族？

屍体発見現場◎岡山県
密室の仮名称◎国道の密室

■現場の状況←
①被害者は、『天道橋』の上でバイクの走行中に首を斬られて殺害されたと推測される。

②殺害される直前に、被害者の仲間は被害者の声を聞いている。
③『天道橋』の周囲を見渡す限り、人影はなく、橋の上には、いかなる仕掛けも存在しなかった。
④現場の周辺から、凶器と思われるものは発見されていない。
⑤被害者の背中には、路面でこすれていたものの、被害者自身の血で『密室肆』と記されていた。

密室五　新幹線・地上最速の密室

『すれ違い』

自由席は、人で溢れていた。

座席は人で埋まっている。通路に立つ人の数も多い。

網棚の上は、旅行鞄でいっぱいだった。

通路に立ち、バランスをとりながら、北上奈緒美《きたかみなおみ》はロバート・コーミアの『フェイド』を読んでいた。昨晩、読み始めたこの本があまりにも面白いので、昨日は眠るタイミングを逸《いっ》し、少ししか寝ていない。

新幹線がトンネルに入った。

急に視界の端で世界が消失したような錯覚にとらわれる。

ガラスがビリビリと振動している。

暗い列車窓に目をやると、眼鏡をかけ文庫本を手にした、いかにも繊細そうな少女（――

あいかわらず、たよりなさそうな容姿なんだから――）と目があった。

奈緒美はよく、小説家の髙村薫《たかむらかおる》に似ていると言われる。それで、髙村薫の小説を読んでみたが――いくら容姿で似ているところがあるからといって、わたしと比べるなんて髙村さんに失礼だわ、という感想を抱かずにはいられなかった。

わたしと彼女では、本質的に、まったく違う。

小説を一読すれば明らかなのだが、彼女には芯の通った『強さ』がある。でも、わたしには、それがない。わたしのような弱い子には……。

トンネルを出ると、奈緒美はふたたび小説に目を落とした。だが、自分の『弱さ』について考え始めると読書に身が入らず、字面を目で追うだけで、読み進むごとに何ページも前に戻って読み直さなくてはならなかった。

●

子供の頃から（――十六歳になった今でも、充分に子供なんだけど――）、お前は意志が弱いと周囲の大人たちに言われ続けてきた。

自分が意志が弱い人間なのは、そのせいではないか、とも思う。お前は意志が弱い、意志が弱いと言われ続けたら、たとえどんなに強い人間でも、そう思い込まされてくじけてしまうのではないだろうか。

物心ついた時に、すでに父は死んでいた。男の人の強さに接して過ごすことがなかったからかもしれない――と、言い訳めいた分析をして自分をなぐさめることもある。

しかし、つまるところは自分が弱いだけなのだ。

――この、どうしようもない弱々しさ《フラジャイル》。

もっと強くならなくちゃ、もっと世間にもまれて、芯の通った人間にならなくちゃ……。

目をつぶり、そう幾度も念じているうちに、少しずつ落ち着いた気分になっていった。

奈緒美は、『フェイド』の最後の数ページを読むことに集中した。

★

列車窓から、姫路《ひめじ》の街並みを眺めていた北上波子《なみこ》は、隣りに立つ娘に視線を向けた。

娘のわきから、遠慮がちにその顔を覗きこむ。

波子は、娘の頼りなさをいつも危惧していた。体が弱いというわけではないが、奈緒美はいつも、風が吹けば飛ばされそうに頼りなく見える。

女の子だから――というわけでもないだろう。最近では女性の自立が歓迎されている。実際、逞《たくま》しく一人で生きている女性も多い。いくらまだ若いとはいえ、少なくとも精神面においては、女だから弱い、などというのは理由にならない。そんなのは、単なる女性蔑視《べっし》の理論だろう。

波子は五十に手が届こうかという年齢だ。もし、自分にもしものことがあったら……と、娘のことが気が気でならない。

奈緒美は、父親というものを知らない。そのことが、彼女の弱さに起因しているのだろうかと波子が考えたのも、一度や二度ではない。

父親から強さを学ぶことも必要なのだろうか？

最近では、波子は真剣に再婚を考えている。

しかし、再婚というものは、一人でできるものではない。相手がいなくてはならない。候補者もおらず、ごくたまに候補者らしき男性が自分の前に現れても、つい、武和《たけかず》と比べてしまい、気持ちにはブレーキがかかる。

過去という密室の中に生きる武和に、自分がまだ縛られているのではないか。そう考え、また、それが事実だと承知しているものの、なかなか克服するのは難しい問題だった。

●

父の後を継ぎ弁護士となった北上武和は、親のコネでいい仕事を続けることができた。若くしてそこそこの成功を収め、ある程度の財と信頼を築くことに成功していた。

武和が仕事で出入りする法律事務所で働いていた縁で、波子は彼と知り合った。

それ以来、二人の関係はオシドリのように仲睦《むつ》まじく、うまくいっていた。

『一緒に人類の存続に貢献しないかい？』

それが、武和のプロポーズの言葉だった。文学的修辞とは縁遠いセリフだったが、波子の心にぐっと迫るものがあった。もっとも、最初にその言葉を聞いた時は思わず吹き出してしまい、武和を当惑させてしまったのだが……。

武和は、頭のいい男だった。常に周りの人間に気を配り、場の全員が不快になることのないように努めることを忘れず、誰からも愛されていた。波子は事務所で働いていた時、一介の事務員にすぎなかったので専門的な法律の問題はよくわからなかったが、『あいつは鋭いよ。研《と》ぎすまされた刃物みたいなもんさ』と、同期の同僚から聞かされていた。溢《あふ》れる才能ゆえに妬《ねた》まれることも少しはあったようだが、それでも武和はうまくやっていた。

明晰《めいせき》な頭脳の斬れ味を遺憾《いかん》なく発揮された時には、そのあまりの鋭さに思考がついていかず、波子などは思わず鼻白《はなじろ》んでしまったものだが、その一方で武和には、少年っぽさを感じさせるところがあった。

『子供はいいな。……まだ、夢を見られる世代だから』

武和は子供が好きだった。単に好きというのではなく、その底にあるのは羨望《せんぼう》の情であることを波子は知っていた。武和が子供を見る時、彼は忘我の表情で子供の無邪気さを羨む視線になるのである。

波子の懐妊を知った時、武和は欣喜雀躍《きんきじやくやく》した。

波子の腹に耳をあて、彼は胎児に語りかけていた。

『早く元気に生まれて来いよ。お前は、オレの分身なんだ』

その翌日、――武和は交通事故で逝《い》った。

目撃者の証言では、信号が赤なのに、ふらふらと車道を横切り、突っ込んできたダンプに巻き込まれたらしい。

事故のショックは大きかった。波子も、武和が不死だと思っていたわけではない。だが、自分よりもはるかに早く、それも、初めての子供ができたことを知ったその翌日に——幸せの絶頂にある時に、武和という存在が永遠にこの世から消失してしまうなどとは、夢想だにしていなかったのだ。

あの時、胎内に奈緒美がいなければ、自分ははたして、理性を保つことができただろうか。お腹の中の子は武和の分身なのだと自分に言い聞かせなければ、あの時、「北上波子」という人格は崩壊してしまっていただろう。

そういう意味では、波子は奈緒美に感謝していた。彼女は、過去への『扉』だ。彼女を見ると、いつでも武和のことを思い出すことができる。

●

波子は恐れていた。自分が再婚することによって、武和という個人がこの世から完全に(——完璧なまでに——)消え去ってしまうことに、恐怖していた。

どんな相手と再婚するにせよ、武和に抱いたほどの愛を育《はぐく》むことは、もうできないだろう。それに、まったく別の誰かと一緒に生活することによって、記憶は埋没し、武和の影は薄れていってしまうかもしれないのだ。やがて、奈緒美を通しても彼の姿は見えなくなり、『扉』は完全に閉ざされる。彼は密室の中に消え、どこにもいなくなる。

自分も、武和も、他の人と同様、いずれは世界から消え去るだろう。誰の頭にも残らず、微塵《みじん》も残さず存在を失う日がくるのはわかっている。

――でも、まだそれには早すぎない？

波子は、もう少し夢を見ていたかった。自分という存在に。そして、この世界に……。

★

『フェイド』を読了した奈緒美は突然、眩暈《めまい》を覚えた。船酔いにも似た、あの独特の気持ちの悪さが食道を逆流してくる。本を閉じ、ハンドバッグにいれる。

「ナオ。ちょっと、お手洗い行ってくるね」

ちょうどその時、そう言って後部車両に歩き出した母の手を、奈緒美はつかんだ。

「お母さん、あたしも。ちょっと気分悪いの」

波子は、心配そうな瞳で娘の顔色を窺《うかが》った。

「大丈夫？　あなた、顔が青いんじゃない」

「本読んでたから……。乗り物酔いみたいなものだと思うけど」

奈緒美は母に心配かけまいと、せいぜい強がってみせた。

……が、気分の悪さは変わらない。

「岡山で、いったん降りてもいいのよ」

「……大丈夫よ。お祖父ちゃん家《ち》に着くの遅れちゃうし」

広島に住む母方の祖父母を、奈緒美は恐れていた。

二言めには、『頼りない子だねえ』と彼女を責めてくるのだ。

「お手洗い、行ってくるね」

「お母さん、ついてってあげようか」

二人の荷物は網棚に載っているので、置き引きにあわないよう、どちらかが車両に残った方が良かった。しかし、波子はいつもながら娘のことを心配していた。

「——だいじょうぶ。平気よ」

奈緒美は、こみあげるものを必死で堪《こら》え、可能な限り自然な動作で、後部車両に消えた。母には、これ以上心配をかけたくなかった。

●

後部車両へと通じる自動扉が閉まる瞬間、波子は奈緒美の背中に武和の影を見た。

——あの事故の日。あの人も、こんな背中をしていたんだわ。きっと……。

奈緒美を一人で行かせたことを、波子は、死ぬまで後悔することになる。

★

トイレで吐くと、だいぶ気分が良くなった。

昨晩、夜更かしをしたせいで、胃腸が少し弱っていたのかもしれない。胃腸が弱っている時は乗り物酔いしやすい、となにかの本で読んだことがある。

腹の調子も下し気味だったが、用を足し、そちらの方も、幾分《いくぶん》マシになった。

まだ、頭の奥がうずく。奈緒美は立ったままトイレの壁を見つめ、ため息をついた。

——考えてみれば、このトイレは密室なのね。

今朝のニュースで見た密室連続殺人の報道が、奈緒美の頭に残っていた。

京都、兵庫、鳥取、岡山で殺された四人の男女。それぞれ、背中に『密室』という文字が記され首を斬られていたことから、警察では同一犯の可能性が強いとみて捜査中、とのことだった。

——なぜ、犯人は背中に『密室』と記したの？　ひょっとしたら、犯行現場は密室状況にあったんじゃないかな。

読書好きの奈緒美は、「謎解きパズルもの」と彼女自身が分類している推理小説を何冊か読んだことがある。アガサ・クリスティーやコナン・ドイルといった古典の大御所がほとんどだったが、それでも『密室』という単語は知っていた。

鍵のかかった部屋（——密室——）で人が殺され、鹿爪《しかつめ》らしい名探偵が、密室のトリック（——いかにして犯人は鍵のかかった部屋の中にいる人物を殺害しえたか？　——）を鮮やかな推理で解明するのだ。

——犯行現場が密室で、警察がまだそのトリックを解明できずにいるとしたら……？

無用の混乱を招くために、警察が恣意的《しいてき》に事件の情報をふせるという話を、どこかで聞いたことがある——今度の場合がそうだとしたら？

——犯人に、なにかとてつもない密室トリックがあり、犯人はいかなる密室でも出入りできるとすれば？

——そして、犯人が無作為にターゲットを選び、殺してまわっている（——今のところ、被害者たちに共通点はない、とニュースでは言っていた——）のだとしたら？

？　？　？　？　？　？　？

クエスチョンマークが、頭の中で乱舞《ダンス》している。

つい数分前、読了したばかりの『フェイド』が頭に浮かんだ。

『フェイド』は、透明人間の話だった。それも、H・G・ウェルズの『透明人間』や、H・F・セイントの『透明人間の告白』のように、薬品で透明になってしまったのではない。『フェイド』の主人公は、自分の意志で、自分の体を透明にするのだ。

——もし、そんな人間がいるとしたら？

その仮定がバカげているとは承知している。だが、小説内小説のトリックが見事に決まった『フェイド』のラスト数行のせいで、もしかしたら、という気になってしまうのだ……。

ついちょっと前、アナウンスが岡山駅に停車したのを告げた。密室連続殺人第四の被害者は、岡山県で殺されているのだ。たとえ透明人間でなくても、警察にも解けないような密室トリックを持った犯人が、この新幹線に乗りこんでいるとしたら……。

——そして、トイレという密室の中にいるわたしに目をつけたら？

そう考えると、恐怖に体が強張った。ありえないことだと信じたい。

だが——、『もしかしたら』という言葉には、恐怖を呼びさます不気味な力があった。

——一刻も早く、ここを出なくちゃ。今すぐ、『密室』から出よう！

★

新幹線が岡山駅を出発しても、奈緒美はまだ戻ってこなかった。

——トイレが混んでいるのよ。それにあの子、気分悪そうだったから。福山駅に着く頃には、きっと顔色をよくして帰ってくるでしょ。

岡山駅から広島駅まで、約二十二分。

様子を見に行くべきでは——とも思ったが、そうすることは、奈緒美になにかが起こっているのを認めるようで嫌だった。

——奈緒美もまた、武和のように突然消えてしまうなんてこと、あるわけないわ。そんなバカなこと、あっていいはずがないじゃない！

強く自分に言い聞かせ、波子は、自動扉に娘の姿が見えるのを待った。

●

福山駅を過ぎても、奈緒美は戻ってこなかった。

その頃には、波子自身の生理的欲求も、我慢の限界に達していた。

波子は、奈緒美を探しに行くことに決めた。

●

三号車のトイレは『使用中』となっていた。若い女性が二人、トイレの前に並んでいる。

波子は、軽く頭を下げて通りすぎた。

——ここが混んでるので、一号車まで行ったのかもしれないわね。

下腹部が重い。波子の忍耐も、限界に達しつつある。波子は、一号車に向かった。

●

一号車のトイレは空いていた。

——ということは、さっきのトイレに、奈緒美が入っていたんだ。

居場所がわかったということで、ひとまず波子は安堵し、トイレに入った。

——こんなに心配するぐらいなら、無理にでも、あの時について行くべきだったわね。

そんなことを考えながら……。

★

三号車のトイレを出た奈緒美は、順番を待つ二人の若い女性に軽く頭を下げ、洗面台で手を洗い、母の待つ四号車へと戻った。

しかし、そこに波子の姿はない。

――お母さん、どこへ？　……そうか、トイレに行ったのね。

待てども待てども、母は戻ってこない。

腕時計を見ると、午後一時を回っていた。広島駅に着くまで、十分ほどしかない。

ただ黙って待っていても、母は帰ってこないのではないか。ふと、そんな疑惑にとらわれた奈緒美は、一号車へと向かった。

漠然とした不安が、頭の中を閃光のように走る。

三号車のトイレのところには、母はいなかった。

ということは、もう、一号車のトイレしか考えられない。

●

一号車のトイレの前には、でっぷりと太った中年の男が立っていた。

念のため一号車を覗いてみるが、波子の姿はない。

奈緒美がトイレに入っている間に、岡山駅か福山駅のどちらかで母が下車したとは考えられない。単純な消去法で、母が一号車のトイレの中にいることは明らかだった。

奈緒美は、見ず知らずの他人に話しかけるのは苦手だったが、場合が場合である。時間もないし、選択の余地はない。勇気を奮《ふる》いたたせて、順番を待つ中年男性に語りかけた。

「……あの、すいません。いつごろから、ここでお待ちになってますか？」

中年男性は腕時計に目を落とし、低い声で答えた。

「——五分ほど前から、かな。それが？」

「そうですか。——ちょっと、失礼します」

奈緒美は遠慮がちに、トイレの戸をノックした。

コン　コン
返事はない。もう一度……

コン　コン
後ろから、中年男性が不審そうにこちらを見ている。奈緒美は、戸を強く叩いた。

「お母さん、中にいるの？」

ドン！　ドン！

新幹線のトイレ。……密室。

——まさか、お母さんは……嫌だ、そんな。考えたくない！

母がいなくなってしまったら、取り残された自分はどうなるのか。

この広い世界にたった一人で取り残された、か弱い自分は……。

ドン！　ドン！

「お母さん！」

●

『5番目の被害者』一九九四年一月二日昼

■北上波子
性別＝女　年齢＝四七　身長＝一五五　体重＝五七
血液型＝Ａ　職業＝ピアノ教室教師

屍体発見現場◎広島県
密室の仮名称◎新幹線の密室

■現場の状況←
①被害者は、ひかり37号一号車のトイレで首を斬られて殺されていた。
②トイレは内側から施錠されていた。終着駅の博多で、車掌がバールでトイレの戸をこじ開けた。
③被害者がトイレに行ったのは、目撃者の証言によると、福山―広島間とのことである。
④現場の周辺から、凶器と思われるものは発見されていない。
⑤被害者の背中には、被害者自身の血で『密室伍《ご》』と記されていた。

密室六　ゴンドラと霧の密室

『犯罪の中で……』


霧がゲレンデを飲みこもうとしている。

昼過ぎごろ、奴らはやってきた。山の方からゆっくりと、這うように雪の上を滑り、少しずつ風景を切り取り、空間を浸食していく……。

――あの中に、魔物はいないだろうな。

幻想的な霧を見ると、つい、そんな気になる。何年か前に読んだスティーヴン・キングの中篇『霧』が思い出される。警戒心のこもった眼で、相良《さがら》弘之《ひろゆき》は周囲の様子を窺った。

魔物はどこにもいない、ように見える。だが、……本当に、そうだろうか？

誰もが魔物を内に飼っている。普段は、理性という檻に閉じこめているだけだ。『魔』が差した時、檻は開けられ、体の支配権は魔物に移る。

殺人犯、誘拐犯、強盗、詐欺師、レイプ魔……世の中には、いろんな名を持つ魔物が棲《す》んでいる。霧の中にも、魔物がいるに違いない。ギラギラと光る眼をギョロつかせ、獲物を探している奴らが。

「父さん、もうひと滑りしない？」

トイレから出てくると、相良雪弘《ゆきひろ》は元気よくそう言った。

きらきらした眼で、まっすぐにこちらを見ている。

一週間前、十一歳の誕生日を迎えたばかりの雪弘は、スキー場にくるのは、これで六度目だった。最初の頃は、滑るというよりも転んでいるだけだったが、ボーゲンを覚えて以来、上達めざましい。最近では、スキー場に来ると家族をよそに、昼間は一人で上級者コースを滑りまくっている。

弘之は、雪弘の無垢《むく》な瞳に弱かった。こちらの心の奥底まで見透かし、そこに溜《たま》った邪念を洗い清めてくれるような、少年少女だけが持つ、不思議な瞳……。

「仕方ないな、もう一回だけだぞ。その代わり、夜はちゃんと――」

「学校の宿題でしょ、わかってるって」

大人の言うことを、子供はよく知っている。

思わず苦笑し、弘之はゴンドラの搭乗口へ足を向けた。

「母さんと雪穂《ゆきほ》が待ってるからな。本当に、これが最後だぞ」

相良家の女性二人は、男性二人ほどスキーが好きではなかった。

一時間ほど前に、既に旅館に戻っている。

念を押す弘之に、少年は笑って片目をつぶった。学校でウインクがはやっているらしく、最近、こればかりだ。まったく、近頃の小学生は……マセているというか、なんというか。

弘之は、次第に濃くなりつつある霧の奥を凝視《ぎょうし》した。なぜか、今日は悪い予感がする。

この霧が悪い事を運んでこなければ良いのだが――。

★

浅宮良美《あさみやよしみ》は、一人の少年に目をつけた。

父親の後を追って、ゴンドラの搭乗口へと向かう純真そうな少年。年は、小学校の高学年ぐらいだろうか。標準的な体躯《たいく》をしており、抵抗を受けても押さえるのは容易と思われた。

自分の隣りで獲物を探す浅宮剛《たけし》の肩をつっき、少年を指す。

「父親がすぐ側についてるじゃないか。マズイよ」

ゴーグル越しに、剛が眉根をよせるのが見えた。

「いつまでもダラダラと待っていても、ラチがあかないって。あの子にしようよ。ね？」

最後の『ね？』には、有無を言わせぬ調子があった。

「でも……」

冷たい霧が二人の顔をなめた。

ひんやりとした冷気が顔をさすり、――その時、良美に『魔』が差した。

「だいじょうぶ、滑っている時は一人なんだから。それに、霧が守ってくれる。……この、濃い霧がね」

剛はどうするか決めかねて逡巡《しゅんじゅん》していたが、強い決意のこもった良美の眼を見て、ようやく決心を固めた。

「――わかった。あの子にしよう」

剛は良美の後ろからゴンドラの搭乗口に向かった。

――本当にうまくいくのだろうか？

ぬぐいようのない不安と戦いながら、剛は黙って妹の背中を見つめていた。

●

二人が誘拐を計画したのは、一週間前のことだった……。

二人の幼少時に母は癌《がん》で亡くなった。父も、剛が高校を卒業し、イラストレイターの職を得た直後にクモ膜下出血で急死した。

あの時のことを、良美は今でも憶えている。

朝、起きてシャワーをし、トイレに入ろうとしたところで、トイレの中で父が便座に座った姿勢のまま死んでいるのを発見したのだ。

人間の命とは、なんてあっけないものだろう。

そう思ったことを、今でもよく憶えている。

両親と不仲だった剛は、中学、高校と学校の寮で過ごし、イラストレイターになってからも、自分でマンションの部屋を借り、一人暮らしをしていた。

父が死に、剛と良美が再会したのは、実に六年ぶりのことであった。

●

六年ぶりに会った良美は、六年前に知っていた自分の妹とは見違えるほどの美人になっていた。体重の方は、細身の剛を上回っていた。体の横幅はお世辞にもスマートとは言えなかったが、目鼻立ちはすっきりと整っており、ぽっちゃりしているところがまた、剛にとっては魅力的だった。

「——家に来いよ。親父たちの暮らしてた家に一人でいることぁないよ」

……最初は、二人とも欲望を自制していた。

が、年頃の男女が一つ屋根の下で寝食を共にするのだ。なにも起こらないわけがない。

思春期を共に育った兄妹（姉弟）が近親相姦の関係に及ぶことは極めて希《まれ》である。

しかし——、剛と良美は思春期の間、ほとんど顔をあわせていなかった。

まだ子供たちが二十歳にもなっていないのに、両親は二人とも逝ってしまった。頼るべき親戚というものもなく、二人は、広すぎる大海原に小船一艘で放り出された気がした。世の無情、というものを目《ま》の当たりにして、剛たちは、道徳、倫理、常識といったものに縛られるのがバカらしくなっていた。

——どんなに綺麗ごとを並べても、しょせん人間も動物なんだ。本能に抗《あらが》うことなんて、できやしない。

初めて妹と関係を持った夜、剛は、こう思った。

――オレたちはアダムとイヴの後継者なんかじゃない。猿の子孫なんだ。なんとも言えない虚無感を内包した空しさに囚われたものだ。

それでも、剛と良美の関係はうまくいった。

●

もともと才能のあった剛は、イラストレイターとしての声望を少しずつ高め、多くの人々から将来を嘱望《しょくぼう》される創作家となった。

ところが……、ようやく人生が面白くなり始めた頃、音もなく背後に忍び寄っていた破滅が、剛と良美のささやかな楽園の扉をノックした。

破局に至る転落は、唐突に訪れた。

バブル崩壊に端を発する平成不況の煽《あお》りで、イラストレイターの仕事は日に日に減っていき、危機感を抱く間もなく、剛は失業者の仲間入りをするはめになった。

絵を描く以外に、なんら取柄があるわけではない。

二人は、袋小路に迷いこんでしまった。

今までそこそこ稼いでいただけに、失業の衝撃は大きかった。

良美がフリーターをしてなんとか食いつなぐ生活が続いた。

しかし、一度覚えた贅沢《ぜいたく》な暮らしはなかなか忘れられるものではない。親の家を売って手に入れた財産も食い潰し、良美の稼ぐささやかな賃金では、生活していけない苦境に二人は立たされた。

人は誰でも犯罪者としての素質を備えている。潜在的な犯罪者である我々は、状況的に追い詰められれば、必ず犯罪に走らざるをえなくなる。なぜなら、自分たちは、生きることを目的とする動物だからだ。……剛も良美も、今では、そう確信していた。

●

剛は、良美に誘拐計画を語って聞かせた。

……誘拐事件ってのは、ある程度の間隔で続発するポピュラーな犯罪さ。それは、誘拐し身代金を要求するという行為が、ひどく平易なものに思えるからだ。リスクも少ないように見えるからだ。

だが、簡単な犯罪とタカをくくり、報酬を高望みしてきた連中は、例外なく失敗してきた。オレたちは、そんな奴らとは違う。

警察に連絡するな、そう言ったところでそんな警告を守る奴はまずいない。それは、犯人が法外な額を要求しすぎるからだ。法外な額を要求すれば、犯罪の危険性というものが家族の頭の中に浮上し、どうしてよいかわからず、警察が出馬してくることとなる。かくして、蒙昧《もうまい》なる犯人はお縄につく。

逆探知にしてみたところで、家族の家に電話をかけ、短時間で切ればそれで大丈夫という考えは、あまりにも無知だ。現在は、電話を切られても回線を開けっ放しにしておく装置もある——と本で読んだ。電話をかけるということは、逆探知されるということだろう。

では、どうすればよいか？

誘拐し、家族に少額要求するんだ。他の犯罪者が聞いたら笑ってしまうような少額をな。それでも今のオレたちには、結構な収入となる。

すぐに現金でかき集められる程度の少額を要求する。そして、スピーディに事を起し、警察が介入するスキを与えない。警察に言うな、ではなく、言いたければ警察に言うがいい、ぐらいの余裕が必要だ。……こうつけ加えることも忘れずにな。

ただし——、こちらの動向が警察に摑《つか》まれるようなことになれば、こちらは、全力でお前たちの子供に復讐《ふくしゅう》する。一生をかけてでも、復讐する。

少額の金を失い、子供が無事に帰るのなら、誰もそれ以上の厄介事に首をつっこもうとは思わないだろう。人は皆、厄介事を嫌う。回避できる危険にわざわざ首をつっこむバカはいないだろう。

……それを繰り返していけばいい。やがてオレたちの手口を真似るものが出るかもしれない。いや、オレたちが成功すれば当然そうなる。そうなったら、手を引けばいい。犯罪は犯罪に隠せ、だ。その頃には、オレたちの懐も潤っているさ。

●

良美は、兄の計画が信じられなかった。そんなにうまくいくの？　——という危惧は彼女の内に絶えず存在した。

最初はひどく不安に思えたが、一度決心すると、兄の計画はひどく魅力的なものに思えた。冒険を避け、この後ずっと惨《みじ》めな一生を送るか。それとも、思い切った行動を起こし、快適な人生を獲得するか？

良美は後者の道を選んだ。犯罪者の世界というものは、いざ足を踏み入れてみると意外に落ち着く所だった。俗世間に背を向けた瞬間に、今まで自分たちがいた浮世というものが、たまらなく退屈で、なんの魅力もないものだという気がした。

自分たちは人生の崖っぷちに立っている。

やるしかない——良美は、自分にそう強く言い聞かせた。

★

通常であれば、一月二日は、ゲレンデは人で溢れている。

ただ、今日は濃い霧が出ているということで、人影はまばらだった。

山頂の上級者コースへと続くゴンドラの搭乗口には、十人ほどが列を作っているだけだ。混雑時には当然相乗りということになるが、比較的空いている今はグループごとにバラバラに乗り込んでいる。

親子らしい二人組の次に、下田英次《しもだえいじ》は一人、ゴンドラに乗り込んだ。スキー板を外の溝に入れ、定員六人のゴンドラに入る。窓から外を見るが、濃くなる霧で、一寸先は闇——ならぬ白色のカーテンのような靄《もや》に覆われていた。

ゴンドラの外を流れる乳白色の靄《もや》をボーッと眺める。

英次の頭の中に浮かぶのは、やはり、別れたばかりの榊由利香《さかきゆりか》のことであった。

英次は、所属する大学のスキーサークル『スノーシャーク』の紹介で、長野県の栂池《つがいけ》スキー場で住みこみのバイトをしている。『スノーシャーク』では、毎年、繋《つな》がりのある幾つかのスキー旅館に部員を割り振り、住みこみのバイトを世話していた。大学のスキーサークルでは、そういったシステムが慣例となっており、だいたい、一団体が一旅館に派遣する(?)部員の数は一人から二、三人だった。

こちらに来る前日、去年の十二月二十二日。大阪三国《みくに》の下宿に英次を見送りにきた由利香は、開口一番、自分たちの仲が終わったことを彼に告げた。

「どうしてだよ。どうして、そんな急に……」

長期住みこみのバイトに赴《おもむ》く直前に聞く話としては、それは最低のものだった。

「あなた、去年の冬もずっとバイトでこちらにいなかったし。わたし、クリスマスに一緒にいてくれる人がいいの」

由利香がそんなことを口にしたことは、今まで一度もなかった。それが突然、どうしたというんだ？　視線を逸らす由利香の後ろに、英次は男の影を見たような気がした。

「誰か、オレ以外に好きな奴ができたのか！」

思わず声を荒らげ、詰問する口調で英次がそう言うと、由利香は、無言で目を床に落とした。

沈黙は肯定を意味した。

英次の脳裏に一人の男の顔が浮かんだ。一月《ひとつき》ほど前、由利香を紹介した友人の顔が……。

「御雲《みくも》か。御雲の奴を、まさか——」

なぜ、そう予感したのかはわからない。薄々と、感づいていたのかもしれない。二日前、電話で話した時の御雲敏樹《としき》の様子には、どこか変なところがあった。

——そういうことかよ。なめられたモンだな。

「実は、一週間前からつきあってるの。ごめんね、黙ってて」

拳を握りしめた。

体の深奥部からマグマのような怒りが奔流となって噴き上げてくるのを感じた。

「なぜだよ！　なぜ、今になってそんなことを言うんだ！」

せめてオレが帰ってきてから——そう言いかけたが、英次は思いとどまった。

四ヵ月もの長期バイトから帰ってきて、疲弊《ひへい》しきったところにそんな話を聞かされたら、ショックは今の比ではないだろう。自分がスキー場であくせく働いている間に、自分の彼女と思っていた由利香が御雲とよろしくやっていたなどと知れば、とても正常ではいられなくなるだろう。

敢えてその日に打ち明けてくれたことは、由利香が英次に気を遣ってくれたから……なのかもしれない。

だが、口をついて出るのは感謝の言葉ではなく、非難の言葉のみだった。

「なぜ御雲なんだ？　オレが文学部生で、あいつが医学部生だからか。それとも、あいつは現役で、オレは一浪したからか。それとも……」

「やめてよ！」

由利香は立ち上がり、猛然と英次の体を睨み下ろした。

「あなたのそういうところが、嫌になったのよ！」

そして、出て行ってしまった。

そういうところ――どういうところだろう？

●

住み込みバイトを始めてからも、英次は無気力に一日一日を過ごしていた。

午前六時に起きて、朝食の仕込みを手伝う。七時三十分に客を起こして、朝食。八時に片づけ、皿洗いを済ませ、部屋の掃除、風呂場の掃除を終えると十時半頃になっている。

それから午後四時までの間は自由時間なのだが、ゲレンデを滑っていても、気分は少しも晴れなかった。

大きなカーヴを描き、パラレルでゆるゆると下降しても、急斜面をウェーデルンで一気に滑り降りても、わだかまりとなった心の奥の靄はいっこうに晴れなかった。

一杯八〇〇円もする食堂のうどんを食べるのもバカらしいので、無料のお茶をすすって、カロリーメイトをかじり昼食の代わりにする。陽気に食事をする家族連れやカップルを見た時などは、深海の底にでも沈んでしまった気になる。

――いっそのこと、逃げ出しちまうか？

そう考えたこともあるが、サークルの信用にかかわることなので、それもできない。

なにもできない自分が、どうしようもなく無力に思えた。

――サークルなんて、どうでもいいじゃないか。すべてを放り出してやれよ！

そう息巻いてみたところで、それを実現するだけの気概はない。

――由利香は、オレのこういうところが嫌になったんだろうか……？

そう、考え始めていた。

★

「雪穂《ゆきほ》姉《ねえ》は、少しはうまくなったのかな？」

英次の一つ前のゴンドラの中。

雪弘が余裕の口調で言うと、弘之は困ったような顔になった。

「雪穂は運動音痴だからな。あいかわらず、転がってるんじゃないかな」

雪穂も、雪弘と同じだけスキー場には来ているにもかかわらず、姉弟のテクニックは雲泥《うんでい》の差だった。――むろん、雪弘は『雲』の方だ。

臆病な性格が災いしているのか、それとも雪弘と比べるとまだまだ滑り足りないからか。

雪穂が好きなのはスキー場の雰囲気と雪景色の美しさで、スキー自体にはあまり魅力を感じていないようなところがあった。

「いよいよ霧が濃くなってきたな。雪弘、気をつけて滑れよ」

前後のゴンドラさえ見えないほど、霧は濃かった。

「大丈夫だって。吹雪《ふぶ》いているわけじゃないし。慣れてるもん。――もうすぐ、山頂だよ」

★

ドクンドクン……心臓が早鐘を打っている。

英次の一つ後ろのゴンドラの中。

剛は、今までになかったほど緊張していた。

これから自分がしようとしていることを考えれば、それも当然だった。

自分のために、他人の幸福に亀裂を生じさせる。

たまらなく罪深い行為を、自分はこれから行おうとしているのだ。

紛れもない『犯罪者』に、なろうとしているのだ。

そう考えると罪の意識が膨脹する。

ゴンドラの中で押し潰され、破裂してしまうような錯覚に陥る。

――あの少年を誘拐する。

自分が誘拐されるなどとは、ほんの少しも予想していないであろう、あの純真そうな少年をこの手で。

「どうしたの？」

窓の外の霧を見ていた良美は、剛に視線を移した。落ち着いた、静かな声だった。

「本当にあの子を、誘拐するんだな？」

良美は、黙って剛を見つめた。言葉を伴わない非難の視線が、剛には痛く感じられた。

「あまり考えない方がいいんじゃない。考えすぎると臆してしまうから。……わたしだって本当は、こんなことしたくない。でも、他に手段はないの。強盗や殺人なんかよりはずっとマシだとわたしは思うわ」

それは嘘だった。強盗も殺人も誘拐も、同列に存在する『犯罪』でしかないことを、良美は充分に承知していた。それでも彼女は、そう言って自分をなぐさめずにはいられない。

「誰かに助けてもらわなきゃ、わたしたちは生きていけない……」

——本当にそう？　もっと死に物狂いで探せば、他に道はあったんじゃないの？

内面から呼びかけるその声を、良美は黙殺した。

『魔』が差した彼女は魔物であり、良美ではなかった。

膝を浮かせ、良美は顔を兄に近づける。剛は目を閉じ、押しつけられる妹の唇を感じた。

唇が重なり、二枚の舌が意思を持つ生物のように互いに探りあう。

いざという時は、男よりも女の方が肝《きも》が座る。本当にその通りだと剛は思った。犯罪行為を前に、剛は怯えている……怯えきっている。それに対して良美は、あくまで（——少なくとも表面上は――）冷静だった。

剛は良美をきつく抱きしめた。そして、今度は自分の方から積極的に舌を動かした。

――自分には良美しかいない。一緒にやるしかないんだ。

目を開けると、妹が微笑んでいた。

「わかるでしょ、兄貴？」

剛は笑顔で頷いた。もう、迷いはなかった。

★

――『天罰』というものがもし存在するとしたら、こういうものかもしれないな……。

目には見えない巨大な槌《つち》で、全身を強打されたかのごとき痛みが、英次の精神を激しく、悲しく震わせている。

御雲と由利香を会わせても、彼女が奴に心移りするとは、まったく思っていなかった。ルックスの上でも、人間的にも、自分は御雲を上回っている。……由利香に別離を宣告されるまでは、ずっとそう考えていた。

――オレは間違っていたのか？　これは、友人を軽視した罰だとでも言うのか？

予備校時代から御雲敏樹と面識があった。大学に入るまでは、直接話をしたことはなかった。大学入学後、共通の友人を通じて知り合って以来、人生観に互いに似通ったところがあると知り、つきあい始めた。

——御雲のことをオレはいつもどこかで軽蔑していたのかもしれない。勉強はできるが、奴は『坊っちゃん』だ。人間的にはオレの足元にも及ばない。

屈託《くったく》のないフリをして談笑しながら、ふとそんな優越感に浸ることがあった。人間は誰しもそういう面を持っていると教師から聞かされたことがある。人は誰でも、自分を最高だと思っている。だが、ほとんどすべての場合において、それは幻想である……と。

——人間的に劣っていたのは、オレの方だったわけか？

ゴンドラの外は、あいかわらず霧一色だ。

——御雲の方から口説いたのか。由利香がオレの彼女ということを承知で？　それとも、由利香の方から言い寄ったのか。オレの友人と承知の上で？

どちらにしても……、考えれば考えるほど人間不信に陥ってしまいそうだった。

——オレは、いったいなんなんだ？　奴らの恋のキューピッドか？　お笑いだ！

●

試験などの用事で数日だけ大阪に戻ることはあるが、四月の初頭まで住みこみのバイトは続く。あと三ヵ月もの間、雪山に囲まれた密室状況で、どう気持ちを整理すればいいものか。

——密室状況——

英次の脳裏に、今朝のニュースで報じられていた事件のことが突然、思い出された。

京都、兵庫、鳥取、岡山——背中に『密室』と記された被害者。

——あの事件は本当に、同一犯によるものなのだろうか。犯人は本当に、密室の中にいる被害者を殺してのけたのだろうか？

無差別に標的を選び、密室の中で殺害する。

——もし本当にそんなことのできる奴がいるのなら、いっそのこと、このオレを殺してくれないだろうか？

英次には、人生に悲嘆し自殺していく者たちの気持ちがわかるような気がした。

しがらみを捨て、一思いに死んでしまえれば、どれほど楽だろう？

英次の下宿には、話題になった鶴見済《つるみわたる》の『完全自殺マニュアル』があった。

買った時は冷やかしの気持ちでさらっと読んだのだが、今は……。

あの本を開くのが怖かった。

死という自由への『扉』を開き、まだ生に執着する自信がなかった。

いったん思考が鬱《うつ》になると、ズブズブと底のない泥沼に沈んでいくようだった。

——なぜ、オレはこんな気持ちになった？

——霧、そしてゴンドラ……二重の密室の中で、一人で思索にふけっていたからか？

密室の中で……。

★

ゴンドラを降りて、スキー板をとる。そして、出口へと向かう。相良親子が出口のアーチをくぐろうとしたまさにその時、背後から、切羽《せっぱ》つまった係員の声があがった。

「おい、降りてこないぞ。——どうなってるんだ！」

あわただしい足音が、ゴンドラのホームに響く。

スピードを落とし、扉を開いたゴンドラの中を覗きこむ係員。

「降りてください！　つきましたよ！」

後ろのゴンドラからは、カップルらしい男女が降りてくる。

「……大変だ。おい！　ゴンドラを止めろ！」

ゴンドラの中を覗きこんだ係員が、相棒に絶叫した。

もう一人の係員は、壁にある緊急停止ボタンの蓋《ふた》を開け、ボタンを押す。

ガコンッ！

大きな音がした。ゴンドラは前後に振動し、停止する。

ボタンを押した係員も、ゴンドラに駆け寄った。「——どうしたんだ？」

●

通り過ぎる際、停止したゴンドラの中をちらっと覗いた浅宮兄妹の足が止まった。

出口からは、相良親子が好奇心を膨らませた表情で、ゆっくりと歩み寄ってくる。

……気が動転し、誘拐どころではなかった。

ゴンドラの中には、まだ年若い青年が一人で座っていた。

その首は本来あるべき肩の上にはなく、床にゴロリと転がっている。

ゴンドラの中には、鮮血が飛び散っていた。凶器らしきものは、まったく見当たらない。

「殺人だ！」

短く、誰かが叫んだ。

●

『6番目の被害者』一九九四年一月二日夕

■下田英次
性別＝男　年齢＝二一　身長＝一七八　体重＝六五
血液型＝B　職業＝大学生

屍体発見現場◎長野県
密室の仮名称◎ゴンドラの密室

■現場の状況←

①被害者は、ゴンドラの中で首を斬られて殺されていた。
②被害者はゴンドラに乗る前まで、確かに生きていた。被害者の乗ったゴンドラには、他に誰も乗っていなかった。
③当時、スキー場一円は濃い霧に包まれており、前後のゴンドラからも、被害者の乗ったゴンドラの様子は窺うことができなかった。
④ゴンドラは、山頂に至るまで、一度も停止していない。
⑤現場から、凶器と思われるものは、まったく発見されていない。
⑥被害者の背中には、被害者自身の血で『密室陸《ろく》』と記されていた。

密室七　邪馬台国《やまたいこく》の密室

『生涯を捧ぐ愛』

緒華夢彦《おばなゆめひこ》は、一人の女性を愛していた。

子供の頃、偶然手にした一冊の本で彼女のことを知って以来、愛し続けている。

それは恋のときめきでも、謎に対する好奇心でも、男としての本能の高まりでもない。

正真正銘《しょうしんしょうめい》、清廉潔白《せいれんけつぱく》な『愛』だった。

流水の中の清涼を思わせる、この純《ピュア》な『愛』は、もう六十年以上も続いている。

歴史小説を書くと志し、雑誌編集者を経て歴史作家となったのも、すべては彼女のことを書くためだった。彼がこの世でたった一人愛する彼女に、永遠に続く生命の息吹を吹き込んでやるためだった。

歴史とは公認された物語にすぎない——そう言ったのは確かヴォルテールだが、この言葉は真に正鵠《せいこく》を射ている。

まばらに散った白髪を手ですき、夢彦はそんなことを考える。

——この世で最も大きな力を握っているのは誰か？

権力者でも賢者でも戦士でもない。それは、歴史家だ。

賢者がいかに真理を説こうとも、戦士がいかに強靭《きょうじん》な力をもって弱者を抑圧しても、権力者がいかに世界を自分の色に染めようとも、しょせん歴史家の一本の筆の力を前にすれば、無力なものだ。

本人がどこまで意図して言ったのかはともかく（——また、これも後世捏造《ねつぞう》された伝説という可能性は捨て切れないが——）、福沢諭吉の言うように、『ペンは剣よりも強い』のだ。世界がいかに動こうとも、歴史家の手一つで、改竄《かいざん》することができる。たった一文字の力で、名君は暴君となり、賢者は愚者となり、戦士は狂戦士となりうる。

歴史上の真実とは、常に歴史家の手によって記録されてきた。たとえば……陳寿《ちんじゅ》の記した『三国志』では、魏朝《ぎちょう》の礎《いしずえ》を築いた曹操《そうそう》は、あらゆる方面に才長《た》けた超人として描かれている。だが、（——歴史書ではないが——）曹操の敵役たる劉備《りゅうび》を中心に据えた『三国志演義』では、曹操は悪人のように描かれている。どちらの場合でも、事実とは、記録されていることに他ならない。このことから考えても、歴史書の持つ力は一目瞭然であろう。

中国における正史とは、正しい歴史のことではない。編纂《へんさん》当時の王朝が、前王朝から正当な手続きで中国の統治権を手に入れた正統の王朝であることを証明するために書かれた（——作られた——）歴史のことなのである。当然、そこには事実と反する歴史もある。

人は不死でなく、生き仏を自称し転生を繰り返しているというダライ・ラマにしたところで、記憶を存続させることはできない。つまり、未来永劫《えいごう》、真実として伝えられるのは事件ではなく、歴史家の書いた『歴史』なのである。

時に——小説家は、いわゆる『歴史』よりも魅力に富み、真実性を帯びた物語を創り出すことに成功する。

推理小説愛好家の中には、シャーロック・ホームズという名探偵が実在すると信じている者たちがいる。また、恐怖小説を愛読する者の中には、吸血鬼《ヴァンパイア》という魔物が実在すると信じている者もいる。

彼らにとってはそれが真実であり、シャーロック・ホームズも吸血鬼も確かに実在しているのだと夢彦は思う。ある意味では、コナン・ドイルもブラム・ストーカーも、歴史という物語の紡《つむ》ぎ人——歴史家なのである。

宮本武蔵《みやもとむさし》を実在しない人物だと思っている者や、藤原道長《ふじわらのみちなが》の時代に光源氏《ひかるげんじ》が実在したと考える者にとっては、それらのことは、『歴史』と寸分違《たが》わぬ事実なのだ。それは、遠く離れた地で暮らす普段連絡のない知人が、確かにそこに実在していると確信しているからこそ、そこに存在している、ということと同じなのである。

邪馬台国《やまたいこく》にしても、そうだ。手掛かりは一九八七文字の『魏志倭人伝《ぎしわじんでん》』しかないというのに、誰もが（——例外も存在するとはいえ——）その実在を信じて疑わない。

それは、夢彦が永遠の『愛』を捧げる邪馬台国の女王、卑弥呼《ひみこ》にしても同じだ。

★

新井白石《あらいはくせき》、本居宣長《もとおりのりなが》、白鳥庫吉《しらとりくらきち》を初め、江戸時代以来、三〇〇年の長きにわたって『邪馬台国はどこにあったか？』という論争は延々と続けられてきた。

論争がこれほどの長きにわたり、未だなお決着を見るに至っていないのは（――自分の説こそが真実なのだと頑強に主張するものは多いのだが――）、ひとえに、その存在を記した文献が『三国志』魏書東夷伝倭人《ぎしょとういでんわじん》（通称・『魏志倭人伝』）しか存在しないことに由来する。記紀（『古事記』と『日本書紀』）の中にも、邪馬台国について述べられていると解釈できないこともない箇所も存在するが、それらは推測にすぎず、また、記紀が偽書《ぎしょ》であるという説もあるぐらいなので、確たる証拠はまったくない。

『魏志倭人伝』では、中国から邪馬台国に至るまでの方位、里程がこと細かに記されているが、それらのデータから分析すると、邪馬台国は日本列島のどこにも存在しえないこととなる。かくして、方位、里程には誤りがあるという通説が生まれ、無数の邪馬台国論争を生み落とすこととなった。

推理作家の松本清張《まつもとせいちょう》など、各時代の著名人が論争に加わっているのも、『魏志倭人伝』を読めば、極端な話、誰でも論争に参加することができるからであり、その親しみやすさこそが、邪馬台国の謎をここまで魅力溢れるものにしているといえる。

主な説としてあげられるものに、北九州説、畿内説、四国説、吉野ケ里《よしのがり》説、沖縄説、出雲説、阿蘇説、奄美大島説、北九州から畿内への東遷《とうせん》説などがあるが、中には、台湾説、フィリピン説、エジプト説や、『邪馬台国はなかった』という説まである。そして、記紀を参考とするものの中には、天照大神《あまてらすおおみかみ》イコール卑弥呼であり、高天原《たかまがはら》イコール邪馬台国という説を立てる者もいる。

それらの説の中には、曖昧《あいまい》な『魏志倭人伝』の分析にあまり着目せず、考古資料に頼ったものも多い。それでは邪馬台国の位置が定まらないのも当然のことである。本来、邪馬台国の位置の推理は文献解釈から示されるべきであり、こじつけた説明の可能な遺跡や遺物などというのは、補完資料にすぎないのである。

ここで、邪馬台国論争は、おきまりの袋小路に迷いこむ。邪馬台国が存在したことを示すそもそもの発端である『魏志倭人伝』があてにならない以上、邪馬台国の位置決定は、極言すれば絶対に不可能なのだ。

そもそも『魏志倭人伝』の中には、『邪馬台国』という名前すら登場しない。記載されているのは、『邪馬壹《やまいち》（壱）国』という名称のみである。『邪馬壹国』であった場合、『YAMAITI』と母音が二つつながるが、古代の日本語では母音が二つつながることはありえないため、『壹（壱）』を『臺《たい》（台）』と間違えたのだろうということになった。その結果、『邪《や》馬《ま》臺《たい》（台）国《こく》』という憶測に基づく名称が誕生した。

すべてが推測に基づいている。

常識的に考えれば、つまるところ、邪馬台国の位置決定は絶対に不可能。

しかし……

★

邪馬台国も卑弥呼も、永遠の神秘のヴェールに包まれている。

——だから、自分は卑弥呼を愛し続けてきたのだろう。『謎』という至高の衣をまとっているからこそ、卑弥呼は美しく見えるのだ。『謎』という不滅不変の衣をまとっているからこそ……。

夢彦は今では、遥かなる太古《たいこ》から、卑弥呼が自分を選んだのだと確信していた。

卑弥呼は緒華夢彦を永遠の配偶者に選んだのだ。

自分の不老不死の生命を、より確実強固なものとするために——。

歴史作家になるまでは、自分の卑弥呼への愛は、偏執的《パラノイアック》な妄想かもしれない、と恐れていた。しかし、編集者として知り合った妻、秘美子《ひみこ》の中に卑弥呼の影を見出だした時以来、迷いは晴れ、夢幻に包まれた無限の感動のみが残った。

——卑弥呼が私を求めている。私が愛し続けた女性が、私を必要としてくれている。

結婚しても、夢彦は秘美子と契《ちぎ》りを交わすことはなかった。結婚というものは、秘美子を縛るための鎖でしかなかった。卑弥呼の化身にして偶像たる秘美子と契ることなど、夢彦にできるはずがなかった。

『謎』という衣は、暴かれることがないからこそ、『謎』としての魅力を保つのだ。『謎』が『謎』でなくなってしまった時、そこにあるのは形骸《むくろ》と化した『現実』という胸糞《むなくそ》悪い代物でしかなくなる……。

邪馬台国の論争がここまで続けられ、未だ人気を保持しているのも、『謎』が絶対に解きえない代物だからだ。真相を解明することは、邪馬台国と卑弥呼の永遠の生命が途絶えることを意味する。

そのようなことを、夢彦が許すわけにはいかなかった。永遠をより完全な永遠とし、永遠の時の迷宮の中で卑弥呼と契ることこそが、夢彦の宿願なのだったから……。

だから夢彦は、著作の中で、邪馬台国の秘密を暴くことは敢えてしなかった。

邪馬台国が本当はどこにあったのか？　そして、卑弥呼とはどういう人物だったのか？

彼が知るその事実を小説の形で書き記すことは、絶対にしてはいけないことなのだ。

★

還暦を迎えた時、夢彦は時機の到来を確信した。

そして、ついに邪馬台国の小説を書き始めた。

邪馬台国の謎を暴くのではなく、邪馬台国を舞台とし、卑弥呼を主人公とした小説だった。これまでの人生で自分の中に蓄積していた卑弥呼への想いが爆発し、ペンを走らせた。

原稿用紙一〇〇〇枚の大作『邪馬台国の謎』がベストセラーとなった時、夢彦は自分の人生が無意味なものではなかったと知り、涙を流して秘美子を抱擁した。秘美子という肉体を借りた永遠の存在、卑弥呼と自分が一七〇〇年の時を経て感じあうのを、夢彦は確かに感じていた。

邪馬台国モノの第二作、『邪馬台国の秘密』は、原稿用紙二〇〇〇枚にも及ぶ超大作で、各書評紙から畢生《ひっせい》の大傑作と騒がれ、前作を遥かに上回るセールスを記録した。

『邪馬台国の秘密』で推理作家協会賞を受賞した夢彦はマスコミの記者会見に応じ、邪馬台国三部作の掉尾《とうび》を飾る人生を賭けた作品をものするつもりであることを宣言し、ファンを喜ばせた……が、一番喜んでいたのは、むろん、当の本人だった。

──卑弥呼が見ていてくれる。私の未来の妻が、ずっと側で見ていてくれる。

──他の誰のために書くのでもない。私は卑弥呼のために物語を紡《つむ》いでいる。

完結篇『邪馬台国の真実』の献辞は、こうするつもりだった。

『──いつも私を見守ってくれた卑弥呼に本書を捧ぐ』

卑弥呼への愛が、地球よりも大きく膨らみ、全宇宙を飲み込むのではないかと錯覚してしまうことが、しばしばあった。

夢彦は狂気に取りつかれたように執筆した。

推敲《すいこう》に推敲を重ね、今まさに、『邪馬台国の真実』の最終章にとりかかっていた。

彼は、卑弥呼と自分の結婚を記念するこの作品の最終章で、邪馬台国と卑弥呼の真実を、ヴェールを通して朧《おぼろ》げに記すつもりだった。

今や筆を握る手は発汗し、夢彦は忘我の境にある。

——この作品が出版されれば、私の肉体が滅んでしまってもいい。私は作品の中に入り、卑弥呼と、永遠の時を過ごすことができるのだから……。

本気で、そう考えていた。

★

緒華秘美子は、眠れぬ夜を過ごしていた。

長年連れ添ってきた夫の（——いささか謎めいたところはあるものの、自分に無窮《むきゅう》の愛を捧げ続けてくれた夫の——）生涯を賭けた三年越しの大事業が、今、まさに終幕《フィナーレ》を迎えようとしている。

夫の生活に完全に依存するのではなく、秘美子は趣味に生きていた。お互いの生活を密接に絡ませることがなかったので、これまで二人の間に大した問題が生じたことはなかった。

秘美子の趣味は編物や絵を描くことだった。彼女は本を読むのはあまり好きではなかったが、それでも夢彦の著作にはすべて眼を通していたし、作品から感じられる情熱に圧倒されて、夫をいつも誇りに想うとともに尊敬していた。

そういうわけで、夫が人生の絶頂期《ピーク》を迎えようとしている今、彼女もまた、自分が異様な興奮に包まれるのを感じていた。リヴィングのソファに腰を下ろし、編物の手を休め、夫の著書の中でも最も好きな二作、『邪馬台国の謎』と『邪馬台国の秘密』を読み返す。何度も読み返し、細部に至るまで熟知している作品であったが、それでも再読は心地よかった。

——この二作を通じて、夫の愛を感じることができるからかしら？　卑弥呼という主人公を通して捧げられた秘美子《わたし》への狂おしいまでの激愛を……。

●

午前四時頃、和菓子とほうじ茶を書斎に持っていくと、夫は、窓の外の昏《くら》い闇を見つめつつ、煙草《ピース》をくゆらせていた。

「一休みなさっているんですか？」

秘美子が尋ねると、夢彦はふり返って生涯最高の笑みを浮かべた。

「……ああ。いよいよだよ、これから最終章を書くつもりだ」

「がんばってください」

秘美子の激励の言葉に、夢彦は確かな頷きの言葉を返した。その眼に彼女は確かな『愛』を感じとり、恍惚《こうこつ》とした想いに身を震わさずにはいられなかった。

——これほどまでに夫に愛される女性が、世に何人いるだろう。わたしは、幸せ者だわ。本当に……生きてて良かった。

●

それから二時間が経過した。

宇宙空間もさぞや、と思わせる無限の静寂が緒華夢彦の邸宅を包みこんでいる。『館』までもが、緒華家の家長の未来を（――必ず訪れる成功を――）祝福しているかのように息を殺し、無音の時間が続いている。

『邪馬台国の真実』――恐らく今世紀最高の小説になるであろう物語の完成の時は近い。

秘美子は自分がいつになく興奮するのを感じた。

歴史的な瞬間に立ち会えるという感動が、彼女の体内で血潮をたぎらせていた。

★

古橋勇二《ふるはしゆうじ》は、かつて感じたことのないほど巨大な期待に胸を膨らませていた。

タクシー運転手の世間話にも、けんもほろろに相槌《あいづち》を打つだけで、適当に聞き流していた。勇二は、自宅で愛飲している南アルプスの天然水を飲むたびに、その産地である、ここ山梨県北巨摩《きたこま》郡に想いをはせてきた。南アルプス赤石山脈の絶景を見渡せる位置に立つ緒華夢彦邸で自分を待つ原稿のことを思うと、いてもたってもいられない。タクシーが緒華邸に一刻も早く到着することをただ祈るばかりだった。

●

勇二は、昔から読書が好きだった。様々なジャンルの本を濫読《らんどく》し、傑作を探求するのは、方位のわからぬ深い樹海を歩くのにも似ている。樹々《きぎ》の間を走るけもの道を歩き、ふと周囲を見回す。傑作に出会った時の至福の想いは、幾日も彷徨《さまよ》い歩いた樹海の出口を発見したような感動を読者に与えてくれる。

読書をしていて良かった……そう感じることは滅多にない。藁《わら》の山から一本の針を見出だすのにも似た、大変なこと。だからこそ、冠絶《かんぜつ》した傑作に出会えた時の興奮は大きい。今まで生きてきて良かった。読書をしてきて良かった。そう思えるだけの傑作に巡り会った感動は、読書という先の知れない樹海を彷徨《さまよ》ったことのある者だけが知っている。

可ならざるはなし――そう評される作家は、片手の指で数えることができるほどの数しかいないだろう。勇二の知るかぎり、緒華夢彦という偉大な才能は、そのごく希少な作家の一人だった。

正直言って、邪馬台国三部作が始まる前は、緒華夢彦に対する勇二の評は、辛口だった。だが、編集者として邪馬台国シリーズに接し、作者を知り改めて読み返して見ると、今までに発表された諸作は、どれも根を一つにするテーマと精神によって綴《つづ》られた極上の物語であることを気づかされ――自己の不明を深く恥じることとなった。

『邪馬台国の謎』そして『邪馬台国の秘密』は、読書の達人を自称する勇二でさえ、今まで全く経験したことのない興奮と感動を与えてくれた。

小説という枠組みと歴史小説というジャンルを超越し、悠久《ゆうきゅう》の時の流れさえも包みこんでしまうかのような包容力、物語の美しさ、──そして壮大なロマン。

『邪馬台国の謎』を読了した時、勇二は涙を流し、一時間もの間、ただ呆然と本の表紙を見つめていた。『邪馬台国の秘密』を読了した時は、前作の経験から免疫ができていたはずなのに、絶叫し、夜の街を愛車で疾走してしまうほどの感動に打ちのめされた。

『邪馬台国の謎』は一五〇万部売れ、『邪馬台国の秘密』は二四〇万部という望外のセールスを記録した。……原稿用紙三〇〇〇枚という待望の最新作『邪馬台国の真実』は、おそらく三〇〇万部は突破するだろうと予想されている。

だが、正直言って勇二には、(──編集者らしからぬ考えかもしれないが──)売上げなどというものは二の次だった。ファンのみならず、日本中の読書人が垂涎《すいぜん》の『邪馬台国の真実』を誰よりも早く読める。このことが、嬉しくないはずがなかった。

──次は、どのような感動を与えてくれるのだろう？　日本の財産とも言える、あの大器晩成の大先生は……。

緒華夢彦の作品に関するかぎり──とりわけ、邪馬台国シリーズに関するかぎり、期待は裏切られるということはないのだ。絶対に。

必ず期待を上回る感動を約束する邪馬台国シリーズの完結篇。

玉稿を両手におさめた時のことを思うと、勇二は興奮に打ち震えた。

●朝靄に包まれた山道を、タクシーが登っていく……。
前方に、緒華夢彦邸が見えてきた。

★

ジリリリ……

タクシーの停まる音の数十秒後、けたたましい呼び鈴の音《ね》が深い静寂にメスを入れた。

——古橋さんだわ。まあ、予定よりも三十分も早く。

壁にかかった時計を見やると、午前八時三十分だった。約束の時間を十分と違《たが》えたことのない古橋勇二が三十分も早く到着した。それは、彼が『邪馬台国の真実』に抱いている期待の大きさを物語っていた。

足取りも軽やかに、秘美子は玄関口へと向かった。

●ジリリリ……
呼び鈴の音も、緒華夢彦の耳には届かなかった。一気《いっき》呵成《かせい》に書き上げた最終章——『了』と記した最後の原稿用紙の上に今ゆっくりとペンを置いた夢彦の顔は、無限に等しい充実感に溢れていた。

原稿用紙三〇〇〇枚もの大作を成就した達成感が、彼の顔をまぶしく輝かせていた。煙草《ピース》に火を点け、うまそうに煙を吐く。

窓の外は、いつの間にか明るくなっていた。広い庭と、その向こうに広がる山々の連なりが荘厳な美景だった。

――終わった。これで、卑弥呼と私はようやく結ばれるのだ。……永遠に……。

吸殻でいっぱいの灰皿の灰を、丸めたクズ原稿のつまったゴミ箱に捨てる。煙草を灰皿に置く。ゆらゆらと紫煙が乱舞している。まるで、夢彦の新しい生を祝福してくれているようだった。

そこで初めて、夢彦はリヴィングから話し声がするのに気づいた。

――古橋くんが来ているのか。もうそんな時間になっていたとは……いつもながら、原稿を書いていると時間のたつのは早いものだな。まあ……なんにせよ、原稿ができてしまってよかった。実に、いいタイミングだ。

緒華夢彦がふり返ろうとしたまさにその時、……

★

軽く談笑し、秘美子は、勇二にリヴィングの椅子を勧めた。勇二は黒革のバッグをソファの上に置き、『とりあえず先生にご挨拶を』と、着席することを丁重に辞退した。

その行動の意味するところは、明白だった。

秘美子は勇二と顔を見合わせ、二人は思わず笑みをこぼした。

二人とも、『邪馬台国の真実』が完成し、原稿を読む瞬間が待ち遠しくて仕方ないのだ。

●

「あなた、古橋さんがお見えになりまし――た……」

「先生、御無沙汰しており――ます……」

書斎の扉をノックし、室内を覗きこんだ二人の発した言葉の語尾が、小さくなり、虚空に吸いこまれるように消えた。

緒華夢彦の書斎は天井の高い、長方形の部屋だ。両側の壁に書棚が並び、邪馬台国関連の本をはじめ、膨大な数の書籍が、所狭しと肩を並べている。扉の正面には、広い庭と、その向こうの南アルプス山系を見渡せる、はめ殺しの大きなガラス窓がある。

書斎の豪奢《ごうしゃ》な革張りの椅子に、大先生だったらしきものが座っていた。

首から上に別れを告げたばかりの緒華夢彦の胴体が……。

●

書斎の机の上には、原稿用紙が幾つかの山に分けて置かれている。

その山の一つを崩すように、夢彦の首がごろんと乗せられている。

原稿用紙は、血飛沫《ちしぶき》で赤く染まっている。

灰皿には、吸い差しの煙草が一本、置かれている。煙草からは、まだ煙が出ていた。

「先生！　——緒華先生！」

弾けるように、緒華夢彦の屍体に駆け寄る勇二。

屍体と血に染まった原稿を見て、勇二は、悲惨な表情になった。

声をあげて泣きたいほど……無念な心境だった。

——オレは、先生と原稿、どちらの死を悲しんでいるのだろう？

そんなことを漠然と考えながら……。

●

どさり、と何かが倒れる音がした。

勇二は、今度は失神した作家夫人を助け起こさねばならなかった。

「奥さま！　しっかりして下さい！」

秘美子を抱き上げ、ふと、勇二は室内を見回す。

——おかしい。

——犯人はどこからこの部屋に入り、どこから抜け出したんだ？　この部屋は密室じゃないか。灰皿に置かれた煙草の煙のごとく、室内から消え失せたとでも言うのだろうか？

緒華夢彦の書斎は、完璧な密室だった。

●

『7番目の被害者』一九九四年一月三日朝

■緒華夢彦
性別＝男　年齢＝六六　身長＝一五九　体重＝七三
血液型＝O　職業＝歴史推理作家

屍体発見現場◎山梨県
密室の仮名称◎書斎の密室

■現場の状況←
①被害者は、自宅の書斎で首を斬られて殺されていた。
②書斎の出入口は唯一の扉だけで、窓は、はめ殺しになっていた。
③被害者の夫人は、午前四時以降は夫を見ておらず、なんの物音も聞いていない。
④被害者の夫人は、午前四時から屍体発見時まで、書斎の扉が見えるリヴィングで読書をしていた。
⑤屍体発見時、書斎机上《きじよう》の灰皿には、吸いかけの煙草が一本載っており、吸い口から被害者の唾液と指紋が検出された。
⑥現場の周辺から、凶器と思われるものは発見されていない。
⑦被害者の背中には、被害者自身の血で『密室柒《しち》』と記されていた。

密室八　ボウリング場の密室

『三つの賭け』

ゴトンッ！

ボウリングのボールを床に落とした音だ。

重い音が、ボウリング場特有の騒がしさの中に、なぜか鮮明に響きわたった。

ジュークボックス（レーザージューク）でリクエストされたヒットナンバーと、ピンのはじけ飛ぶ音が一体となっていた乱雑な音の海に秩序が回復する。レーンの上にあるテレビの中では、歌手が陶酔《とうすい》した表情で熱唱している。

昨年人気爆発《ブレイク》したロックバンド『ＷＩＮ《ウィン》』の女性ヴォーカル――サマー・亜桜《あさくら》である。歌は、昨年のクリスマス・イヴに発売されたばかりの新曲《シングル》『WINTER☆WINDOW』。その明るいメロディだけが不気味な雰囲気と奇妙に調和して、依然として流れていた。

「おい！　あ、あれは……！」

誰かが絶叫し、次第にボウリング場全体の注目が一番レーンに集まる。

小説ではよく使われるありふれた表現の通りだ。

本当に……スローモーションの映像を見ているかのようだった。

今、まさに投球しようとしていたのであろう青年の体。

ゆっくりと……ゆっくりと……ピンの方を向いて倒れていく……。

青年が落としたボールが、コロコロと後ろへ転がる。

ゴツン——と壁にぶつかって停止するボール。

倒れた青年の体には、首がなかった。

白いウールのセーターの背中には、くっきりと『密室捌《はち》』と記されている。

その首なし屍体は、生命の痕跡が微塵も感じられず、人形のようだった。

さらに——

悪魔的なことに、斬り落とされた頭部が（——ボウリングのボールのように丸い首が——）、……コロ……コロ……と、ゆっくり回転しながらレーンの上をなおも転がっている。

ざわめきが起こり、次第にそれは膨張していった。時折、遠くのレーンから女性の短い悲鳴があがり、やがて、一番レーンを遠巻きに囲む人の輪ができた。

「嘘だろ——？　こんなこと……」

ビリヤードのキューを握った男が、かすれた声で、つぶやくように言った。

倒れた胴体の首の斬り口のところから流れ出る血はレーンの上に放射状に拡がり、ガーターレーンまで流れこんでいる。

首が転がった跡を示すように、血の線がピンへと続く……。

そのラインはレーンの中心を走り、まっすぐに10《テン》ピンに向かっている。

転がる首がピンにまさに触れんとする時には、ボウリング場の全員が注目していた。

ガタンッ——ガタタンッ！

ゆっくりと転がる首に押し分けられ、ピンが一本ずつ倒れていく。

一本……二本……三本……四本……

首が闇に消えた時、立っているピンは一本もなかった。

ストライクである。

野球帽を前後逆にしてかぶった少年が、ショックのあまり両膝をついてくずおれた。

●

数秒後、送り返されるボールの搬出口がかすかに振動し、ボールの代わりに首が現れた。

それは……目を開き、舌を突き出した青年の首だった。

★

滝沢宗樹《たきざわむねき》は、ボールを投げようとしたまさにその瞬間、首の後ろに猛烈な衝撃を感じた。

視点が一気に地上へと落ち、九十度回転する。
ゴトンッ！
自分がボールを落とした音が、なぜか後ろから聞こえる。
――視界が回る――　グ　ル　グ　ル
ボールがよく滑るようにレーンにはられたオイルに接吻する。
……ぬるり。顔にオイルがつく。
――視界が回る――　グ　ル　グ　ル
ボウリング場の天井のまぶしい照明が目に入る。
――視界が回る――　グ　ル　グ　ル
投球姿勢から床へ倒れつつある自分の首のない胴体を見て、宗樹は目をしばたたいた。
――オ、オ、オレは、死、死んだのか……オ、オレは既に死、死んでいる？
刹那の出来事だった。
一瞬前には、宗樹はストライクを狙うことだけを考えて投球体勢に入っていたのだ。
それが……
「おい！　あ、あれは……！」
遠くから、誰かの絶叫する声が聞こえる。
――視界が回る――　グ　ル　グ　ル
何者かに、首を斬られた？　信じたくはないが、それが事実のようだった。

宗樹は声をふり絞って助けを求めた。しかし、シューと喉が鳴るだけで、声を発することはできなかった。声帯は切断されてしまったらしい。

――視界が回る――　グ　ル　グ　ル

他のレーンでピンが倒れる音がやんだ。

宗樹も好きな『WIN』のヒットナンバーだけが空間に音を提供している。

世界のどん底に叩きこまれた気持ちを、宗樹は初めて理解した。

首筋が熱い。焼けるように熱い。脳天に凝縮された血が集まったかと思うと、シュワッと炭酸水の炭酸が抜けるようにそれは拡散し、塵《ちり》と消えた。

――視界が回る――　グ　ル　グ　ル

多くの人が一番レーンを遠巻きに囲み、自分を見ているのに宗樹は気づいた。

見るな見るな見るな――見るな……見るな！

自分の不幸も他人にとっては見世物でしかないのが、たまらなくはがゆかった。しかし、やり場のない怒りは、風船から空気が抜けるようにしぼんで消える。

熱さの後にやってきた爽快感が、陰鬱な暗闇に座を譲ろうとしていた。

――視界が回る――　グ　ル　グ　ル

――視界が回る――　グル　グル

――視界が回る――　グルグル

グルグルグルグル……グルグルグルグル……

グルグルグル……グルグル……グル……グ……ル……

世界が回っている。頭の中で脳味噌がグルグル回転している。

顔についたオイルも、気にはならない。ただ、猛烈に眩暈《めまい》がした。

——昏《くら》い幕が視界の上から降りてくる——

すべてが消失する寸前、宗樹の眼前にピンが見えた。

——ストライクがいいな。

最後の瞬間、彼の頭に浮かんだのは妙に現実的なことだった。

★

ピンは威勢よくはじけたが、両端の二本が残ってしまった。スプリットだ。

名倉定信《なくらさだのぶ》は、握りしめた右手の拳《こぶし》で左の掌《てのひら》をパンと打った。

残った二本のピンを恨めしげに見やるが、どちらのピンもしっかりとレーンに鎮座して、
当然のごとく身動《みじろ》ぎもしない。最近ようやくよちよち歩きを卒業した信廣《のぶひろ》を膝の上に乗せた
佐代子《さよこ》が、おかしそうに笑っている。

「これでわたしの勝ちね。……あなた、今日の晩ごはんはよろしく」

——ボウリング場における、第一の賭け——

名倉夫妻は、今日の最終ゲームに夕食の被調理権を賭けていた。

──やれやれ。なまじ料理ができるとこれだ。まあ、気分転換にはもってこいだから調理することと自体はいいんだが、佐代子の奴に賭けで負けたというのは癪《しゃく》にさわるな。10《ラスト》フレームでは、最低でもスペアを出さないと後に投げる佐代子の勝ちは決定的だった。スペアかストライクを出さねば……そのプレッシャーのせいで力《りき》み、ボールが真ん中に入りすぎたようだ。

定信が信廣の頰をツンとつついてみる。

『アブー』と、信廣のかわいい右手が父親の指を握りしめた。

「それにしてもあなた、今日はスプリットばかりね」

ボールがレーンの両端に別れるスプリットでは、スペアも望むべくもない。

定信は、悔しさを厚い面《つら》の皮の下に押し隠し、精一杯努力して笑みを浮かべた。

「正月だからな。……いつも、家事をがんばっていただいてる家内孝行だよ。実を言うと、久しぶりに包丁を握りたくてね」

「あらあら。相変わらず、負けず嫌いでいらっしゃること。一児のパパになっても変わらないわね」

「──一児のママほどじゃないがね」

肩をすくめる佐代子の膝の上で、信廣が『アババァ』と謎の奇声を発しながら笑う。

定信は首を軽く一回転させ凝りをほぐす。

ボール搬出口に送り返されてきた十五ポンドのボールを軽々と持ちあげた。

——二本とも倒すのは無理でも、せめて一本は確実に倒して格好をつけたいところだな。

レーンの向こうに鎮座するピンに、慎重に狙いを定める。

……その時だった。

ゴトンッ！

どこかのおっちょこちょいが、ボールを床に落としたらしい音が響き、定信の緊張に楔《くさび》を打ちこんだ。

音は左からした。定信が今立っているのが四番レーン。

二番レーンと三番レーンは空いていたから、一番レーンで投げていた青年だろう。

軽く左を向いた定信の眼が驚愕に見開かれた。

右手にボールを抱えたまま、左手で一番レーンを指差す。

「おい！　あ、あれは……！」

夫が指差す先に視線を向けた佐代子が、短い悲鳴をあげた。

「アブゥ？」

信廣は無邪気に笑いながら、化石のように固まってしまった両親を交互に見上げた。

★

三十個のレーンが並んでいる隣りの広いスペースには、ビリヤード、卓球の台が三台ずつ並んでいる。そのさらに隣りにはフロント、ゲームコーナー、トイレ、ジュークボックス、靴ロッカー、各種自動販売機（——ジュース、アイスクリーム、インスタント食品——）がある。

ビリヤード台で悪友とナインボールの賭けを楽しんでいた吉野《よしの》剣兵《けんぺい》は、その時、舌打ちをしてキューの尾でコンッと床をつついた。

九番ボールは直接狙えないので、とりあえず二番ボール、三番ボールを順調にコーナーに沈めた。そこから先が問題だ。六番ボールと八番ボールが邪魔をして、四番ボールを突くのはかなり難しそうだった。

クッションの反射をうまく利用すれば、不可能ではない。ただ、それには針の穴に糸を通すコントロールが要求されるのは明らかだった。

「さあ……困っちゃったかなぁ、初心者クン？」

細い縁の眼鏡をかけ、ひょろりと伸びた長身の高見沢《たかみざわ》健《けん》が、おどけた口調で冷やかした。

「うるさいよ、タカケン。黙って見てろ！」

タカケン——とは、高見沢健のアダ名である。剣兵は気を紛らわせるために、チョークをキューの先端につけた。台の周りを一周する剣兵を、高見沢健は面白そうに見ている。剣兵の視界に、一番レーンで投球している青年の姿が入ったが、その時には彼を気にとめることはなかった。

「だいたい、お前がオレに挑戦するのは十年早いんだよな。——さあ、早くミスしてオレと代わんな」

自分なら、一気に九番ボールを落としてやる。自信の発言が、暗にそう語っていた。

「まあ、見てろよ。オレだって、『ブレイクショット』は全巻読んでるんだ」

『ブレイクショット』とは、週刊少年マガジンに連載されていたビリヤードマンガである。

「そりゃ、マンガだろ。マンガはマンガだよ」

「知らないな？　マンガは役に立つんだ」

狙いを決めると剣兵は腰を落とし、ブリッジを作った。

可能性がそれしかない以上、針の穴に糸を通すしかない。

「これを決めて、ただでさえ軽いお前の財布をオレがさらに軽くしてやるよ」

——ボウリング場における、第二の賭け——

せいぜい強気を装い、剣兵は精神を集中する。

「——それは楽しみだな」

高見沢はあくまで余裕の表情を崩さない。

剣兵はキューを軽く後方に引き、鋭く突き出した！

ゴトンッ！

後ろのボウリングレーンで誰かがボールを落としたらしい音がしたが、そちらを見る余裕などない。手玉《てだま》は一直線に滑り、六番ボールのわきを抜けてクッションで反射し、四番ボールを押し込んだ。

ヒュー、と高見沢が口笛を吹く。

「オタクは、あいかわらずマグレが多いな」

呆れたような口調だ。

背後から、今度は男の声がする。

「おい！　あ、あれは……！」

——なにかあったのか？

剣兵は高見沢に余裕のウインクを送り、首だけふり返らせてボウリングレーンを見た。

一番レーンで、信じ難いことが起こっていた。

一歩、二歩、思わず足を踏み出す。

「嘘だろ——？　こんなこと……」

一番レーンに、首なし屍体が倒れていた。レーンには血が拡がり、ボールの代わりに、首が転がっていく。

——ちょっと前、オレが、四番ボールを落とすショットをする直前には……あいつは確かに生きていた。なにが起こったんだ？　それに、犯人は？

一番レーンと、そのすぐ隣りの剣兵たちのビリヤード台は、『スターボウル』の二階の端にある。一番レーンで投げていた男を殺した犯人は、どこから現れて、どこに消えたというのだろう。

二番レーン、三番レーンには人がいない。四番レーンには、幼児をつれた夫婦らしい家族連れがいるが、一番レーンと四番レーンの間は少し離れていて、一瞬で移動できる距離ではない。また、ビリヤード台を使っているのは剣兵たちだけである。

犯人が一番レーンに接近すれば、すぐ側にいた剣兵たちが気づかないはずはないのに。

——どうなってるんだ。こいつは、いったい？

「どうした、剣兵？」

急《せ》かすような声で、高見沢が呼んでいる。

「お前もちょっと来て見ろよ、タカケン。オレにも、よくわからねえんだ……」

高見沢は剣兵の横に並ぶと、裏返った声で言った。

「なんなんだ、ありゃあ。ドッキリテレビか？」

★

まったくの偶然から、その時、ボウリング場では三つの賭けが進行していた……。

——ボウリング場における、第三の賭け——

●

「おい、ユウ。賭けの約束を忘れるなよ！」

北条勇太郎《ほうじょうゆうたろう》は、トイレを出ようとしたところで、松波大《まつなみひろし》とすれ違った。

鋭い視線で、頭一つ低い勇太郎を見下ろす。その眼は自信に溢れていた。

「……忘れるわけないだろ、夕真《ゆうま》がかかってるんだ」

「ならいい。せいぜい、あるはずのない自分の勝利でも祈ってろよ」

トイレに入ろうとする大を、勇太郎が強い調子の声で呼びとめた。

「――ダイ！」

大のことを『ヒロシ』と呼ぶ者はあまりいない。小学生時代――、大の家に遊びに行った勇太郎は驚かされたものだ。名づけ親であるはずの大の両親までが、『ダイ』と息子を呼んでいるのだから。

「なんだよ？」

面倒臭そうにふり返る、大。

「気になってたことがあるんだ」

「なんだ、言ってみろ」

「お前、スワッピングなんて単語、どこで仕入れたんだよ」

ヘッ、と大はバカにするように苦笑した。

「……そんなことかよ。情報の仕入先ぐらい、自分で探せよな。お前、もう小学生じゃないんだぞ」

●

今日の勝負で自分が勝ったら、雨宮《あまみや》夕真にちょっかいを出すのはやめろ――そう提案したのは勇太郎だった。今日の勝負になにか賭けようぜ、そう言い出した大の挑発に乗せられ、ついそう言ってしまったのだ。大はそれを聞くと嬉しそうに笑い、『じゃあオレが勝ったらスワッピングだ』と、決めつけてしまった。

『——スワッピング⁉　なんだよ、それ？』

『夫婦交換、って意味さ』

つまり大は、勇太郎の彼女と自分の彼女を交換しようと提案したのだ。そんなことは承知できないと勇太郎が主張すると、能弁家の大は『賭けに乗ってきたのはお前の方だ』と頑《がん》として譲ろうとしない。結局、大が勝った場合、一日だけお互いの彼女を交換するということで賭けを承諾させられてしまった勇太郎であった。

●

野球帽を前後逆にかぶり直し、勇太郎は自分に気合いを入れ直した。

自分の勝ちを信じている大に、一泡ふかせてやりたかった。

勉強においても、スポーツにおいても、ケンカにおいても、勇太郎は大に及ばない。

だが、ボウリングの腕はほぼ互角だと、勇太郎は考えていた。

——大のような獣《アニマル》野郎に、夕真を渡してたまるか。

小学校の頃は、勇太郎と大の関係はもっと円満なものだった。それが中学に入り、女教師と関係を持って以来、大は変わってしまった。女漁《あさ》りに狂ってしまったのだ。

『誘ってきたのは向こうの方だぜ』

女教師とラヴホテルに行った翌日——大は誇らしげにそう言った。自分の『雄《おす》』としての魅力を自覚したあの日から、大は変わった。獣性をむき出しにし、この一年足らずで、先輩や同級生の十人以上の女子生徒と関係を持ち、首から上よりも下半身で物事を考えるようになってしまった。

自分に関係がない間は、対岸の火事ということで敢えて見過ごしてきたが、つきあい始めたばかりの夕真にまでちょっかいを出されては、勇太郎も黙視して泣き寝入りをするわけにはいかなかった。

友情よりも性欲を重視する大を、勇太郎は最近では軽蔑していた。……だが一方で、年をとればみんなそんな風になるのかもしれない、という漠とした不安も感じていた。自分も大のようになるのかもしれない。自分の人生の延長に、大は立っているのかもしれない。そう考えると、人間という生き物がなんだか嫌になった。交尾にふける虫や動物と、自分は結局のところ同じなのではないか、その考えは少年をひどく空しくした。

勇太郎は大を恐れていた。不良グループとつるみ、どんどん自分の知っていた姿から変身していく大が怖かった。タチの悪い不良の先輩もバックについている上に、一対一《タイマン》でケンカをしても勝てるわけがない。口で言っても通じる相手ではないし……

そう考えていたところに、大の賭けの誘いだった。これだとばかり飛びついてしまった自分は、大の狡猾《こうかつ》な罠にはめられたような気がしてならなかった。

夕真を奪われたら、自分は恐らく泣いてしまうだろう。抵抗することもできずに、なす術《すべ》もなく——きっと。

●

ゴトンッ！

騒音の泉に一石を投じて、静寂の波紋が広がる。

その音は、騒音の間をぬうように、勇太郎の耳に届いた。

なぜだかはわからない。だが勇太郎には、無性にその音の正体が気になった。

ただならぬ音……そんな気がした。

誰かがボールを床に落とした。それだけではないような気がする。

音の方に顔を向け、勇太郎は見た。

首のない体と、レーンを流れる血と、転がる首。

「おい！　あ、あれは……！」

誰かがそう叫び、注意が次第に一番レーンに集まった。

駆け寄る人々で、一番レーンを遠巻きに囲む人の輪ができる。

その先頭に、勇太郎はいた。

首が十本のピンをすべて倒した時、勇太郎は全身の力が抜けるのを感じた。

両膝をつき、くずおれる。

巨人の手が自分の肩を抑えつけているかのように、立ち上がることはできなかった。

『死』という観念の重みが、生涯で初めて少年の両肩にのしかかる……ごくありふれた日常の風景に挿入された唐突な『死』に、勇太郎は心底恐怖を覚えた。

不意に、大のことや夕真のことで悩んでいる自分が、とてもちっぽけな、バカらしい存在であるような気さえした。

――これが、死ぬってことなんだ。オレたちの昇っている階段の最上段でポッカリと口を開けている闇の正体は、こいつなんだ。

少年はその時初めて、『死』と出会った。

そして、打ちひしがれた。

★

レーンの上のテレビの中。

熱唱を終えた『WIN』のヴォーカル――サマー・亜桜の顔は、爽やかだった。

●

『8番目の被害者』一九九四年一月三日昼

■滝沢宗樹
性別＝男　年齢＝一七　身長＝一七二　体重＝六四
血液型＝AB　職業＝高校生

屍体発見現場◎静岡県
密室の仮名称◎ボウリング場の密室

■現場の状況←
①被害者は、『スターボウル』の一番レーンで首を斬られて殺されていた。
②被害者は、ボウリング場の他の人々から、位置的に少し離れたところで投球していた。
③見通しのよい状況であったにもかかわらず、被害者に近づいた不審な人物を誰も目撃していない。
④現場の周辺から、凶器と思われるものはまったく発見されなかった。
⑤被害者の背中には、被害者自身の血で『密室捌《はち》』と記されていた。

密室九　悪夢の逆転密室

『運命の三択』

一九九四年一月三日午後三時――。

警視庁記者クラブにおいて、鈴木《すずき》俊治《としはる》刑事部長の記者会見が行われた。

一月一日より連続して起っていた、同一犯によると見られる殺人事件についてのコメントが発表されたのだ。曰《いわ》く、八件の殺人事件は、いずれも状況が酷似しており、幾つかの証拠から、警察では同一犯と特定した、とのことである。

その根拠として、次のような点が例示された。
一、被害者は全員、首を斬られて殺害されている。
一、首の切断面の斬り口から、いずれの事件も、凶器は同一種のものと推定される。
一、どの現場からも、凶器と思われるものは発見されていない。

一、首の切断面には生活反応があり、被害者は全員、生存中に首を斬られている。
一、被害者全員の背中に、被害者自身の血で、『密室』と記されている。
一、『密室』という特徴的な文字は、すべて同一の筆跡である。
一、被害者が殺害された現場は、どれも、密室と解釈できないこともない状況である。

……警察側は、被害者の背中に記された『密室』という文字の下に、大字《だいじ》（漢数字の古表記）も記されていたことは伏せていた。こういった猟奇《りょうき》的な事件の場合、変質者の類《たぐい》が、『自分こそが犯人である』と申し出てくることが多い。そういった際、犯人と偽者を見分けるために、犯人であれば知っているはずの現場の状況などをある程度、伏せておくことは捜査の常識なのである。

●

一月一日の午前零時一分にマスコミ各社、警察庁、ＪＤＣ（日本探偵倶楽部《にほんたんていクラブ》）のＦＡＸが受信した『犯罪予告状』の送り主が犯人である可能性は？　――との質問に対し、鈴木刑事部長は、その可能性もあります、と短く回答するにとどめた。

それに端を発し、『密室卿《みっしつきょう》の人物像は？』、『捜査陣では密室トリックを解明したのか？』等々の質問が矢継早《やつぎばや》に発せられたが、鈴木刑事部長はあくまで慎重な姿勢を崩さず、言葉を選んで対応していた。

曰《いわ》く、『犯罪予告状』の送り主と犯人が同一人物であることが証明できていない以上、犯人のことを密室卿と呼ぶことはできない。また、捜査陣としては、現場が密室状況であるとは考えていない。云々《うんぬん》である。

この記者会見は事実上、箝口令《かんこうれい》が解かれたことを意味した。

情報収集を怠らず、既に独自の捜査を開始していたマスコミは、テレビと夕刊を利用し、こぞって、密室連続殺人事件をセンセーショナルに報じた。

★

『犯罪予告状』がブラウン管にアップで映し出されている。

事務的な口調でそれを読み上げるアナウンサーの声。

『犯罪予告状。今年、一二〇〇個の密室で、一二〇〇人が殺される。誰にも止めることはできない。……密室卿』

午後四時に首相の記者会見が行われたことも、事件の重要性を高めた。新聞各紙の夕刊の一面、報道番組のトップニュースは、すべて密室連続殺人に関するものだった。

なお、鈴木刑事部長の慎重な姿勢も報われず、予想通り、四つの新聞と三つの報道番組が、『密室卿イコール犯人』として報道していた。

どこのチャンネルを回しても、密室連続殺人のニュースを報じている。

被害者の間になんとか関連性を見出だそうとしている番組や、専門家をゲストに招いて、犯人像に迫ろうとする番組もあった。
ある番組では、被害者の一覧表をフリップにし、視聴者に推理を呼び掛けていた。

	被害者の名前	年	性	血	殺害現場	日付
1	須賀原　小六	38	男	AB	京都府	一日
2	町田　竜一郎	44	男	B	兵庫県	
3	山咲　華音子	29	女	B	鳥取県	
4	山極　教太	25	男	O	岡山県	二日
5	北上　波子	47	女	A	広島県	
6	下田　英次	21	男	B	長野県	

7	緒華　夢彦	66	男	O	山梨県
8	滝沢　宗樹	17	男	AB	静岡県
三日					

　犯人像、今後どういった捜査方針が望まれるか……といったことを、電話、FAXで一般視聴者から募集している番組が幾つかあった。

『これ以上、被害者が増えることのないように……』――と、アナウンサーが演技の入った厳しい表情で視聴者に協力を要請している。

――今のところ最も有力な説は、変質者による無差別殺人、というものであり、どの番組でも最後に視聴者に注意を呼びかけることを忘れていなかった。

『無差別殺人であった場合、次の被害者は、まったく予想できません。もしも、という時のために、皆さん――どうか、くれぐれもお気をつけて。戸締まりなど、お忘れのないようになさってください』

　そう言いながら、アナウンサー本人も皮肉に聞こえることは承知していた。相手は密室の中で人を殺す密室卿なのだ。

戸締まりをすれば、逆に、密室卿を誘いこむことになりはしないか？

●

マスコミの精力的な報道により、半日を待たずに、『密室卿』の名と密室連続殺人のことは日本全国津々浦々に至るまで知れ渡った。

通常、ニュースというものは、視聴者が傍観者の立場に回るものであるからこそ安心して観ていられる。しかるに、この事件は、部外者というものが誰も存在しない。誰もが、被害者たりうる。その点が人心を惑わし、多くの人々を不安と恐怖で震えさせていた。

謎めいた密室トリックを駆使する殺人嗜好者が、野放しになっている。

次の被害者は自分かもしれない。これでは、平常心を保つ方が難しいというものだ。

家の中に閉じ籠《こも》っているから安心、という常識はまったく通用しない。

密室卿は、密室の中で人を殺すのだから……。

そして、この世では、密室と解釈できない場所を探すことの方が難しい——。

要するに、逃げ場はないのである。

逃げ場のない密室、逃げ場のない世界……。

社会は、次第に暗いムードに包まれようとしていた。

●

犯人の動機も被害者の関連性もわからぬ以上、変質者による無差別殺人と考えるのも仕方がないことではある。だが、それを認めるのは恐ろしいことだった。

次は、自分が被害者かもしれない。

それは、密室卿を除いて、誰一人例外のない事実なのである。

……今のところは。

★

梶真菜魅《かじまなみ》も、その三人の娘も、密室連続殺人のニュースにさして感銘を受けなかったようだ。対照的に、梶義雄《よしお》は怯えていた。次は自分たちが狙われるかもしれない――、そんな深刻な恐怖に震えていた。

梶家の二階の窓から、外の闇夜を窺《うかが》う。

――闇の中には、この家を見ている眼があるんじゃないか。ギラギラと光る、獲物を探す眼が、どこかに潜んでいる？

そう考えて闇に眼を凝らすと、まるでそれ自体が生命を持った生物であるかのように感じられた。今、あの闇は蠢《うごめ》かなかったか？　誰か潜んでいるんじゃないか？　そういった風に……。

●

義雄は、これまで常に、一歩先の失敗の可能性を検討し、人生という石橋を慎重に叩いて渡ってきた。だからこそ、ここまで順風満帆にやってこられたのだと考えている。

脳天気な真菜魅などは、『あなたはその神経質なところがいいのよ。でも、度が過ぎると胃を悪くするわよ』と無責任な発言をしている。義雄は人生に悲観的、正反対に、真菜魅は楽観的――互いに補いあってきたからこそ、ずっとうまくいっているのだろう。

――この性格で損をしたとは思わない。むしろ、今までは得をしてきたと思う。成功する最大の秘訣とは、失敗しないことだから。

これが独り身の時代だったら――将来の成功を夢見て、料理人修業に精を出していたあの頃なら、これほどまでに気に病んだことはなかったように思う。……だが、梶家の家長たる現在の義雄は五人分の心配をしなくてはならない。義雄が殺されたりしたら、四人の家族は路頭に迷ってしまうだろう。

――いや、自分はこの際問題ではない。自分が死んでしまったら、自分のことはもうわからなくなってしまうんだから。

家族のことを考えなくては……。

――妻と三人の娘、誰か一人でも失って、お前は耐えられるのか？　自分の体の一部となった愛する家族を失い、幸福な生活に亀裂が生じてしまうことに、お前は耐えられるのか？

義雄はそう自問する。答えは明らかだった。

――おそらく、自分は耐えられない。そして、石橋が崩れた後には、瓦礫《がれき》の山が無惨に残されるのみだ。

●

下積み時代にこつこつと蓄えた貯金に銀行からの借金を加えて、自分の店を持つことができたのは、もう、十年も前のことになる。十年一昔というが、本当に、随分と昔のことのように思える。

モダンな装飾を取り入れ、開放的なスペースを確保し、斬新なサービスを心掛けるように出発したあの頃は、義雄の人生で一番、冒険的だった頃かもしれない。

長女、麻魅が生まれ、銀行に借金をしていたあの頃は、窮鼠《きゅうそ》と同じ心境だった。先の人生のことを考えると、猫を嚙むしか仕方なかったのだ。

それまで勝負運を温存していたおかげか、それとも、義雄に先見の明があったからか、『ステーキハウス梶』は、高年齢者から若者まで幅広い年齢層に受け入れられ、望外の好評をもって迎えられた。

くだらない駄洒落だと承知でつけた醜悪なネーミングセンスの産物——サ、ー、ビ、ス、テ、ー、キ、が、なぜか店の看板商品となり、気がつくと、懐《ふところ》は潤《うるお》い、借金は返済できていた。娘は三人に増え、多くの常連客たちとの交流も生まれ、義雄は自分が成功者の仲間入りを果たしたことを知った。

今では、店まで自転車で五分の距離のところに、二階建ての居《きょ》を構えている。次はローンとの戦いだが、借金を無事償却《しょうきゃく》できた経験から、義雄にはうまくいく自信があった。成功を過信せず、失敗を恐れて石橋を叩きながら前進すれば、きっとうまくいく。……一国一城の主《あるじ》となっても、義雄は初心を忘れていなかった。

すべてが、うまくいくはずだった。

★

テレビの報道番組では、密室連続殺人が、変質者による無差別殺人だと予想していた。

——だが、果たしてそうだろうか？

——本当に、被害者に共通点はないのだろうか。狂人にも狂人なりのルールがある、と、なにかの本に書いてあった。無作為に選ばれたかに見える被害者には、本当に秩序が存在しないのだろうか？

——『密室卿』のルールに、自分か家族があてはまっているとしたら……。

——もし、密室卿に狙われたら、自分は対処することができるのか？　これは、Tボーンステーキにガーリックをふりかけるのとは、わけが違う。下手をすれば、こちらが料理されかねない。

せめて、自分たちの安全が証明できれば——。

密室卿のルールらしきものがわかれば、この不安も軽減されるのだろうが……。

——そうだ、殺害現場はどうだ。殺害現場は各都道府県にバラついている。一見、無秩序なように見えるが、もし、そこに秩序を見出だすことができたら。

京都府↓兵庫県↓鳥取県↓岡山県↓広島県↓長野県↓山梨県↓静岡県……。

——なにか法則があるはずだ。名前か？　頭文字はどうだ。方角？　バラバラだ。

——わからない。どういう順番なんだろう。

——犯人は……密室卿の奴は、なにを考えているのだろう？

★

闇が深まり、夜がふけていく。

思考は、あてどなく袋小路を彷徨《さまよ》っている。

まんじりともせず、予想される様々な未来の失敗を考えると、恐ろしくなってくる。

——密室卿が、恐ろしく忠実に自分の予告を果たしていなければ、たぶん、ここまで不安に思うこともなかっただろうが……。

『今年、一二〇〇個の密室で、一二〇〇人が殺される』

一年は三六五日だ。

一二〇〇を三六五で割ると、三あまり一〇五。すなわち、密室卿が予告を果たすためには、一日に最低、三人は殺さなくてはならない。一日に三人ずつ殺し、その上で、四人殺される日が一〇五日あれば、ちょうど一二〇〇人となる。

一日に三人殺す……。

そう簡単にできることではないはずだ。

通常の殺人はもちろん、密室卿は密室を作らなくてはならないのだ。

だが……。

恐ろしいことに、密室卿は一日に三人ずつ殺している。確実に、自分の予告通りに殺人を続けているのだ。――そのことが、この漠然とした恐怖を高め、さむけめいた震えを喚起しているのは確かだろう。

一月三日は、まもなく終わる。現在の犠牲者は八人。

三（日）かける三（人）は九。九ひく八は一……。

今夜中にあと一人殺される、という計算になる。

この、自分と同じ夜の闇空の下で。日本のどこかで、密室卿が今ごろ――

★

明確な映像《ビジュアル》が頭に浮かぶ。

ぼんやりとした斧を持つ人影（密室卿だ）が、密室の壁をすり抜けてくる……。

そして、斧を降り下ろし――

血飛沫の雨！

●

悲鳴が聞こえたような気がして、義雄は目覚めた。

いつの間にか、眠っていたらしい。寝汗をびっしょりかいている。

——今、悲鳴がしなかったか？

耳をすますが、なにも聞こえない。

——夢の中のことだったのだろうか？　いや、確かに悲鳴が聞こえた。あれは……家族の誰かの悲鳴だった！

隣で、真菜魅がスヤスヤと寝息をたてて熟睡している。

いい夢を見ていそうだな、と安心させてくれる寝顔だった。

枕元の時計に眼を近づける。午後十一時五十二分。まだ、一月三日は終わっていない。

——さっきの悲鳴は、まさか娘たちの誰かの？　……なにを考えている、お前は。そんなことはありえない！　バカげている！

しかし、一度脳裏をよぎった疑問は、くっきりと轍《わだち》を残していて、自分の眼でしっかりと娘の無事を確認するまでは消えてくれそうになかった。

義雄は意を決し、布団から出た。

★

念のためドアを開け放ち（——密室を作らないように——）、義雄は寝室を出た。

暗い家の中を、ゆっくりと前進する。

一階には……、人の気配はない。

一応、各部屋を確認したが、だいじょうぶだ。玄関の扉にも鍵がかかっている。

ゴクリと唾を飲み、子供部屋のある二階へと向かう。

――OK、いいだろう。

ミシリッ　ミシリッ

階段が嫌な音をたてる。緊張に体を強張らせながら、義雄は嫌なことを考えた。

――密室卿に生贄《いけにえ》を一人差し出さねばならないとしたら、どの娘がいいだろう？

そんなことを考えるのが人道にもとるというのは承知していた。だが、思わずそう考えてしまった自分を非難する気はなかった。義雄は、追いつめられていたのだ。もし、娘のうち誰か一人が、既に密室卿の狂刃《きょうじん》にかかっているのだとしたら……そう思うと、つい被害者を選ばずにはいられなかったのだ。義雄も人間だから、好悪の感情は当然持っている。意識していなくても、無意識下で三人の娘にそれぞれ優劣をつけてしまっているのだ。

長女麻魅は、真菜魅ゆずりの脳天気なところがある。運動神経が優れ、高校でテニス部に所属している。明朗活発な性格は決して不快なものではない。

次女奈魅《なみ》は、真菜魅や麻魅ほどではないものの、人見知りしない、社交的な性格のいい娘だ。勉強がよくでき、絵を描くのを趣味にしている。将来は、マンガ家になりたいらしい。

三女美魅《みみ》は、姉二人に比べると、どうしても引込み思案なところがある。スポーツや勉強でがんばっても姉たちには及ばないと知り、男の子の友だちとゲームばかりしている。

考えたくはない。考えたくはないが……。

義雄の頭に、美魅を密室卿に差し出す自分の姿が浮かんだ。
——なにを考えているんだ、私は！
頭をふり、バカな考えを追い払う。
姉二人には見劣りするが、美魅だって、大切な娘だということに変わりはないのに。

●

麻魅の部屋の扉を開けた。
ギィィ——ィイッ
おどろおどろしい雰囲気を増幅させる、嫌な音だ。
麻魅はベッドで静かに眠っていた。
義雄は安堵の溜息を漏らし、次へ向かった。

●

廊下の短い距離が、永遠の長さであるように義雄には思えた。脚が震えている。
麻魅は無事だった。だが、それは三択が二択になっただけかもしれない。
まだ安心はできない。
奈魅の部屋の扉を開けた。
ギィィ——ィイッ
奈魅のベッドは空だった。
——！　奈魅……まさか!!

ベッドから落ち、布団にくるまって床で眠る娘が視界に映った時、義雄は心の底からホッと息をついた。奈魅をベッドに乗せて布団を直し、美魅の部屋に向かう。

●

先ほどの考えが、たまらなく嫌らしいものに義雄には思えた。今では、あんな風に考えてしまったことを深く後悔していた。単なる妄想とはいえ、美魅なら、密室卿に差し出してもいいなんて……。親の風上にも置けない。

義雄は美魅の部屋の前に立っていた。

——しばらくの間、じっと——

扉を開けるのが怖かった。地獄への扉を開くようで、全身が動かなかった。

もし、この中で娘が殺されていたら……。恐れが、義雄を硬直させた。

●

無限とも思える時間が流れた。

義雄は、手の甲で額の汗をぬぐった。

意を決し、美魅の部屋の扉を開けた。

……音はしなかった。異様に静かに、扉が開いた。

無音の世界に足を踏み入れ、そこで義雄が見たのは、首を斬られた無惨な屍体——などではなく、無邪気な寝顔で眠る、いつもと変わらぬ美魅だった。

義雄は全身の毛穴から発汗するのを感じた。

——無事だったのだ。家族みんな……。

誰かに感謝したい気持ちでいっぱいだった。崇《あが》める神仏のない義雄は、もし何者かが今の自分を見守ってくれているのなら、その存在に感謝しようと思った。

★

寝室に戻ると、真菜魅が死んでいた。

数分前、義雄が寝室を出た時のままの姿勢で、首を斬られて、ベッドに横たわっていた。ベッドを染める血は、暗闇の中、どす黒く見えた。

「うわぁぁぁぁぁっ！」

義雄は声をふり絞り、声量の続くかぎり絶叫した。

●

『9番目の被害者』一九九四年一月三日夜

■梶真菜魅
性別＝女　年齢＝三八　身長＝一六三　体重＝五六
血液型＝B　職業＝ステーキハウス店員

屍体発見現場◎愛知県
密室の仮名称◎開かれた寝室の密室

■現場の状況←
①被害者は自宅の寝室のベッドで、首を斬られて殺されていた。
②被害者は、被害者の夫が寝室を開けていたわずかな間に殺された。
③当時、被害者宅は戸締まりがなされており、侵入者の形跡はなかった。
④現場の周辺から凶器と思われるものは発見されていない。
⑤被害者の背中には、被害者自身の血で『密室玖《きゅう》』と記されていた。

密室十　見えない電話密室

『死の沈黙』

密室連続殺人の報道に、すべての人間が恐怖したわけではない。そんなことは自分と関係ないと無関心な者や、表面上だけでも強気を装っている者も少なからず存在する。……中には、嬉々として報道番組を録画し、幾度も見返す者もいた。

猟奇的な殺人事件が一般に報道されることは、極めて希《まれ》である。

一年間の平均自殺者数は約二万人。他殺による犠牲者は約一万人。交通事故による犠牲者も約一万人。病気によらない死亡原因の、自殺、他殺、事故の合計で年間約四万人が死亡しているという計算になる。

日本国の全人口が約一億二千万人であることから考えれば、四万人と聞いても、そういうものか、で済まされてしまうかもしれない。

しかし……

四万人を三六五日（一年）で割ると、一日平均、約一一〇人もが死亡していることになる。

自殺、他殺、事故……この三要因だけで。

全国のニュースで報道される、他殺、事故による死亡者は一日平均約五十件。また、報道されない自殺者も一日平均約五十件。この両者を加えると一〇〇件となり、十件の不可解な余剰が存在することがわかる。

余った十件の事件のうち、五件は、自殺か他殺か事故か判然としないケース。

残りの五件は、極めて猟奇的な、凶悪犯罪である。

密室連続殺人が事件開始当初そうであったように、凶悪犯罪は、追従者を生まないように、事件そのものを隠蔽《いんぺい》してしまう例が多々ある。国家首脳部としては、これは社会不安を煽《あお》らぬようにするための当然かつ適切な対応である。例外的にたまに報道される凶悪犯罪は、どれも例外なく一般国民に害が及ぶ可能性の存在するもの（――かい人《じん》二十一面相事件、連続幼女誘拐事件、密室連続殺人事件、エトセトラ――）、すなわち、隠蔽することのできない犯罪ばかりだ。

幼少の頃より本格推理小説やミステリドラマで犯罪先進教育を受けてきたエリート犯罪者たちの狡智《こうち》な犯罪は、凶悪極まりないものばかり。

巷《ちまた》で考えられているほどに、犯罪者はバカではない。指紋やアリバイなどが証拠となって捕まる犯人は激減しており、犯罪が新時代に突入したという事実は、犯罪捜査に携わったことがある者ならば、誰の目にも明らか。科学的な捜査、地道な聞き込みではどうしようもない高《ハイ》レベルな犯罪というものは存在する。

　実は、世間には、完全犯罪はごろごろ転がっている。それらの事件は、誰も犯罪の存在に気づかないからこそ、「完全」な犯罪なのだ。推理小説によくある凝った犯罪は、それが犯罪であると判明している時点で、既に「完全」ではない。

　真に手に負えない犯罪とは、そういった、表の歴史から巧妙に隠された事件なのだ。

　世間に公表せず当事者にも口外厳禁とする、いわゆるL《エル》犯罪（施錠《ロック》、迷宮《ラビリンス》、強大《ラージ》などの頭文字……密室連続殺人もその一例である）に対抗するには、エリート犯罪者たちに劣らぬ明晰な頭脳を備えた者たちをもってする他はない、というのが現状である。

●

　十九人もが犠牲になった彩紋家《さいもんけ》殺人事件——あの忌《い》まわしい事件が起こった一九七九年を新犯罪元年と定義する研究家が多いのだが、衆目の一致した見解が示す通り、それは事実であろう。

　犯罪革命とまで称された彩紋家殺人事件では、犯人の恐るべきトリッキーな罠に、警察も探偵も、事件の経過を、なす術《すべ》もなく傍観するしかなかった。犯罪捜査陣は、先鋭化された犯罪者の奸智《かんち》の恐ろしさを思い知らされたのである。

　昭和四十九年《1974》八月九日（——後年、四苦八苦の日と呼ばれる日——）、私立探偵鴉城蒼司《あじろそうじ》によって旗揚げされた『JDC（日本探偵倶楽部《ジャパン・ディテクティヴズ・クラブ》）』は、時代の要請に従い、急速に発展を遂げた。

鴉城蒼司は、推理のアクロバットを展開して、彩紋家殺人事件を終幕寸前に辛くも解決した。そのことによって、彼の探偵としての声望は一挙に高まったわけだが、鴉城は探偵として優れているばかりでなく、優れた人物を在野から発掘することにも長《た》けていた。

新時代の犯罪捜査の旗手である鴉城の下には、次々と新しい才能が集《つど》った。新犯罪に対抗するべく鴉城は人材を求め、また、自らの探偵能力にも磨きをかけるべく精進を重ねた。

組織が拡大しても慢心せずに、鴉城蒼司は大犯罪時代の先頭を走り続けた。試験制度や、実戦による編入制度なども設けた。現在JDCは、三五〇人もの有能な探偵を抱える大組織へと発展して、警察庁に匹敵する犯罪捜査の権威となっている。

一九八〇年代にJDCが歴史の陰で果した役割は、限りなく大きい。法務省もその功績を無視することはできず、一九九〇年――JDCのすべての探偵に、犯罪捜査許可証（通称、ブルーIDカード）が発行されるに至った。拳銃や特殊警棒の携帯こそ許されていないものの、JDCは事実上、犯罪捜査の頭脳としての役割を政府《おかみ》から認められたのである。

●

一九九四年現在。未曾有《みぞう》の犯罪が、日本国を毒牙で引き裂こうとしている。警察庁長官がJDC総代・鴉城蒼司に正式に協力を依頼したことから、今まであまり知られていなかったJDCの存在がマスコミなどでも少しずつ取り上げられ始めている。JDCと米国のFBIを比較研究している新聞なども幾つか見受けることができるように、元々、『名探偵集団』

というスター性を持っていたJDCは、一気にスターダムに浮上しつつある。

第二次世界大戦の例をあげずとも、戦時中、しかも敗戦ムードが濃くなりつつある時は、国家は英雄を必要とする。国民の不安を和らげ、希望を与えてくれる英雄を……。

JDCが歴史の表舞台に登場する時は、着実に近づいていた。

★

コンピューター・ロックのドアに暗証番号《コード・ナンバー》を打ち込んで、鮎川哲子《あゆかわてつこ》はマンションのドアを開けた。犯罪者がその気になれば、こんなドアはクレジット・カードで易々《やすやす》と開けることができるとは承知しているものの、鍵を持ち歩かずにすむ点はありがたいと思う。

――どうせ、犯罪者がその気になったら、どんな鍵でも開けられてしまうんだから。密室の中に侵入することなんて、奴らには簡単なことなのよ。

しかし、密室に鍵をかけたまま出入りしたとなると、話は変わってくる。

密室卿は、いったい、どんな魔術《トリック》を使っているのだろうか？

手探りで灯りのスイッチを探り、2DKのマンションを明るく照らす。整然と整った室内には、調度の他はなにもない。小さい本棚には寂しげに、幾冊かの本が並んでいた。それらはすべて仕事に関するもので、気分転換に演奏する楽器も、雰囲気作りのポスターなどといったものも、いわゆる趣味のものはなにもない。空間はうまく利用されていたが、どことなく殺風景な感じのする部屋だった。

哲子は、クローゼットにコートをかけたところで、留守番電話のランプが点灯しているのに気づいた。ボタンを押すと、コンピューターの声が『一件です』と事務的に告げる。録音された内容が再生されるまでのわずかな間に、哲子は相手を予想した。

――おそらくは、鶴《つる》ね。

予想というより、それは予言に近かった。哲子のマンションにかかってくる電話は、十件中八件までが、妹の鶴美《つるみ》からのものである。つまり哲子は、八割の確率で当たることを前提として、そう予想したのだ。

『お姉ちゃん、いませんかー？　もしもーし。お姉ちゃん。おーい！　……今日も帰り遅いのね。正月早々お疲れさま。えっと、三時ぐらいまでなら起きてると思うんで、お電話ください。じゃ、またね』

案の定、電話は鶴美からのものだ。リズミカルな妹の声を聞くと、哲子は、つい微笑んでしまう。冷蔵庫からビールの三五〇ml缶を取り出し、こたつに入るとプルトップを開け、一口すすって電話をこたつに引き寄せる。

胸から下をこたつに突っ込み、フローリングの床に肘をついて、ゴロリとうつぶせる。

ビールを電話の横に置き、受話器をとって、実家の電話番号を登録してある短縮ダイヤルのボタンを押した。

★

密室連続殺人関連の報道番組を録画したテープを、鮎川鶴美は何度も見返していた。現場の状況や被害者に付随するデータなど、事件の手がかりとなりそうなものが表示されると『一時停止』ボタンで画面を止め、推理にふけるのだ。

滋賀県草津《くさつ》市にある鮎川家の二階の一室。時折、通りを二本隔てた国道一号線から車が走り過ぎる音が聞こえる他は、辺りは森閑と静まりかえっている。自室の灯りを消し、暗い部屋で殺人事件のビデオテープを観るうら若き乙女は、闇に包まれて妖しい雰囲気をかもしだしていた。

●

十二年前――夜中に家に押し入ってきた強盗に母を殺されて以来、鮎川家の二人姉妹は、犯罪捜査というものに興味を示すようになった。

偶然その時トイレに起きた母は、居間の窓から侵入してきた賊と鉢合わせになり、相手の持っていた出刃包丁で腹を一突きにされた。悲鳴をあげることすらできなかった母は、居間のテーブルの上にあったガラスの灰皿を、かろうじて賊が逃げた窓に投げつけた。窓の砕ける音でようやく父と鮎川姉妹は異変に気づいた。

二段ベッドの下段で目覚めた鶴美は、上段の哲子を起こし、一階へ降りた。母は、自らが流した血の泉に横たわっていた。姉妹が母を発見したのは、父よりも早かった。普段は気丈な父も、あまりのことに倒れて、茫然自失《ぼうぜんじしつ》の状態に陥ってしまった。父は声をかけてもなかなか理性を回復せず、哲子は自分の判断で救急車を呼んだ。電話口に出た係員とその時なにを話したかは憶えていない。ただ、その時、不思議と自分が落ち着いていたのを哲子は記憶している。

その間、鶴美はずっと流血する母を見ていた。意識もなく泡をふく母の姿は、なぜか滑稽に見えた。ほんの少し前まで、いつも通り元気に生きていた母が、突然、死にかけている。現実に割り込んできた非現実を受け入れるには、鶴美はまだ幼すぎたのだ。

母は病院に着くとすぐに亡くなった。

●

母の死の三年後、父は再婚した。

新しく母となった女性は真面目で面倒見の良いいい人だったが、鮎川姉妹と彼女の間には絶えず垣根が存在した。母の死後、性格が変わってしまった父との間にも距離を置くようになり、二人の姉妹は自分たちだけの絆《きずな》を持つようになった。

お母さんを殺した犯人を、わたしたちの手で見つけようよ——母の葬儀の後、二人だけの時間に鶴美がそう持ちかけると、哲子は無言で頷いた。その瞳には、強い決意の色が浮かんでいた。当時、哲子十五歳、鶴美五歳である。

歳月が流れるうちに、彼女たちが犯罪捜査のプロを目指す動機は、少しずつ変容した。

十二年という長い期間に、母の死の衝撃的な記憶は、過去の記憶の海に埋没した。新たな情報、新しい記憶に塗り替えられ、母の死に対する二人の態度は変わった。唯一変わらなかったのは、彼女たちが犯罪というものを嫌悪していることだった。憎悪ではなく嫌悪だ。彼女たちが犯罪者に抱いている思いは、ゴミ箱を漁る野良犬を見た時のそれに似ていた。憐憫《れんびん》に近い感情のこもった嫌悪。

別に犯罪者を罰したいと思っているわけではない。

今ではもう、母を殺した犯人を見つけることができるとも思っていない。

……だが、彼女たちは犯罪捜査と取り組んでいきたかった。犯罪というものがいかに人間を変え、犯罪者に改造するのか？　その仕組みに興味があったのだ。元気だった母を一瞬にして肉の塊に貶《おとし》めた犯罪の本質を、彼女たちは少しでも探っていきたかったのだ。

●

ピピッ、と卓上のデジタル時計が鳴った。午前一時である。

――お姉ちゃん、今日も遅いなァ。

おそらく、密室連続殺人の捜査で忙しいのだろう。

鶴美が体の脇に置いた電話に視線を落としたちょうどその時、電話が鳴った。

「はい、もしもし」

『遅くなってゴメン。起きてた？』

他人に安心感を与えるトーンの姉の声が、受話器から聞こえた。

★

『お姉ちゃん。今、帰ってきたの』

肉親の声を聞くと、殺伐とした一人暮らしの部屋が幾分華やいだように感じられる。我知らず、哲子の表情は和らいでいった。

「——ええ、たった今ね。そっちはどうなの、元気にしてる?」

鮎川姉妹が電話で話すのは、一週間ぶりだった。姉妹と長電話をするのが二人にとっては最高の趣味だから、これだけ間隔があくのは珍しい。

簡単な挨拶をすませ、鶴美から切り出した。

『……ところで、あの、密室連続殺人のことなんだけど。お姉ちゃん、ズバリ訊くけど、事件は担当してるの?』

「担当もなにも、京都では平安神宮で人が殺されたからね。有力な証言や目撃者の情報を集めるために、猫の手も借りたいってところよ」

『へえー。で、犯人の目星はついた?』

鶴美の声は、興味津々といった調子だ。

「そういうことは外部には漏らしちゃいけないんだけど。まあ、あなただし、それに進展があるわけじゃないからはっきり言っちゃうと——全然よ。事件当時は三万人ぐらい現場にいたはずなんだけど、警察が現場に到着した時には、半分ぐらいに減っちゃっててね」

『あらら。それは大変よね。でも、当然かな？　初詣客の中でいきなり殺人が起こったら、みんなパニクるでしょうから』

ため息をつく二人。沈黙が流れ、やがて、遠慮がちに鶴美が問いかけた。

『で、どうなの。お姉ちゃん個人の推理は？』

「まだなんとも言えないわよ。わたしは、京都の事件以外を直接は知らないし……」

『「新町鮎」らしからぬ、弱気な発言ね』

「あ、またそれ。その変なアダ名やめてよね」

大沢在昌《おおさわありまさ》の人気小説『新宿鮫《しんじゅくざめ》』シリーズの愛読者でもある鶴美は、姉のことを、皮肉と期待をこめて『新町鮎《しんまちあゆ》』と呼ぶことがあった。

『新宿鮫』は、新宿署防犯課に勤務する鮫島《さめじま》警部を主人公とする刑事小説だ。鮫島と哲子が同じキャリア組の警部であること、鮫と鮎が類似していること、哲子の勤務する京都府警が新町という名の通りに面しており、新町と新宿が類似していることから、鶴美はそう命名したのだが……哲子にしてみれば奇妙なアダ名と受け止めることしかできず、そう呼ばれるのは遠慮したいと考えていた。

妹が好意でそう呼んでくれるのはありがたいのだが、『新町鮎』とは、正直センスのないネーミングだと思わざるをえない。

……大学を卒業し、国家公務員上級試験をパスした有資格《キャリア》である鮎川哲子は、巡査、巡査部長を通り越し、警部補から警察機構に入った。警察大学校卒業後、二十五歳で警部となった哲子は、本庁二年の見習い期間を経て、現在は京都府警で勤務にあたっている。

キャリアというのは、警察組織のエリート中のエリート。同僚たちははれものに触るように哲子に接してくるが、彼女自身はそんなことは気にもかけない。哲子の関心は、いかに同僚と打ち解けるかということよりも、犯罪捜査に向けられているからだ。

もう少し穏便な事件であれば、実際、哲子もああだこうだと推理してみるのだが、今回の密室連続殺人のように、あまりにもスケールの大きな犯罪の場合は、いささか勝手が違うと言わざるをえない。

全国各地で事件が勃発している密室連続殺人では、事件の起こった都道府県警、ならびに所轄署が一丸となって捜査にあたるよう、上からのお達しがある。立場上それは当然の義務であり、哲子は現在、情報収集に奔走している。とても、自分の推理を固める余裕などない。

★

『それで。鶴の方は、なにか推理してみたの？　あなたのことだから、いろいろと考えてるんでしょう』

姉の声には、妹への愛とともに、警部としての期待が感じられた。

鶴美は大好きな姉に期待されていることを、たまらなく嬉しく思った。

少し間を置き、もったいぶって鶴美は切り出す。

「うん。実は、報道番組とか見て、いろいろ考えてみたんだ」

『なにか興味深い発見はございましたか、名探偵さん？』

バカに丁寧な調子で哲子が皮肉った。先ほどの、『新町鮎』のお返しとばかりに。

「無差別に選ばれている、っていう被害者たちのことなんだけど、わたしは彼らに共通点があると思うのよ。ちょっと推理すればわかることなんだけど」

『それは是非、ご教示いただきたいわね』

「うーん、ここからは実はお姉ちゃんにも内緒なんだ」

申しわけなさそうな口調で、鶴美は言う。

「わたしね、この推理をＪＤＣに持ち込もうと思っているのよ」

『あら、どうして？』

少し——間があいた。

哲子は妹の言葉を反芻《はんすう》し、その意思をくみとった。

それから受話器を通して、満足げに妹を祝福した。

『あなたがそこまで言うからには、その推理に、よほど自信があるのね。——いいわ。持ち込み結構。がんばりなさいよ！　ひょっとしたら、数日後には、あなたは国民のヒーローになってるわよ』

「ヒロイン、でしょ？……そう、なってるといいんだけど」

鮎川哲子が警察への道を志したように、鮎川鶴美は探偵への道を志している。

あの、母の葬儀の日——二人で犯罪捜査に携わると決めたその日から。

『お姉ちゃんが警察に入るんなら、わたしは探偵になる』

あどけなさを残していたあの頃の少女は、今や卓絶した推理能力を持つ女子高校生だ。

自分の未来に昇るべき階段を見出だした時、彼女の前には、無限とも思える階段が延々と上に続いていた。だが、日頃の努力の甲斐もあって、今では、頂上が見え始めている。

ＪＤＣでは、ペーパーテストによる探偵スキル判定の入試を行っているのだが、それとは別に、在野の名探偵を発掘する『推理持ち込み入試』の制度もある。通常であれば、試験をクリアしても、ＪＤＣの第七班から出発しなくてはならない。第七班から頂点の第一班までは、さらにかなりの階段を昇らなくてはならない。だが、未解決の犯罪事件の真相を推理してＪＤＣに持ち込み、仮説が真実を突いていた場合は、実戦能力を評価され、いきなり第四班から編入できるのである。

警察におけるキャリア制度と似て非なるこの飛び級制度にあこがれ、推理を持ち込む者は多い。だが、実際にその推理が正鵠《せいこく》を射ている場合は希少である。

それでも、現在、第一班で活躍中の『探偵倶楽部の双璧』、刃仙人《やいばそまひと》や九十九《つくも》十九《じゅうく》を始めとする有名な探偵たちには、飛び級で編入した者が多い（余談ではあるが、鶴美はずっと、名探偵・刃の名前を『杣人《そまひと》』だと思っていた。『仙人《せんにん》』と書いて『そまひと』と読ませていると知ったのは、つい最近のことである）。

いずれ日本探偵界の頂点を目指す鶴美としては、推理を持ち込んで自分の力を試したいと思うのも自然のなりゆきだった。

●

『あなたなら成功するわよ、きっと。……鶴が探偵かぁ。わたし、元気が出てきた。あなたが解決する事件なら、情報収集が大変でも悪い気はしないしね』

鶴美が根拠もなく大言壮語する趣味の持ち主でないことは、哲子が一番よく知っている。鶴美は今まで人一倍努力してきたのだ。探偵問題集、ＪＤＣ入試過去問題、推理小説、謎解きパズルなどを研究し続けてきた彼女の努力がここにきて結実したとしても別に驚くべきことではない。

「お姉ちゃん、まだわたしの推理が正しいと決まったわけじゃないんだから。あんまり期待しすぎないでね。でも――、わたしが本当に探偵になって、二人で一緒の事件を捜査できたら素敵だよね。あの日の誓いを果たせるんだから」

『夢のようだわ、そんなこと……』

その後、哲子は後悔することになる。なぜあの時、無理にでも妹の推理を聞いておかなかったのか、と。むろん、今の彼女がそれを知るはずもないのだが……。

★

完全に閉め切った鶴美の部屋は、闇に包まれている。電話が始まってから、彼女はテレビとビデオを消していた。そのため、今、室内で光っているのは電話のランプのみだ。

鶴美は、闇の中で電話をするのが好きだった。受話器の向こうの相手をイメージしやすいからだ。闇に愛撫され、電波となって自分と相手が一つに繋がったと感じられる。

『――でも、あなた。くれぐれも密室卿には、気をつけてね。あなたの推理に日本の運命がかかっているかもしれないんだから』

哲子は、心から鶴美のことを心配してくれているようだった。

「だいじょうぶよ。……わたしはだいじょうぶ！」

なにげなく室内の闇を見回し、囁《ささや》くように言う。室内に人の気配はない。

密室には誰もいない……本当に、そう？

闇というものはミステリアスだ。誰も、その中になにが潜んでいるかはわからない。この世ならぬものがそこで息づいていても、誰にも知ることはできない。――死者を除いては。

●

しばらくとりとめのない話をし、哲子がこう切り出してきた。

『お父さんたちは元気なの？』

哲子は決して、『お母さんたち』とは言わない。

彼女たちにとって、継母《ままはは》はいつまでたっても継母でしかないのだ。

――心配いらないわ、安心して。

鶴美は、受話器に向かってそう言おうとした。

★

受話器の向こうで、突然、返事が途絶えてしまった。

「鶴？――鶴美！　どうしたのよ？」

返事はない。

一瞬にして哲子の全身は発汗した。

こたつのせいではなく、焦りと恐怖で、彼女は汗をかいていた。

電話の向こうで相手が黙りこんでしまうことほど恐ろしいことはない。電話というものは、会話をして初めて、お互いの存在を認識できる。話すことによって、相手はそこにいると認識しているのだから――ましてや、その沈黙が永遠に続くとあっては……。

以前に一度、長電話をしていた時、鶴美が電話口で寝てしまったことがあった。あの時、鶴美の声はいかにも眠そうだった。いつ寝てしまってもおかしくないほどに。

しかし今回は、たった今まで鶴美は元気に喋っていたのだ。眠そうな様子など、まったくなかった！　かつて妹が寝てしまった時は、電話口で呼び続けると、鶴美はすぐに目を覚ました。今回は——

「鶴！　もしもし、聞こえてないの、鶴美！」

返事はない。

いくら呼びかけても、返事はない。

●

電話の回線がまだ繋がっているのは明白なのに、返事がない……いったい、どういうことなのか？　哲子の頭には、既に答えが浮かんでいた。だが、それを認めるのは嫌だった。

——鶴が密室卿に……嘘よ、そんなの！

電話好きの鶴美は、自室に自分専用の電話を引いていた。哲子の実家にはもう一台、親用の電話がある。哲子はいったん受話器を置いて、慌てて自宅の親用の電話の番号をプッシュした（親用の電話の番号は、短縮ダイヤルに登録していない）。

——一階で寝ているお父さんたちは無事かしら。いったいどうしたっていうの？　まさか本当に鶴が密室卿に……まさか、そんな！

十二年前の惨劇の記憶が、哲子の脳裏に連続的にフラッシュバックする。

相手を呼び出す電話の音が、鮎川哲子には、たまらなくもどかしかった。

●

『10番目の被害者』一九九四年一月四日未明

■鮎川鶴美
性別＝女　年齢＝一七　身長＝一五八　体重＝五四
血液型＝AB　職業＝女子高校生

屍体発見現場◎滋賀県
密室の仮名称◎電話の密室

■現場の状況←
①被害者は、自宅の自分の部屋で首を斬られて殺されていた。
②被害者は、受話器を握りしめたまま死んでいた。
③被害者は、殺害される直前まで、姉と電話で話していた。
④事件当時、被害者宅は戸締まりがなされていたが、被害者本人の部屋には鍵はかかっていなかった。
⑤一階で寝ていた被害者の両親は、熟睡していたため物音を聞いておらず、人の気配も感じていなかった。

⑥現場の周辺から、凶器と思われるものは発見されていない。
⑦被害者の背中には、被害者自身の血で『密室拾《じゅう》』と記されていた。

密室十一　宅配ピザの密室

『恋想《れんそう》ゲーム』

『密室連続殺人事件の捜査本部をお願いします』

　変声機《ヴォイス・チェンジャー》を使用しているのだろう。コンピューターの合成声を思わせる無機質な声が、受話器から聞こえてくる。男か女か、老人か若者か子供か、まったくわからない。

　その電話が京都のＪＤＣ本部ビルにかかってきたのは、一月四日の正午のことだった。

「どういったご用件でしょうか？」

　受付嬢は、冷静に尋ねた。

『事件に関する貴重な情報を提供したいのですが』

　相手は、貴重な、というところを少し強調した。

「失礼ですが、どちら様でしょうか……？」

　こういった電話がかかってきた場合、まず名前を聞くことが大事だ。

悪戯《いたずら》電話であった場合、大抵がそれで切ってしまう。

『密室卿です』

「――しばらくお待ちください」

●

電話BOXの中で、麻生茉緒《あそうまつお》はドキドキしていた。

激しく脈打つ心臓が胸から飛び出してしまいそうだ。

ガラス一枚を隔てたBOXの外の世界を行き交う通行人たちは、ここで電話をかけている男（麻生茉緒）が、まさか今、日本中を震撼させている密室卿本人だとは思わないだろう。

受話器を持つ左手と、変声機を持つ右手が興奮でかすかに震える。

指紋を残さないように、麻生茉緒は両手に黒革の手袋をはめていた。

『お電話、代わりました。どういった用件でしょうか？』

少し年配の男の声。先ほどの受付嬢より格は上だろうが、それほど偉そうではない。雑用を任された下っぱといったところか？

――まあいい。最初は下っぱでも、いずれトップを引きずり出してやればいいんだ。重要なのは、『予《よ》』が密室卿だということを奴らに納得させることなのだ。

『……もしもし！　悪戯なら切りますが』

男の声は、少し苛立っている。

毎日、何件もの悪戯電話に応対しているのだろう。苛立つのも無理はない。

「次は高知で殺される。高知の学生マンションで殺される」

その言葉が相手の脳裏に深く刻みこまれるよう、一語一語、はっきりとした口調で言う。

『——はあ？』

麻生茉緒は受話器を置いた。満足そうに微笑すると、彼は電話BOXを出た。

★

佐々木真由美《ささきまゆみ》は、自分が早乙女《さおとめ》かすみに嫉妬していることを認めざるをえなかった。

『今日の昼頃さぁ、かすみちゃんと天野《あまの》先輩がね、高知城を一緒に歩いてたらしいよ。あの二人、絶対デキてるよねぇ』

昨晩、電話をした時、情報通の友人がそう言っていた。彼女の情報はいつも正確なので、天野純《じゅん》と早乙女かすみが高知城を一緒に歩いていたのは、まず間違いのない事実だろう。

二人はデートしていたのだろうか。二人は腕を組んでいたのだろうか。

……二人は本当に、つきあっているのだろうか？

幾つもの疑問がシャボン玉のようにポンポンと頭の中に膨らんでは弾けて、昨夜は結局、午前四時頃まで眠れなかった。

——お医者様でも草津の湯でも治せない、『あれ』かしら？

自分が恋の病《やまい》にかかったことを認めるのは嫌だった。今までは、男というものはセックスのことしか考えていない獣《けだもの》だと軽蔑し続けてきた。中学や高校の頃、直接的に、あるいは間接的に交際を申しこまれたことが何度かあった。しかし真由美は、わがままな女王陛下が家臣の進言を退けるように、それらのすべてをつっぱねてきたのだ。

——今まで言い寄ってきた連中は、みんな、あたしと寝ることしか考えていなかった。中には、そういう関係を持つことを露骨に迫る奴さえいた。卑しい、最・低の人間《やつ》！　男なんて、クズだ——ずっと、そう思っていたのに……。

●

天野純は、他の男たちとは少し違った。

天野純と接する時、真由美は必要以上に『女』を意識させられることもなく、『天野純の友人』でいられた。部員一五〇名のテニスサークルの部長を務める純は、男女、学年の差を問わず分け隔てなくフレンドリーに部員たちに接して、誰からも好かれていた。気配りを忘れず、最低限必要な礼節と威厳を保ちつつ、気さくに振る舞っていた。

——こんな男《ひと》もいたのか。

純との出会いは、真由美には衝撃だった。

出会ってから最初の半年間……いずれ馬脚を現すだろうと、それとなく観察していた。が、天野純は天野純以外の何者でもなく、彼の信じがたいほど真っ直ぐな性格が生来のものであると知るに至った時、真由美と純は、先輩後輩の垣根を越えて友人となっていた。

――純先輩みたいな男がいると知っていたら、あたしも高知大を受験していたのに。

大学に入って間もなく一年が経とうかという最近では、そんな風に考えることもある。

中学、高校と共学で過ごし、真由美は男に絶望していた。

『男なんて嫌い』――そう公言して憚《はばか》らず、当然のように高知女子大を受験したのだ。

だが、女子大の中には規模の小さいサークルしかなく、結局、交流のある高知大のテニスサークルに入ることにした。そこで天野純と知り合ったことから、彼女の人生観はがらりと変化してしまったのである。

●

男女としてでなく、あくまで友人同士として、純はまたとない青年だった。

誰もが気持ちを清々しくされる、爽やかな春風のような存在だった。

豊富な知識を持つ純の機知《ウイット》に富んだ会話術は、誰にとっても気持ちのよいものだ。

男女の別なく純は誰からも好かれ、頼られ、またその信頼を彼が裏切ることはなかった。

――もっと純先輩と一緒にいたい。もっと話をしたい。

真由美は時に、女子大から高知大までの一キロほどの距離を、果てしない長さに感じる。

平坦な道程が、厳しい上り坂であるかのような錯覚を覚えることもある。

早く……早く……早く……！

その想いも、クラブハウスにつくと理性で冷める。人前では、ついクールに振る舞ってしまう自分の性格を憎らしく思うことも、一度ならずあった。

だが、純を見ていると、そんな気持ちも和《なご》やかになった。涼やかな純の魅力《カリスマ》が周囲に与える影響は甚大だった。彼が中心にいる時、組織は破綻することなく、流れるようになめらかに機能していた。純はまぎれもなく、円《サークル》の中心だった。

そんな純を、真由美はいつも特別な視線で見ていた。

天野純という存在そのものが、高知での大学生活のアイデンティティの一部となりつつあることを、真由美は次第に認識するようになった。

●

一五〇人もの大所帯となると、部員全員を把握することは極めて困難だった。要職にある者でもそうだったから、一介の部員では尚更だ。——コンパや団体練習でも全員が揃うことは滅多にない。誰が幽霊部員で誰がコンパ要員なのか、そんな区別さえつかないのが実状である。

そんな中、真由美は、純が一人の女子部員に特別な視線を向けているのに気づいた。多くの女子部員の中ただ一人だけを、純は他の者に向けるのと違う視線で見ていた。

ほんの一瞬のことなので、最初は偶然かもしれないと思った。

また、自分にそう言い聞かせもした。

しかし、二度、三度と度重《たびかさ》なれば、偶然ではなく必然ともなる。

純は明らかに、一人の女性を見ていた。今までは誰一人例外なく、部員を円《サークル》の円周上におき、自らは円《サークル》の中心から等しい半径を保って接していた。その純が、わずかに、ではあるものの、円《サークル》の中に招き入れた人物がいたのである。

それが、早乙女かすみだった。

★

早乙女かすみは高知大の一回生だ。可憐な容姿、おっとりした性格、お上品な物腰。感情の変化をあまり表に現さず、いつもニコニコ微笑んでいる……どこまで『演《え》って』いるのかはわからないが、少なくとも表面的には、かすみは、深窓《しんそう》の令嬢《れいじょう》を絵に描いたような子だった。

かすみは男子部員にかなり人気があったが、意外なことに、誰かがかすみにフラれたという話は耳にしなかった。陰で密かに想いを告白し、丁重に交際を断られた者は多くいるらしい——そんな根も葉もない噂が一人歩きし、いつしかかすみの周りには、一種近寄りがたい雰囲気というものが生じていた。

美を愛《め》でるのに、対象に触れてみる必要はない。鑑賞するだけでも、心が洗われるのだ。かすみに恋慕《れんぼ》の情を抱いている者たちは、皆一様にそう自分を慰めるようになり、かすみは棘《とげ》のある綺麗な薔薇《ばら》のごとく扱われた。

純がかすみに特別な視線を向けているのを知る者は真由美を除いて存在しないようだった

が、かすみが純に特別な視線を向けていることは、ほとんどの部員が知っていた。

だが、それはかすみに限ったことではない。女子部員はおろか男子部員も、皆が純を特別な視線で見ていたので、大して話題にはならなかった。かすみの視線は、一四九個の視線の一つにすぎなかった。

純はそれほどまでにサークルの象徴《シンボル》であり、中心だった。

――純先輩は特別な人なのだ。誰のものでもない。

そう自分で自分に言い聞かせるのだが、一度芽生えた疑惑の華《はな》は、被害妄想によって成長した。やがて結実するまでに、そう時間はかからなかった。

――純先輩とかすみの仲は、日に日に親密になっている……少しずつではあるが、着実に、二人の距離は縮んでいる。

かすみの存在を意識するまでは、純が誰かとつきあうなどということは(――自分も含めて――)、考えたこともなかった。しかし、人は宝物を失って初めてその大切さに気づくという教訓の通り――純をかすみに独占されるという考えは、強迫観念めいた、激しい想いを呼びさました。

眠れる龍が、真由美の中で首をもたげたかのようだった。熱い観念の潮《うしお》が、激流のように真由美の全身を犯し尽くした。

純のような男性とは、この先、もう二度と巡りあうことはできないかもしれない。

これは、最初で最後の、生涯最高の邂逅《かいこう》かもしれないのだ。

かすみは今、円《サークル》の中心へ、純の元へと急速に接近している。

――それを黙って見ていていいの？　このままでは、一生後悔するんじゃないの？

そう思ってはいるのだが、いざ純を前にすると……真由美には、いつもの通り友人として接することしかできなかった。それは、今まで自分が男性に偏見を持ち、軽蔑してきたからだった。男性の一部の存在を嫌うあまり、男性は誰もが自分の嫌悪する存在であると（――自分の父親も含めて――）愚かにも決めつけていたからだ。狭い視野しか持っていなかった自分が、世界のすべてを見通していたと錯覚して……。

――純先輩に言い寄ったら、今度はあたしが下賤《げせん》な奴として彼に見られないかしら？　今まで、あたしが男をそう見てきたように……。そうなったら、あたしと純先輩の間には修復し難い亀裂が生じてしまうだろう。

前向きな自分と後ろ向きの自分との間で、真由美は板挟みになっていた。身動きがとれない状態だった。そのままズルズルと、ここ数ヵ月の間、無為に時を過ごしてしまった。光陰矢のごとし――まさに時の流水は、真由美を矢のような速さで押し流し続けている。時の河を逆行することは誰にもできない。

そして……人生という長い河は、一本しか存在しない。

誰にとっても。

清水《きよみず》の舞台から下を見て、飛び降りるのを逡巡《しゅんじゅん》する心境だった真由美の背中を強く押したのが、昨晩の友人の情報だった。

かすみは、円の中心に接近している。……それも、限りなく。

ひょっとしたら、もう手遅れかもしれない。

★

●

真由美は、夏目《なつめ》漱石《そうせき》の小説が好きだった。読書そのものは嫌いだったが、漱石だけは幾度も読み返していた。人間の内面を抉《えぐ》る漱石の鋭い洞察が、たまらなく心地よかったからだ。

漱石文学に触れる時、彼女は、自分が人間を客観的に眺める存在になり、遥かな高みから小説を通して世界を見下ろしているような気分になることがあった。体が火照《ほて》りを帯びることすらあった。

漱石の小説の中では『彼岸過迄《ひがんすぎまで》』や未完の絶筆《スワンソング》『明暗』を愛読していたが、最近、特に偏愛しているのは定番の『こころ』だった。

昨夜、真由美はふと、自分がこのところ『こころ』を愛読しているのは、物語と今の自分の状況に似通ったところがあるからではないかと考えた。——自分は『こころ』の登場人物の「K」と同じ立場にあるのでは？　そう考えると、背中に火がついた心境になった。

『こころ』の『下・先生と遺書』で――「お嬢さん」に恋心を抱く「私」は、「お嬢さん」の家に一緒に下宿している「K」から、「お嬢さん」のことが好きだと告白される。「お嬢さん」と「K」が恋仲になるのを恐れた「私」は、「K」に抜け駆けをして、「お嬢さん」の母「奥さん」に、『娘さんをください』と間接的なプロポーズをし、あっさり容れられる。突然、「私」が「お嬢さん」と結婚することになったのを報《しら》された「K」は、夜遅く、頸動脈《けいどうみゃく》を切断して自殺してしまう……。

●

かすみにもし、抜け駆けをされたら――かすみと純先輩が既につきあっていることを知ったら、自分はどれだけ打ちひしがれるだろう？

精神的な向上心のない者はバカだ――そう言い放った「K」。「お嬢さん」を好きになった時、ぼくはバカだ、と自嘲気味に言い捨てた「K」。彼の壮絶な死に様は、小説内の出来事とは思えないほどリアルに、脳裏に焼きついている。

恋の病に全身を蝕《むしば》まれた真由美には、前進しか道はなかった。後ろをふり返ると、恐ろしいものを見るのはわかっていた。黄泉《よみ》の国からの帰り道でふり返ってしまった伊邪那岐命《いざなぎのみこと》や、『こころ』の「K」のように……。

今までの人生で築きあげてきた『価値観』という建造物が崩壊した時、瓦礫の中で正気を保つことは限りなく困難に違いないのだ。

★

行動を起こさねば――ようやくそう決意して昨夜は眠りに落ちた。

たっぷり八時間寝て正午に目覚めた時、決心はまだ真由美の中から失われていなかった。

夢の記憶が次第に失われていく中、決意の炎は、いささかも勢いを衰えず燃え盛っていた。

――想いの丈《たけ》を純先輩に伝えなければ、きっとずっと後悔することになる。

自分を飾るのをやめなければ。体面を気にし、いい恰好をしようと武装していては駄目だ。虚飾の化粧を落とし素顔を露出させなければ、想いは伝わらない。

……そう、わかってはいた。

しかし、いざ純に電話をしようとすると、どうしても受話器を持ち上げることができない。まるで、受話器が途方もなく重い鉛《なまり》の塊にでも変わってしまったかのようだった。

頭でわかっていることと、実際に行動してみることとの違いを(――その難しさを――)、この時、真由美は痛感させられた。

三十分近くが経過した……。――いつまでも、このまま固まっているわけにはいかない。自らを叱咤《しった》する。ギュッときつく瞼を閉じると、真由美は思い切って受話器を取り上げた。

エアコンのスイッチは入れていない。こたつにも入っていない。

真由美がブルッと身を震わせたのは寒さではなく緊張のためだった。

呼出音が三回鳴った時、天野純が電話に出た。

★

天野純は、人を楽しませるのが好きだった。困っている人の手助けをした時、助けた相手が見せる感謝の表情が好きだった。望んでいることをしてもらった時の、嬉しそうな表情が好きだった。

他人の優しさに触れた時、人は意外なほど純《ピュア》な感謝の表情を見せる。

十人十色、反応は人それぞれだが、優しくされて悪い気がする者はいない。

だから純は、これまでずっと他人に気を配り、優しく接するようにしてきた。

自分よりも他人の喜びを大切にする自己犠牲的な性格で、損をしたと思ったことは一度もない。他人の純《ピュア》な感謝の気持ちは、他の行為では得られない貴重な報酬《ほうしゅう》だったからだ。

大学生ともなると、人生に悲観的で世界に絶望した者の話を周囲から耳にすることも多いが、純は、世の中はそんなにつまらないものではないと考えている。人生はロマンに欠けると言う者は、ロマンを創造する努力をしていないだけだ。気持ちの持ちよう一つで、世界は極彩色の輝きを魅せてくれるのに……。

——思い切りよくいかなくちゃな。

人生というものは、テニスのサーヴに似ていると純は考えていた。

ファーストサーヴで、思い切りよくコーナーを狙う。それでフォールトになったとしても、後悔ではなく爽快な気持ちがするものだ。慎重に狙いすぎて平凡なショットになってしまったり、結局、セカンドサーヴでも失敗しダブルフォールトをくらってしまうようでは、人生は面白くないのだ。

●

呼出音が三回鳴ったところで、純は電話に出た。

『──純先輩は、帰省されないんですか？』

電話の主《ぬし》は、佐々木真由美だった。女子大の一回生だ。比較的会話を交わす機会が多く、一回生の中では印象に残っている。クールな雰囲気のわりには、話してみると意外に気さくで、センスのあるジョークというものを知っている子だ、という印象があった。

「……いろいろと約束が多くてね。今年は全然、実家に帰っていないんだ」

『純先輩は、お友だちが多いですもんね』

「真由美は、一回生のかすみって子、知ってる？」

わずかに沈黙があり、真由美は曖昧な返事をした。

『……ええ、まあ──。それがなにか？』

「実は昨日も、彼女が案内して欲しいっていうんで、高知城を二人で見に行ってさ。オレも遊ぶのが好きなんで、誘われるとつい断れなくてね」

『へえ。楽しかったですか、高知城？　あたしも行ったことがなくて……』

「まあ、近くにあると、いつでも行けるって感じで案外行かないもんだよな。——なんなら、今度、オレが案内しようか？」

受話器の向こうで、相手が飛び上がらんばかりに驚いたのを、純が知る由《よし》もない。

『それは——。あの……ぜひ、お願いします』

「ところでさ、今日はどうしたの？」

『純先輩、お昼はもう召し上がりました？』

「いいや。まだだけど、それが……」

どうかした？　と純が言う前に、真由美の言葉が割り込んできた。

『ピザでもご一緒しませんか』

「ピザぁ？」

あまりにも鋭い奇襲だったので、純は思わず、頓狂《とんきょう》な声をあげてしまった。

『ほら。以前、ピザの話が出た時に、今度一緒に食べようぜ、って……』

「ああ、そういえば」

取り敢えず相槌を打ち、大急ぎで記憶の棚を整理する。真由美にとっては、一人の大事な相手との記憶は特別だが、純にとっては、多くの友人の中の一つの記憶に過ぎない。探すのに難渋《なんじゅう》したが、意外にもあっさりと思い出すことができた。

食べ物の話をしている時、ピザの話題が出た。二人ともピザが好きだということで、今度一緒に、と純の方から持ちかけたのだ。

「——憶えてるよ。そっか、昼間からピザを食って暖まるのも、確かに、結構いいかもな」

『今日のご予定は？』

「夜に友人と会う約束があるけど、昼は空いてるよ。……よし、食うか！」

チーズのたっぷり乗ったピザを想像すると、食欲が刺激される。純は、長らくピザを食べていないことに気づき、ますます懐かしい味を楽しみたくなった。

『あたしの部屋で、どうですか。純先輩のお宅にお邪魔するのもなんですし』

真由美の申し出を、純はしばし頭の中で検討した。

「真由美の家って……どこだっけ？」

『吉田町なんですけど』

「そんなに遠くないな。サークルの名簿を見れば詳しい場所はわかるし……じゃあ、邪魔していいか」

男女の区別なく友人と気がねなくつきあう純にとって、一人暮らしの若い女性の家を訪れるのは大したことではなかった。

『ぜひどうぞ』

真由美の声は喜びに弾んでいる。——よほど、ピザが食べたかったのだろう。鈍感な純はそう考えた。

「じゃあ、三十分後ぐらいに行くよ。そうだな…… オーダーは、真由美が決めといていいよ。できたら、注文しといてくれ」

『それなら、着いてすぐに食べられますね。わかりました』

「じゃ、そういうことで」

純と真由美は同時に受話器を置いた。

★

たった一本の電話で、真由美の周囲の世界が反転した。

純がかすみに特別な想いを寄せているというのは、どうやら単なる被害妄想だったようだ。純には本当に男も女もない──彼の頭にあるのは自分と友人という概念だけなのかもしれない。

想像を逞《たくま》しくして、自分を袋小路に追いやった思いこみが滑稽だった。

受話器を置くと、不意におかしさが込み上げてきて、真由美は声を立てずに笑った。

──案外、恋の悩みなんて、こんなものかもしれない。

お互いの勝手な思い込みによる行き違い。自分も、平行線は決して交わらないという常識に囚われていたら、純先輩のことを諦めていただろう。平行線も、地球という『球』の上に引いてやれば交わるのに。

一方で真由美は、自分が純を『男』と見てしまったことに幾分、後ろめたさを感じた。

──純先輩は、あくまで友達としてあたしに接してくれている。なのに、あたしは、彼のことを『男』として意識してしまった。以前、言い寄ってきた男たちが、あたしを『佐々木真由美』としてではなく、『女』として見ていたように……。

そのことには自己嫌悪の念を禁じ得なかった。自分がいつも軽蔑している人間がやるようなことをしてしまった、というのは事実なのだ。

いや……

いいや、してしまったという表現は正確さを欠いている。

真由美は純に想いを告げたわけではなく、未遂《みすい》で終わったのだから。

純とかすみが友人以上の関係でないと察したあの時、肩の荷が降り、真由美は一気に解放された気分になった。そこで純に電話の用件を問われ咄嗟《とっさ》に思いついたのが、以前話をしたピザのことだった。

告白することに比べれば、昼食の誘いなど楽なものだ。

なんといっても、自分たちの関係は崩されずにすむ……友人のまま。

●

真由美は友人として、ますます純のことが好きになってしまった。彼と出会えただけでも、大学時代の生活には意義があったと早くも思えてしまうほど、天野純という人間に惚れこんでいた。

電話での通話を終えてみると、あらぬ妄想に苦しめられたのも、あながち悪いことではなかったという気もする。

今までは、話をするといっても、周りにたくさん人がいる状況だった。電話をかけることによって、初めて一対一で話すことができた。しかも、一緒にピザを食べる約束までできたのだから……。

★

『コーポ吉田』は三階建ての学生マンションである。

通りに面した一階の正面に、大家の経営する雑貨屋がある。

雑貨屋のわきには、遠慮がちに口を開けているガラス戸の出入口がある。

堀田士郎《ほったしろう》は、ピザ屋のロゴが入った原付を『コーポ吉田』の正面に停めた。

トランクから宅配用のバッグを取り出す。

雑貨屋の中からこちらを探るように見る大家になんとなく会釈し、ガラス戸を開けた。

細長い通路が真っ直ぐ……正面に伸びている。

つきあたりの階段を昇り、二階の一番奥――二〇一号室を目指す。

『コーポ吉田』二〇一号室の若い女性（――大学生だろう――）に堀田士郎がピザを届けるのは、これで六度目だった。コンピューターの記録によると、彼女は一週間と間隔をあけることなく頻繁に注文していた。よほどピザが好きらしい。

ピザの宅配のバイトを始めて、もう三年になる。

最近の彼は、玄関に出てきた客の様子、玄関の状況、注文の品々から、客がどういう人物なのかと推理できるようになっていた。

記憶が正しければ、二〇一号室のあの女性は、今まで九インチのピザしか注文したことがない。それが今回に限り、十二インチでおまけにチキンやケーキまで注文するとは、どういうわけだろう。

――さては、男ができたな。

そう推理してニヤリとしつつも、堀田士郎は結論を急がなかった。玄関の靴の数や、女性の格好、ヘアスタイル、化粧の変化、態度――判断材料は、まだまだ多い。

細長い二階の廊下に、足音が高く響く。廊下は密室状況で、外部と通じているのは、三階と一階へと通じている階段だけである。非常階段の類《たぐい》はないようだ。火事などの防災対策はなされているのだろうかと、ここへ来るたびに他人事ながら心配になる。

つきあたりの二〇一号室の前で足を止めると、堀田士郎はインターホンに手をかけた。

★

ピザ屋に注文の電話をして、約三十分後――マンションの前で原付の停まる音がした。

しばらくして、廊下を歩いてくる足音が……。

財布を摑んで立ちかけて、真由美はしばし迷った。天野純も原付に乗っているのだ。

――純先輩かしら。それとも、ピザ屋さん？

インターホンの音が鳴った。

結局財布を持ったまま、真由美は、玄関の魚眼レンズから廊下を覗いた。

誰もいない。

誰もいない……どういうことだろう？

チェーン錠を外し、鍵を開ける。おそるおそる開いた扉は廊下に置かれたなにかにあたり、開ききらずに止まった。

幸せな気分が一瞬で消え去った。代わって、不安と恐怖が湧きあがってくる。

――なんなの、これ。なんだっていうの？

頭の奥で、警戒を呼びかけるサイレンが鳴っていた。だが好奇心には抗しきれず、真由美は扉の隙間から首を突き出し、廊下に転がる『それ』を見た。

★

一〇〇メートルほど前方。ピザ屋の原付らしきものが見えた。

細い通りを二本横切り、天野純は『コーポ吉田』の前に原付を停めた。

すぐ隣りには、派手なロゴの入ったピザ屋の原付が停まっている。一足違いだったようだ。ちょうどいいタイミングだ。

ガラス戸をくぐる。どこかで、インターホンの鳴る音がした。おそらく、ピザ屋だろう。

純の歩く音が廊下に響き渡る。

――と、その時。

かん高い悲鳴が上から降ってきた。

臓腑《ぞうふ》の底からふり絞るような、凄まじい、恐怖の叫び。

思わず純が身震いしてしまうほどだった。

不吉なことに、純には、その声に聞き憶えがあった。

断言はできないが、おそらく今の悲鳴は……真由美?

純はつきあたりの昇り階段へと駆け出した。

★

廊下には、ピザ屋の首のない屍体が転がっていた。

ピザ屋のバッグを手に握りしめたまま、廊下の冷たい床にくずおれている。首なし屍体が後生大事に抱えたバッグの上には、ロゴ入りの帽子をかぶった首が、コロンと乗っている。

真由美は、声を限りに絶叫した。

密室連続殺人のことは、ニュースで知っていた。

だが、まさかそれが自分の眼前で起ころうとは……

信じられなかった。

●

……足音が接近してくる。一階を誰かが走っている。

真由美は我に返った。

誰か——誰が？　——犯人！

……足音が階段を昇ってくる。犯人が来る！

——助けて、誰か……。純先輩！

部屋に入らなくては。そう頭ではわかっているのだが、体の方がまったく言うことを聞かない。凍りついたように立ちつくす真由美は、怯えた瞳で一階へと通じる階段の方へ視線を向けた。

●

「真由美！」

昇ってきたのは天野純だった。

安堵《あんど》のあまり、真由美は扉をつかんだまま、へなへなと廊下に崩れ落ちた。

●

『11番目の被害者』一九九四年一月四日昼

■堀田士郎
性別＝男　年齢＝二五　身長＝一八三　体重＝七二
血液型＝O　職業＝大学院生

屍体発見現場◎高知県
密室の仮名称◎廊下の密室

■現場の状況←
①被害者は『コーポ吉田』の廊下で、首を斬られて殺されていた。
②『コーポ吉田』の一階で雑貨屋を営む大家は、当時、マンションに入った二人の人物を目撃している。最初が殺害された被害者であり、その次が第二発見者となった青年である。
③事件当時、『コーポ吉田』の住人で在宅だった者たちは、廊下に響いた二つの足音を聞いている。最初が被害者のもので、二つめは、走っていた足音ということから、第二発見者のものと思われる。
④『コーポ吉田』には、住人以外の不審人物は潜んでおらず、また、不審人物が出入りした形跡もない。
⑤現場の周辺から、凶器と思われるものは発見されていない。
⑥被害者の背中には、被害者自身の血で、『密室拾壹《じゅういち》』と記されていた。

密室十二　密室ならぬ密室

『どんでん返し』

人類を残らず皆殺しにしてやろうか！

安酒を飲み、ダンボールの中で震えながらうずくまっている時、蓑田《みのだ》源吉《げんきち》は、そんな気分になることがあった。

――食べ物は腐ってしまえば捨てられる。野良犬や野良猫、そして浮浪者《オレたち》のエサになる。人間さまも、偉くなったもんだ。

腐ったものは捨てろ、体によくない。

――自分たちが腐りきっているとも知らずに、奴らはそうほざきやがる。

――この五十年の間に、高松の町も随分と変わっちまった。見ているだけで心が慰められた昔の風景はすっかり失われ、『文明』なんていう気取った名を持つ悪魔が作り出した禍々《まがまが》しい建物ばかりが、目抜き通りを中心に聳《そび》えていやがる。

――偉そうにふんぞりかえる建物は気にいらねぇ。遥か高い所から見張られているみたいで、落ち着かないんだ。昔は、あんな建物なんかなかった。

――いつからこんな風に世界は変わっちまったんだ。いつから世界は薄汚れ、人間は腐りきってしまいやがったんだ！

源吉は、左腕があったはずのところを抱えるようにして丸くなった。ダンボールの隙間から、ヒューヒューと一月の寒風が肌をチクチク刺してくる。

ハーッと息を吐くと、アルコールの臭いがして、瞬間的に体が暖かくなったような気分になる。源吉は嫌なことを少しずつ頭から追い払って、心地よい酩酊《めいてい》状態に包まれようとしていた……。

★

紫暮翔《しぐれしょう》は、二つ隣りの部屋で眠る両親を起こさないように、静かに布団から出た。パジャマ一枚ではさすがに寒い。床の座布団の上に置いておいた明日の着替えに素早く着替える。冷たくなったジーンズに足を通し、シャツの上からトレーナーを、その上にさらにセーターとジャンパーを着込む。ジャンパーのジッパーを押し上げると、だいぶ暖かくなった。

ヴェランダに面した大きなガラス窓を開ける。キィキィと溝を滑るかすかな音がするだけで、両親が起きてくるのではないかと心臓が踊るようだ。慎重に雨戸をずらしてヴェランダに出ると、翔はガラス窓を閉めた。

外に出ると、一層、寒さが身にしみた。ハァッハァッと手を暖めるために吐く息も白い。

だが、寒さもあまり気にならないほど、翔は期待に胸を膨らませていた。

未知の夜の世界で、どんな冒険が待ち受けているんだろう。

そう考えると、わくわくせずにはいられなかった。

ひんやりとした鉄の手すりに手をかけ、ヴェランダの柵をまたぎ越える。

大の字になって手を伸ばし、雨どいにつかまると、スルスルと地面まで滑り降りた。

二階を見上げ、様子を窺う。……両親に気づかれた様子はない。

喜びで、翔の顔は自然とほころんだ。小説の主人公のように、自分は恰好いい冒険をしているんだ。これはその第一歩だ。そう考えると、力がわいてくる。

少年は、夜の街へと旅立った。

★

気がつくと、源吉は密室にいた。

立方体の、箱のような部屋だ。扉も窓もない。壁がすべての方位をふさいでいる。

源吉は、ゆっくり壁に歩み寄り、両手で壁を叩いた。

両手で——？　失くしたはずの左腕が、そこにあった。

源吉は驚きに目を丸くし、右手で左腕に触れてみる。

左腕は確かにそこにあった。

ゆらゆらと世界が揺れている。源吉はふと、オレは本当に片腕だったのだろうかと考えた。オレは左腕を失ってなどいなかったのではないか、と。

——そうだ。オレは片腕ではない。最初から両腕だったのだ。

なんだかおかしくなって、源吉は密室の床で腹を抱えて笑い転げた。

しばらくすると、ここはどこなのだろう、という深刻な疑問がふたたび浮上した。

源吉は公園のダンボールの中で寝ていたのではなかったのか?

四方の壁、床を両腕で叩いて回る。壁はびくともしない。

ゆらゆらと世界が揺れる。源吉の目の前に陽炎《かげろう》があるかのように、世界が揺れている。

——どこなんだ、ここは?

人の気配がする。

源吉はゾクッとさむけがするのを感じた。慌てて後ろをふり返る。

そこに男が立っていた。ボンヤリとした影だから、はっきりとした容貌はわからない。それでも、すぐそこに立っている、ということだけはわかった。男は、日本刀のようなものを持っていた。

刹那、恐怖の渦が巻き起こり、源吉の中で弾けた。たった今さっきまで、密室の中には源吉しかいなかった。その男は、いったいどこから入ってきたのか?

密室卿。その名前が頭に浮かんだ。公園のゴミ箱に捨てられていた新聞で、源吉はその名を知っていた（……日本人の識字率は世界一。浮浪者が新聞を読んでいるのを目にすると、外国人観光客は一様に驚く）。

――密室卿だ。密室卿の奴が、オレを殺しにきたんだ。次の獲物はオレ、な、ん、だ。

源吉はどさりと床に腰を落とし、両手をもがくようにして、後退した。

密室卿が迫ってくる。一歩ずつ、着実に。日本刀を構え、源吉を追いつめる！

背中が壁にあたった。源吉は、声にならない悲鳴をあげた。

日本刀をふりかぶると、密室卿は素早くそれをふり下ろした！

衝撃！――続いて、熱さが……。左腕が熱い。ドヴァッと血が吹き出し、左腕がゴロリと床に落ちた。シューシューと威勢よく血が吹き出す。

左腕を斬り落とされた勢いで源吉は最初に左に傾いたが、噴出する血の勢いと重心の偏《かたよ》りで、すぐ右に振り戻される。

密室卿が、またふりかぶった。第二撃を彼に加えようとしている！

「うわぁぁっ！」

源吉は絶叫した。

夜の街の神秘を教えてくれたのは、同級生の楢原俊兵太《ならはらしゅんぺいた》だった。

★

五日前——昨年の十二月三十日。

紫暮翔は、俊兵太ら小学校のクラスの遊び友達七人と学校に集まっていた。校庭でサッカーをする予定だったのだが、ボールを持ってくるはずの逸見時也《いつみときや》の奴がなかなかこない。そこで一同は、俊兵太の興味深い冒険譚《ぼうけんたん》に耳を傾けることとなったのだ……。

俊兵太は、母と二人で暮らしている。俊兵太が『離婚』という言葉を知る以前に父と母は別れ、物心ついた時から、彼は母子家庭で育った。母は夜の仕事で（——翔たちはそれがどういうものなのか、漠然と理解しているつもりになっているだけだった——）家を空けており、深夜、俊兵太はいつもマンションのだだっ広い空間にぽつねんと取り残され、孤独と共に眠っていた。

そんな俊兵太が、以前から興味を持っていた夜の街に繰り出そうと考えて、初めて実行に移したのが、さる二十九日の晩だったというわけである。

母は太陽が世界に顔を覗かせる頃までは家に戻らない。時は冬休み……学校はない。時間は充分にあった。

いったん夜の街に関心が向くと、好奇心はあたかも爆弾の衝撃波のごとく拡大し、少年の足を闇へ向けた。不安と期待をない交ぜた想いが、闇に包まれた不思議な世界へ誘《いざな》う。

場所は同じはずなのに、昼と夜——光と闇とではまったく異なる風景だった。

人影を見るたびに俊兵太は物陰に潜み、やり過ごした。夜の街の人間は、昼間の人間たちとはどこか違って見えた。街灯の光に照らされた姿は妖《あや》しく、見つかってしまったら、怒られるだけではすまないような気がする。母も夜の人間の一人なのかと考えると、自分の親が異星人《エイリアン》であるかのような気まずさに襲われた。

恐怖の潜む闇は魅力的だった。なにかがその奥でこちらを見つめているような奇妙な恐れと、その正体を見極めたいという考えが微妙に俊兵太の心の中でゆれていた。

すべてが未知のものだった。

今まで謎だったものがその不思議性を増し、魔法のように少年を魅惑しつくした。

●

……俊兵太の話は魅力的だった。

アニメやマンガ、ゲーム、映画などでは得られない興奮を少年たちに与えてくれた。

校庭の砂山の上に座る俊兵太が話をする間、少年たちは砂山の斜面に並んで座り、一様に幻想的な物語に耳を傾けていた。彼らの瞳は空想上の闇の世界を見ていた。輝いていた。

俊兵太の話が終わると、少年たちは、特殊な体験をした友を羨《うらや》んだ。自分にできないことを成し得た者への羨望の情が場を包んでいた。少年たちは俊兵太と同じ経験をしたいと望んだが、家庭環境がそれを許してくれそうにないので、ひどく悔しがっていた。

その日から、紫暮翔の頭の中は夜の世界のことでいっぱいになった。

俊兵太が歩いた不思議の世界を、自分も歩いてみたかった。

いったん気になり始めると少年の好奇心は彼を摑んで放さず、翔は毎晩、機会を窺うようになった。

一月四日。大晦日《おおみそか》、三ヵ日は、両親が遅くまで起きていたので企みは未遂に終わった。社会が新年の眠りから醒めて動き始めたその日の夜、ついに時は訪れ、翔は闇の世界へ足を踏み入れることができた。

★

亜郷巽《あごうたつみ》巡査部長と狭間貫志《はざまかんじ》巡査は、目抜き通りを巡回《パトロール》していた。

闇の降りた夜の街は、心なしか、いつもより閑散としているように感じられる。車も少なく、歩行者ともなると極めて希である。一月四日だということだけが理由ではないだろう。

おそらくは、密室連続殺人の事件の波動がこの高松にも伝わっているのだ。

警察庁から警視庁、各都道府県警（——東京都警とはすなわち警視庁である——）を通して、特別警戒体制が全国に敷かれている。末端の警察官たちは巡回を強化することを強いられたわけだが、内心で、はたしてこのようなことに意味があるのか、と疑問に思う者も少なからず存在した。

密室連続殺人は、全国各地で発生しているのだ。次はどこで事件が起こるかなどというのは、犯人以外にわかるはずもない。ゆえに、巡回にあたる警察官が極限の緊張を維持することなど、土台無理な相談なのだ。

犯人が本当に狂人ならば、犯人の思考はそれこそ神のみぞ知る、である。しかし、巡回する警察官を増やすことによって街、都道府県、国全体の緊張を引き締め、緊迫したムードを保つことができれば、密室連続殺人がこれ以上続発するのを食い止める助けにはなるかもしれない。……それも、一面の真理をついていた。

電話BOXの中で電話をかける青年にチラッと視線を向け、亜郷が、後方を歩く若い相棒に話しかけた。

「狭間。お前は、次はどこの県が狙われると思う？」

週末の彼女とのデートのことに考えを寄せていた狭間は、その声に思わず足を止めた。

「え？　――は、はい。その……わたしはそういう推理といったものが苦手でして」

「推理しろとは言っとらんよ。あくまでお前の勘でいいんだ」

笑いかける亜郷の表情は、息子に問い掛ける父のそれだった。

実際、亜郷と狭間の年齢は親子ほどに隔たりがある。

「前の犠牲者は、確か……」

記憶の糸を辿る狭間を亜郷がフォローした。

「――同じ四国の高知だ」

「そうでした。ええと、愛知から滋賀へと来て、次に高知ですから……案外、次はこの香川かもしれませんねえ」

不安げな声で狭間がそう言うと、亜郷が笑った。

「密室卿とやらも、意外と近くにいるかもしれんな。そろそろ尻尾を出すとすれば、尻尾を摑むのは、我々かもしれん」

「できればそれはご遠慮願いたいですね、わたしは。危ないのは、どうも苦手でして」

「特進のチャンスかもしれんぞ」

狭間は肩をすくめる。

……と、その時。

五十メートル先の横断歩道を人影が横切った。

小柄で、どう見ても小学生としか思えない影が……。

二人の警察官は顔を見合わせた。

「今の、見たか？」

「ええ、確かに見ました」

「子供が一人で出歩くには、遅すぎる時間だな。——行こう！」

素早く走り出した亜郷の背中を追いかけつつ、狭間は呟いた。

「少年の相手なら、密室卿よりは安全そうですな」

★

麻生茉緒《あそうまつお》は、二人の警察官が近づいてくるのに気づいていた。親子ほど年の離れたコンビだ。見咎《みとが》められることはないだろうが、用心するにこしたことはない。

相手はまだ電話口に出ない。おそらく、逆探知の準備でもしているのだろう。

香川から遥か遠く離れた京都から（――JDCの本部は京都にある――）、この電話BOXを逆探知することは可能なのだろうか？――生憎、麻生茉緒には、そういった知識の持ち合わせはなかった。

――まあ、そんなことはどうでもいいことだ。逆探知などどうでもいい。重要なのは、奴らに『予《よ》』が密室卿だということをわからせることだ。

二人の巡回警官に自然に見えるように心がけつつ、さりげなく背中を向ける。

右手に潜ませた変声《ヴォイス・チェンジャー》機は、できれば目撃されたくなかった。

警察官二人は、電話BOXのわきを通り過ぎると、突然、前方へと駆け出した。

――なにかあったのか？

そこで、電話の相手が出た。『JDC第一班の龍宮城之介《りゅうぐうじょうのすけ》です』と、相手は名乗った。

龍宮という名は知らない。麻生茉緒が知っているのは総代《そうだい》・鴉城蒼司《あじろそうじ》や、刃仙人《やいばそまひと》、九十九《つくも》十九《じゅうく》などであったが、第一班というのなら、誰でも良かった。少なくとも先方は、こちらに興味を示したということになる。

『総代をご指名とのことですが、生憎、総代はもうお帰りでしてね。ご用件は、よろしければこの龍宮めが承《うけたまわ》りますが』

奇妙なことに、男は自分のことを『龍宮』と呼んだ。

響きの良い声には、知性が感じられる。龍宮という男も、天下のJDCの第一班に名を連ねるからには、かなりの推理力を持っているのだろう。

麻生茉緒は微笑した。——密室卿は敵が強大であればあるほど嬉しく思う。知恵比べは、互角以上の知力を持つ相手とするのでなくては、まったく面白くない。

麻生茉緒は受付嬢に、『昼間高知での殺人を予告した密室卿ですが、総代をお願いします』と言った。受付嬢が彼の言葉を正確に龍宮に伝えたのならば、彼も薄々と感づいていることだろう。なぜ、また自分が電話をしたのかということを……。

感づいて敢えてこちらに尋ねてくるのは、逆探知の時間を稼ぐためか。

それとも、他に意図があってのことか？

「次は長崎で殺される。長崎のテレビ局で殺される」

麻生茉緒はそれだけ言うと、受話器を——置こうとした。

しかし、それよりも早く龍宮城之介の言葉が耳に入った。

『あなたは犯人ではありませんよ、ミスター密室卿』

すべてを見抜いている口調だった。

麻生茉緒は受話器を置き、電話BOXを出ると声高らかに笑った。

——なるほど、さすがはJDCの第一班の探偵だ。なにを根拠に推理したのかは知らないが……面白い考えだ。

麻生茉緒は、愉快でならなかった。

日本犯罪捜査の頭脳と対決するのは、楽しくてしょうがなかった。

こういう気分の時、彼はよく俳句を詠《よ》みたくなる。本能の促すままに、一句詠んだ。

探偵よ　声も凍《い》てつく　冬の電話《テル》

句の完成度は問題ではない。

俳句を詠む、という行為そのものが、麻生茉緒にとっては聖なる儀式だった。

——探偵たちよ、密室卿の謎が解けるか？　一二〇〇年もの間、誰にも解かれることのなかった密室トリックを、推理できるか？

★

『うわぁぁぁっ！』

自分の声で、蓑田源吉は目覚めた。

――オレは、密室卿に左腕を斬り落とされて……。あれは、夢だったのか？

彼はまだ、ダンボールの中に横たわっていた。安酒の瓶を握りしめ、いつの間にか眠っていたらしい。ベンチの上にダンボールを組み重ねた『城』の中で寝ていたはずなのだが、今、ダンボールは地面に落ちていた。おまけに重ねていたダンボールは分かれ、その隙間から強烈な寒風が源吉の全身を貫いている。

ぶるるっ、と瞬間的に源吉は身震いした。

――いつもはこんなに寝相は悪くないんだが。変な夢を見たせいだろうか？

あのおぞましい悪夢は、まだ、はっきりと記憶に残っている。

頭の中から消そうにも消せない鮮明さで……。

――なんだって、あんな夢を見たんだ。

源吉が夢を見ることを忘れて久しい。酒に身を任せ、泥のように眠る日々は、いつから続いていたのだろう。思えば、もう何年も夢を見ていなかった。

ダンボールの中で、安酒の残りをグビッと呷《あお》ろうとしたその時。

夢ではなく現実と明らかな衝撃が、源吉を襲った。

ガラスの砕ける小さな鈍い音！

そして――、顔を走る熱い血の線と、手にこぼれた酒……。

何者かが、外からダンボールを勢いよくつついたような感じだった。

おかげで、源吉の手の中で瓶は砕け、破片が彼の顔を傷つけた。

おまけに、わずかに残った貴重な酒が台無しだ。

ふつふつと怒りが込み上げてくる。

血液が激流となって体中の血管を刺激する。その後は、いつもの『あれ』が襲ってくる。

自分でも制御できない、とてつもない負のイメージ――破壊の衝動が。

人類を残らず皆殺しにしてやろうか！

砕けた瓶の破片を握りしめたまま、源吉は這ってダンボールを出た。

彼が寝ていた公園を見回す。視界に入ったのは一人の人間のみ。

それは、怯えた瞳をした少年だった。

★

動物の呻《うめ》き声のようなものが聞こえた気がした。

紫暮翔は、声のした方を探るように歩を進めた。その先にあったのは、公園だった。

ブランコ、すべり台、シーソー、ジャングルジム、砂場……昼間はなんということはない所だが、闇に包まれた公園は、ディズニーランドもかなわない幻想的な夢の楽園だった。

妖しい魅力に手招きされるように翔が公園に足を踏み入れた時、スニーカーがなにかを踏んだ。硬く、丸いもの……野球の軟球だ。誰かが忘れていったのだろう。

軟球といっても、テニスの軟球のようにフニャフニャしているわけではない。

ソフトボールほどではないが、テニスボールよりは硬い。

スニーカーの下にあるそれは、寂しげにぽつんと転がっている。

なんとなく軟球を手にとってみた翔は、公園内を見回した。

少し離れたベンチの横に、長いダンボール（——冷蔵庫でも入れていたのだろうか——）が放置されている。そのわきにも幾つか、ダンボールがある。誰かがまとめて捨てていったのだろう。

公園の出入口から長いダンボールまでは、自分のコントロールを試すのには、絶好の距離であるように少年には思えた。野茂《のも》のトルネード投法を真似《まね》て（——翔は、近鉄の野茂選手のファンだった——）、軟球を力強く投げる。

ベコンッ！

ダンボールがへこんだ。

同時に、グチャンというガラスの砕けるような音が聞こえた気がした。

嫌な予感がした。

嵐の前を思わせる不気味な静寂が流れ、ダンボールから、三つ足で這う影が現れた。

影は二本足で立ち上がったかと思うと、翔の方を睨みすえた。

月光で、瞳がギラリと一瞬光って見えた。

月光と常夜灯の灯りで、その人物の顔が蒼白く照らし出される。

不精髭《ぶしょうひげ》を伸ばしており、すすけた顔には切り傷が走っている。

右手には割れた瓶を持っている。左腕はない。

以前、テレビで見たホラー映画に登場するゾンビにそっくりだった。

夜の世界には、ゾンビが実在した。いや、ゾンビよりももっと恐ろしい何物かが。

「クソガキッ！　殺してやるぅっ！」

叫び声とともに、殺人鬼と化した男が少年に躍りかかってきた！

★

前方で少年の悲鳴が聞こえた。——すぐそばだ！

「部長、あそこ！」——

狭間が公園の一角を指差した。

亜郷がそちらに目をやると、小さな影を追撃する大きな影が見えた。

——変質者か。それとも、まさか密室卿？

裏道に入られると、厄介なことになる。

考えるより先に、少年の安全を確保するのが先決だった。

「狭間、追え！　つかまえるんだ！」

亜郷は、さすがに疲れの色を隠せなかった。狭間は無言で頷くと、二つの影を追った。どうか危険なことになりませんように——、そう願いながら。

「わしもすぐ行く！」

遠ざかる狭間の背中に、亜郷が叫んだ。

★

追ってくる、、、

——闇に棲《す》む化け物が、ぼくを殺そうとしている！

少年は、体育の授業でも出したことのないほどのスピードで、ひたすら走った。

家から遠ざかるように逃げている、そう気づくだけの冷静さは持ち合わせていなかった。

とにかく、ただひたすら逃げることだけを考えていた。

足音が迫ってくる！

少年は空想を働かせ、ちらりと見た浮浪者の姿を、頭の中で得体の知れない怪物のように修正していた。そして、恐怖に震えていた。

やっぱり怪物はいたんだ！

「殺してやる！」

後ろから怪物が叫んでいる！

●

——追う者と追われる者《ストーカー・アンド・スライス》——

源吉は、翔に肉薄していた。

手を伸ばせば届くほどの差で、少年のすぐ後ろを走っていた。

——もう少しだ。そら。手を伸ばせばつかまえられる！

しかし、手を伸ばすとスルリと少年は前へ走り、虚空しか摑むことはできない。

アキレスと亀の挿話——アキレスは、進み続ける亀に決して追いつくことができない。

そのもどかしさが源吉の怒りを爆発させ、殺意をエスカレートさせた。

——殺してやる！　殺してやる！　絶対に、殺してやる！

怒りが源吉の足を速める。少年は、すぐそこだ！

——すべてはこのガキのせいだ。戦争で片腕を失ったのも、職につくことなく浮浪者として生きてきたのも、密室卿の悪夢を見たのも、すべては、こいつのせいなんだ！

我を忘れ、思考回路がショートしている。

源吉の手が、ついに翔の髪を摑んだ。

●

裏通りで二つの影を見失った狭間は、亜郷が早く追いついてくれないものか——と、他力本願に考えていた。

——それにしても、さっきの影は何者だ。単なる浮浪者か？　変質者か？　……それとも本物の密室卿なのか？

少年と自分の無事を祈りつつ、走り続ける。

——でも、さっきの奴が密室卿だとすれば、次はどんな密室が用意されているんだろう。

密室はどこにある？

走りながら周囲に目を走らせる。

ある考えに思い至り、狭間は愕然とした。闇の奔流が若い巡査を飲み込む。

——まさか、密室は……。

夜そのもの。この夜の闇に包まれた世界そのものが、密室なのか？

その時。子供の悲鳴が、闇を切り裂いた。

●

……翔は絶叫した。激しい痛みが首筋に閃いた！

●

少年の頸動脈からは、血がほとばしっていた。

「死ね！　死ね！　死ね！　死ね！　死ね！」

奇怪な笑い声をたてながら、源吉は翔の体を瓶の破片で無茶苦茶に突き刺した。

返り血のシャワーで、源吉の顔が、服が、まだらに染まっていく。

鮮血に包まれた、殺しのイリュージョン……。

やがて——。狩りを終えた獣は、手についた血をなめた。

その脳裏には、愉快な考えが浮かんでいた。

——オレは密室卿だ。オレは、人類を殺しまくるんだ！　男も女も、老人も若者も子供も、みんな殺してやる！

指についた血で、翔の背中に『密室』と書こうとする。しかし、どうしても『密室』という漢字が思い出せず、苛立ちながら、ゴチャゴチャとした字で『案室』と書いた。

――文字なんかどうでもいいんだ。

文字だけではなく、すべてがどうでもよくなり始めていた。

「……や、やめろ！」

弱々しい静止の声に、源吉はふり返った。警官の制服を着た若い男が立っていた。

●

その浮浪者は、人を一人殺してしまったことで、完全にキレてしまったようだった。獣のような咆哮を発したかと思うと、狭間に襲いかかってくる！

鋭い跳躍だった。のしかかるように、浮浪者が狭間に飛びかかってくる。不意を突かれた狭間に、対処する術はなかった。地面に組み敷かれたはずみに、道路のアスファルトで頭を強打する。

狭間は、観念して目をつぶった。

★

……死の瞬間は、なかなか訪れなかった。

人の声。物音——狭間がそろそろと目を開けると、浮浪者が亜郷に抑えこまれていた。腕を後ろにねじ上げられ、一つしかない手首には、手錠がかかっている。

「部長！」

心の底から自然に、感謝の声が狭間の口をついた。

彼が他人をこれほどまでに頼りに思ったのは、この時が初めてだった。亜郷の到着がもう少し遅れていたら、狭間の彼女は、週末に彼の屍体とデートするハメになっていただろう。

浮浪者の片腕を掴んだまま、亜郷は血まみれの少年に歩み寄る。

「……どうです、その子は？」

無念そうに、亜郷は無言で首を横に振った。

狭間は、命拾いしたと喜んだ自分を罪深く感じた。

——自分さえもっとしっかりしていれば、少年の尊い命を救うことができたかもしれないのに……。

「オレは密室卿なんだ。オレは密室卿……」

憑《つ》かれたように、浮浪者はそう呟き続けていた。

●

少年の屍体の背中には、『案室』という文字があった。首は斬られていなかった。

★

「冬の窓から～愛が吹き込む♪　老若男女――誰もが愛に包まれ、白く輝く～♪　数奇《すうき》な人生のゲレンデを、うまく滑ろうよ！　スキーが好き……あなたが好き～♡」

大ヒット中の可憐な恋の歌『WINTER☆WINDOW』のメロディを口ずさみながら、狭間響子《きょうこ》は恋の相手を待っていた。

――姉が二十歳も年上の男と婚約したと知ったら、貫志の奴、どんな顔するかな？

長崎県。NHK佐世保支局のエレヴェーターの前で、響子は弟のことを考えた。

香川県で警察官をしているあの小心者――貫志は、うまくやっているんだろうか？

五……四……三……

エレヴェーターの回数表示が降りてくる。おそらく響子の未来の夫が乗っているであろうエレヴェーターが、彼女の元へと降りてくる。

世間がどんなに沈んでいても、自分をしっかり感じていれば、彼女はいつも明るい気分でいることができた。最高にハッピーな気分……たまらなく幸せな時間。

二……一……

チンッ、と音がしてエレヴェーターの扉が左右に開いた。

幸福から不幸へ、幸運から不運へ――その転落は、いつも唐突に訪れる。

●エレヴェーターの中には、変わりはてた彼女の婚約者の姿があった。

『12番目の被害者』一九九四年一月四日夜

■太河広《おおかわひろし》　性別＝男　年齢＝四七　身長＝一七七　体重＝六一
血液型＝O　職業＝NHKアナウンサー

屍体発見現場◎長崎県
密室の仮名称◎エレヴェーターの密室

■現場の状況←
①被害者は、NHK佐世保支局のエレヴェーターの中で首を斬られて殺された。
②被害者が五階でエレヴェーターに乗る時、またエレヴェーターが一階に着いて扉が開いた時、BOXの中に被害者以外の人物はいなかった、と目撃者は証言している。
③エレヴェーターの中、ダクトの中、およびその周辺から凶器と思われるものは発見されていない。

④被害者の背中には、被害者自身の血で、『密室拾貳《じゆうに》』と記されていた。

●

（追記）……香川県で浮浪者が少年を殺害した事件は、密室連続殺人とはなんら関連がないようだ、と香川県警察本部は発表した。

密室十三　慎《つつし》み深い密室

『九死に一生を得る』

一月一日から一月四日までのわずか四日間に、十二人もの人間が同じ手口で殺された。社会不安を煽るには充分すぎる出来事だった。密室卿（――マスコミが密室卿という呼び名を多用したことで、今や『犯人＝密室卿』という図式が深く浸透している――）は、本気なのだ。本当に、犯罪予告を成就する気なのだ。

――次の犠牲者は自分かもしれない。

密室卿が日本国民から無差別に標的を選んでいるなら、安全な者など存在しない。密室卿は、密室の壁を通り抜けて侵入してくる。安全な場所というのもまた存在しない……。

恐怖の台風が、日本を一気に飲み込もうとしている。

台風の目――密室卿の正体は、未だまったく不明だった。

●

警察、ＪＤＣを中心として、マスコミ、推理作家、犯罪心理学者、一般の推理マニアなど多くの者がありとあらゆる角度から事件を推理、検討していた。だが依然として真相らしきものをその中から見出だすには至っていない。

警察は四日の正午、密室連続殺人に関する情報を募集するフリーダイヤル、（密室二十四時間＝〇一二〇‐三四二×二四）を開設したが、真偽の定かでない情報や無数の荒唐無稽《こうとうむけい》な推理を山積させることとなり、それも逆効果となりつつある。

ワイドショーには頼もしい肩書きの各種『専門家』がゲストとして招かれ、様々な見解を示していた。どれも抽象的な推測の域を出るものではなく、捜査の進展の手助けとなりそうな貴重な意見を呈示してくれる英雄は現れなかった。

三ガ日が終り社会が動き始めると、新聞やテレビ雑誌の番組欄は密室連続殺人に関するものに徐々に席巻《せっけん》され、やがて征服された。

なす術《すべ》もない善良な市民は、ブラウン管で展開される前代未聞の推理合戦に一縷《いちる》の希望を託すしかない。どの番組も例のない高視聴率を記録した。

冬休みの終りが近づいている学生たちの中には（――心の片隅に一抹《いちまつ》の不安を抱きながらも――）面白い番組がないことを愚痴《ぐち》り、映画のビデオをレンタルして暇な時間を潰《つぶ》そうとする者が多かった。

レンタルビデオ店は大いに繁盛した。これは余談だが、ビデオレンタルが記録的な数字を達成したことがマスコミで報道されるや否や、密室卿はレンタルビデオ店の関係者ではないか、などという珍妙な推理も登場していた。

学生たちと裏腹に、父兄や学校サイドは新学期が始まりつつあるのに事件解決の曙光《しょこう》すら見えない事態を憂慮していた。始業日を八日土曜日から十日月曜日へと（——あるいはもっと先へ——）延期するべきだと文部省に打診する者は多かった。

前代未聞の凶悪犯罪の混沌《カオス》の中、唯一謎の沈黙を保っているのがＪＤＣだった。ＪＤＣ総代《そうだい》・鴉城蒼司《あじろそうじ》は、二度の記者会見で慎重かつ謙虚な自己の見解を示すにとどめていた。マスコミの質問攻めにも、ただ一言『まだ事件解決の手がかりが絶対的に不足しているので、なんとも述べられない』と、短くコメントするだけだった。国民としては力ずくでも警察やＪＤＣに奮起してもらいたいところだが、捜査する側には捜査するペースがあり、なかなかそういうわけにもいかない様子だ。

藁《わら》にもすがる思いのマスコミの中には、推理小説で奇抜な事件に触れる機会の多い学生の推理マニアに白羽の矢を立て、早稲田《わせだ》大学ミステリクラブや京都大学推理小説研究会の会員に推理を求め、新聞紙上などで大きく取り上げるものもあった。……むろん、その中からもまだ有力な推理らしきものは現れておらず、現時点では、まさに日本全国が不気味な密室卿に翻弄されている、という様相を呈しているのだった。

密室卿は、なぜ殺人を繰り返すのか？

被害者はどのように選ばれているのか？
殺害現場を密室状況にする意味は？
被害者の首を斬る意味は？
背中に『密室』と記す意味は？
密室卿が密室に出入りする手段は？
凶器はどのようなものなのか？

謎は後から後から湧いてくる。事件全体を通して見てもそうなのだが、個別の事件にも、それぞれ不可解な謎は多数存在する。それらの謎を論理的に推理し真相に近づくには、時間と人員があまりにも不足していた。

一月四日。密室卿を装った殺人が全国で六件も発生した。

『密室』という筆跡の相違、『密室』という文字の下に旧字の漢数字を付していないこと、首を切断していないこと、殺害現場が明らかに密室状況でないことから、それらの便乗殺人は容易に便乗であることが発覚した。しかし、殺人が便乗であることはすぐに看破できても、犯人を見つけるのはそう簡単にはいかない。ただでさえ不足している人員をいかに他の事件に割《さ》くかというのは、上層部が対処に苦慮させられる難問だった。

こういった事件の場合、便乗殺人こそ、警察が最も恐れているもので、頭を悩ませる種なのだ。本事件だけでも手一杯であるのに、便乗殺人まで幾つも抱えては捜査の進展がさらに遅れるのは必至だから。

密室連続殺人は便乗しやすい——と、思われがちなのも問題点の一つだった。派手で特徴が多い事件は手口を真似られやすい。便乗殺人がこの後さらに増えるようなことになれば、捜査する側はまさに忙殺されてしまう。

はたして密室卿はどこまで計算しているのか、という点も甚《はなは》だ謎だった。

一二〇〇個の密室殺人を完成させるだけでなく、日本全土を不安と絶望に陥れ、破滅させようというのも密室卿の計画のうちかもしれない。そんな風に考える専門家もいた。

ノストラダムスの予言と今回の事件を結びつけ、密室卿こそが、予言者《ノストラダムス》の言う『恐怖の大王』（人類を滅ぼす存在?）ではないかという突飛な論を展開する論者も存在する。

日本はすっかり異様な雰囲気に包まれている。

すべてが以前と変わってしまった……。

このまま恐怖が増幅すれば、日本はどうなるのだろう?

深刻な不安に怯える者も少なくない。

日本は今、かつてない危機に瀕《ひん》している。

謎と狂気の海に少しずつ沈没を始めていたのだ……。

●

一月五日早朝——。

朝のニュースが、昨日の三人の被害者について述べている。今や、『昨日の密室連続殺人』

というコーナーまで設けられている。視聴者は虚《うつ》ろな瞳でブラウン管に目を向ける。世紀末らしい犯罪だ、頭の中でそんなことを考え、どうしようもない不安が膨れ上がるのを理性でなんとか抑えこめる。職を持つ者は出勤し、捜査陣は一日の捜査を開始する。

四日間で、十二人もの被害者が出た。しかし、密室卿の犯罪予告が成就されるのなら、恐ろしいことに……、事件はまだ一〇〇分の一の地点に到達したにすぎないのである。

あと——一一八八人が殺される。

　そう考えると、人々には世界が闇の中にあるように感じられた。

　この事件は、本当に解決するのだろうか？

　絶望する者は、時を追うごとに増えていった。

★

『次は山口で殺される。山口の市民会館で殺される』

　ＪＤＣに犯罪予告電話をかけた約五分後、麻生茉緒《あそうまつお》は山口県宇部《うべ》市の市民会館にいた。

　宇部市民会館の中ホールでは、『慎《つつし》みの輪《わ》』という自称文化団体の説明講演会が行われていた。収容人員二〇〇人の中ホールは、主婦、学生などでいっぱいだった。空席はほとんど見当たらず、暗いホール内は、人間の頭の波が凸凹《でこぼこ》にうねっている。

ライトがあたっている壇上には、椅子が十脚並べられている。一つの椅子を除く九脚に、年齢性別のバラバラな九人が座っていた。唯一の空席の主《ぬし》(——三十代後半の眼鏡をかけた女性——)は、マイクの載った講演卓から、聴衆に熱っぽく語りかけている。

「……というわけです。わたくしは『慎みの輪』の発想にふれたおかげで、日常をより快適に過ごせるようになりました。——他人にこういった考えかたを強制することは慎まねばなりませんが……我々の話に興味を持たれた方は、どうかご自分でも一度、お考えになってみてください。人生、そして慎みの思考について。——そして、わかりにくいことがあれば、いつでも『慎みの輪』本部に問い合わせてください。皆さんが人生を楽しみ、世界がより良く改善されるように、我々は願ってやまないのです……」

強く握りしめた拳《こぶし》を聴衆にかざし、そう締めくくると、女性は深々と頭を下げた。すると、ホール内は拍手の嵐——社交辞令のものとは明らかに異なる強い拍手が続いた。

演説を終えた女性が壇上の自席につく。今度はその隣に座っていた禿頭《とくとう》の男性が腰を上げ、講演卓へと向かう。拍手が静まり、スポットライトが演壇わきの司会者席を照らし出した。聴衆席最前列の一番左隅、そこの正面に司会者用の机が備えつけられている。髪に白いものの混ざった温厚そうな老婦人の司会者が、次なる講演者の氏名、略歴を読み上げる。

禿頭の講演者が頭を下げる。ライトが男の頭に反射して、ピカッと光る。

司会者席を照らすライトが消え、司会者の老女は聴衆席の闇に溶け込んだ。

「本日はお忙しい中お集まりくださいまして、まことにありがとうございます……」

決まりきった口上で講演者が切り出すと、聴衆席は水を打ったように静まりかえる。

誰もが壇上の講演者に注目している、かに見える。……そんなホールの中、最後列に座る麻生茉緒は完璧に闇に溶け込んでいた。その姿を注視する者がいれば、このような印象を受けたであろう。

自らの存在を慎んでいるかのようだ、と。

★

牧野《まきの》若葉《わかば》は、『慎みの輪』などという団体は知らなかったし、仮に知っていたとしても、そのようなものには、まったく興味を抱かなかっただろう。

ただし、それは一時間ほど前までの話である。

大学は、まだ冬休み。帰省したはいいが、中学、高校時代の友人たちはバイトに忙しく、なかなかお互いのスケジュールがあわない。浪人している友人は、センター試験を一週間後に控えて、遊ぶどころではない。テレビは密室連続殺人関連の番組ばかりで、面白い番組は皆無だ。かといって、本を読んだりビデオを観たり、という趣味も持ち合わせていない。することといえば家事を手伝うことと、ごろごろと惰眠《だみん》を貪《むさぼ》ることばかり。バイトのない日は無気力な日々が続いている。

娘の怠惰《たいだ》な生活を見るに見兼ねた母の誘いで、『慎みの輪』なる文化団体の説明講演会に出かけたのは、親の話に好奇心をそそられたからでも、以前から興味を持っていたからでもない。単なる暇潰《ヒマつぶ》し。そのつもりで赴《おもむ》いた講演会だったが……。

三人めの講演者（――三十代後半の眼鏡をかけた女性――）が席に着くと、その隣りに座っていた四人めの講演者（――禿頭の男――）が起立し、講演卓へと歩み寄る。新たな講演者を聴衆席の最前列から見上げる若葉の瞳は、期待と興奮に輝いていた。

●

大学に入れば、もっと人生は面白いものになるだろう。高校時代は、無邪気にそう信じていた。無条件にそう信じこまなければ受験勉強などバカらしくてやっていられなかった。

大学に入るまでの若葉は、大学のこと、人生のことを真剣に考えたことはなかった。

大学に入ると、若葉はようやく周囲の世界を冷静に見つめることができた。初めて自分の眼で眺めまわしてみると、世界は、薔薇色ではなく灰色に塗りつぶされていた。

今までなぜこのことに気づかなかったのだろう？

そう自問してみて初めて若葉は、人生というものの正体を知った気がした。

高校生までは、親の庇護《ひご》下にあった。『牧野若葉』という船の舵《かじ》をとるのはあくまで両親だった。人生という大海原《おおうなばら》は風が吹いてもそよともせず、前方を漫然と見つめているだけでいつか目的地に着く――航海は平穏無事に進むはずだった。

だが、大学に入って海図を突きつけられ、航海の針路を自分で決めろと迫られた時、ふとふり返ると、舵をとっていたはずの両親はそこにいなかった。それだけではない。突如として雲行きが妖《あや》しくなり、海が荒れ始めていることを知り、彼女は慄然とした。航海の経験もない自分が、人生の荒海に放り出され、自ら舵をとることを強いられているのだ。

若葉の通う大学は短大である。猶予期間《モラトリアム》はまたたく間に終り、嫌でも人生の航路を見出だす必要にかられる。たとえそれが理想の道でなくとも、自分に舵をとる力量のない時には、静かな道を選ぶしかなかった。

――どうしてもっと早く、このことについて考えなかったの？　若葉のバカ！

自分を責める念と、今までの人生を後悔する思いばかりがつのっていく。打開策を探そうと思考を働かせると、若葉の足元にポッカリと絶望の闇が口を開けるような気がして、彼女はいつも、決まって思考を放棄《ほうき》してしまう。自分は、人生について考えるのを恐れているのだろう……最近では、彼女はそう確信していた。

考えなければならない――それはわかっている。

でも、人生について考えるのはたまらなく恐ろしいことだ――と、彼女は思っていた。

眠りにつく前、人生の不安に震えることが多くなった。

寝つきが悪くなり、眠れぬ夜が増えた。

しかし……。眠りからさめると不安の霧は晴れ、爽快感に座を譲っている。そしてまた若葉は、人生について深く考えることのない怠惰な生活を続けていくのだ。思考を始める……思考を放棄する……不安に怯える……不安を忘れる……また思考を始める……。

ひたすらその繰り返し《エンドレス・ループ》――。

●

若葉の正面の司会者席がスポットライトで照らし出される。

司会者の老婦人が禿頭の講演者を紹介している。

……紹介が終わると司会者席は溶暗《ようあん》し、闇に戻った。

一瞬、司会者席に向けた注意を壇上に戻すと、若葉は講演に集中しようと耳を傾けた。

『慎みの輪』の発想法は、しごく魅力的なものだった。

若葉は、闇の中に一点の光明を見出だしたかのような興奮を覚えていた。

先入観を慎む。常識論を唱えるのを慎む。他人の意見を鵜呑みにするのを慎む……すべてを慎む慎みの思考を展開するだけで人生の航路は自ずと開けるような気に、彼女はなり始めていた。

若葉の胸は希望に膨らみ、その注意は完全に壇上に向けられている。

——人生って、ひょっとしたら、すごく簡単なものかもしれない。

そんなことさえ考えながら……。

★

聴衆の興奮は、最高潮《クライマックス》に達しようとしていた。

慎みの思考を可能な限り平易な言葉に分解し、自分たちの主張をわかりやすく聴衆に訴える術《すべ》を、講演者たちは心得ているようだった。

「——こういった言い方をしますと、我々がどこぞの宗教団体のように聞こえるかもしれません。しかし、繰り返し申します通り、我々は思考を他人に押しつけることは慎んでおります。皆さんは、あくまでご自分でお考えになるのです。我々は、慎みの思考を必要とされる方のサポートをしていくだけで……」

ほとんどの聴衆が、なにがしかの感銘を受けているかのようだった。

ホールの中は、聴衆の遠慮がちな咳すら大きく聞こえるほどに静まり返っている。

禿頭の講演者が語り終える。満足した表情で男が頭を下げると、ふたたび拍手の渦が巻き起こった。拍手をする聴衆の中には、周囲に溶け込んだ麻生茉緒もいる。軽く拍手をすると静かに席を立ち、麻生茉緒はホールを出た。

慎みの　思考にふれる　渇いた朝

即席の俳句を口ずさむ麻生茉緒の口元には、妖艶《ようえん》な微笑が浮かんでいた。

★

歓喜の拍手がおさまっていく……。

講演を終えた禿頭の男が壇上の自席に戻ると、すぐ隣の老人（——次なる講演者——）が立ち上がり、講演卓に向かう。

——スポットライトが司会者席を照らす——

牧野若葉は、何気なく視線を司会者席に向けた。

数メートル前にいる司会者をチラッと見る——視線は、司会者席に釘づけになった。

隣りに座る母の手を探り、思わず握りしめる。若葉は、ホールの中で最初に悲鳴をあげた。

●

光の輪に照らし出された司会者席には、首を切断された屍体が転がっていたのだ。

……『慎みの輪』の説明講演会の司会者は、聴衆の注意が壇上の講演者に向けられているわずか十五分ほどの間に、生命を断たれたのだ！　牧野若葉のすぐ近くで……。

●

驚愕と恐怖に、若葉の全身は猛烈に痙攣《けいれん》した。

彼女の乗る船が津波に飲み込まれかけて、かろうじて無事だったかのような複雑な心境だった。

——講演に熱中していた自分は、司会者席の方には、まったく注目していなかった。この十五分ほどの間に……。

その先は考えるだけでおぞましかった。

——日本を騒がしている密室卿が、自分のすぐ側にいたのだ。

密室卿は、闇に乗じて音もなく司会者に忍び寄り……。

ニュースをあまり見ない若葉も、密室卿のことは知っていた。

今の日本に、密室卿のことを知らない者がいるだろうか？

密室卿は無差別に被害者を選んでいる、というのが現時点での衆目の一致した見解だ。たまたま密室卿に注目されたのが司会者だったのだとすれば……？　若葉も、司会者のすぐ側にいたのだ。

――もしかしたら……

恐怖の渦が若葉を飲み込んだ。

――もしかしたら……

考えるだけで理性が崩壊してしまいそうだ。

『慎みの輪』のこと、家族のこと、友人のこと、大学のこと、将来のこと、人生のこと……

――殺されたのは自分だったのかもしれない！

それらすべてが今やどうでもよくなってしまった。密室卿がすぐ近くの闇に潜んでいた恐怖に比べたら、他のことなど取るに足らないことだった。

牧野若葉は失神した。

●

『13番目の被害者』一九九四年一月五日朝

■凪波摩琴《なぎなみまこと》
性別＝女　年齢＝五八　身長＝一五六　体重＝五〇
血液型＝A　職業＝幼稚園園長

屍体発見現場◎山口県
密室の仮名称◎ホールの闇の密室

■現場の状況←
①被害者は、文化サークル『慎みの輪』の説明講演会で首を斬られて殺された。
②被害者は『慎みの輪』の一員で、講演会の司会を担当していた。
③市民会館の中ホールには二〇〇人ほどの人間がいたが、誰も密室卿らしい人物を目撃していない。
④被害者が殺害されたのは講演の真っ最中であると思われる。事件当時、ホールの灯りは消されており、視界は極端に制限されていた。
⑤司会者席のすぐ近くにいた聴衆の中に、妖しい物音を聞いた者や、人の気配を感じた者はいない。
⑥ホールから凶器らしいものは発見されていない。
⑦被害者の背中には、被害者自身の血で、『密室拾参《じゅうさん》』と記されていた。

密室十四　パラノイアの小説密室

『世界の秘密』

「オ、レ、は小、説、の登、場、人、物、の一、人、に、す、ぎ、な、い、」

舟島虎次郎《ふなじまこじろう》は、声に出してそう言ってみた。

部屋は閉め切ってある。

声は、防音効果の高いぶ厚い壁に吸い込まれるように一瞬で消えた……かに思えた。

だが本当はそうではないのだと、虎次郎は確信していた。

彼の声は、永遠に確かな形をとどめている。小説の中の一文として、はっきりと……。

「オ、レ、は、小説の登場人物の、一、人、に、す、ぎ、な、い、。……どうだ、驚いたか？」

聞き手を意識した、相手の反応を窺う調子だった。彼の部屋には誰もいない。彼の部屋だけでなく、だだっ広い舟島邸には、誰もいない。広大な庭を手入れする庭師も、邸宅を清掃する掃除夫も、雑用を任せる家政婦も、今はいない。

舟島虎次郎は、屋敷にいるのは自分一人であることを知っていた。

ただ、彼が知っているのはそれだけではなかった。

「オレは、お前たちのことを知っているんだ！」

声高に、そう言い放つ。丸い童顔に勝ち誇った笑いが浮かんだ。丸々と太った体をコロンと転がし、床に大の字に寝そべると、虎次郎は密室の自分を見ている（――読んで想像している？――）読者のことを考えた。

舟島虎次郎が登場する小説を読んでいる読者は、どんな奴なのだろうか……、と。

★

泡《バブル》が膨らみ始めた頃、泡が弾けることを予想していた者は少なかった。無常の世界に不滅のものはなにもないと承知しながらも、太陽はまだ爆発しないと天文学的推測を盲信し油断しているように、人々は先のことをあまり深く考えていなかった。

……まだ大丈夫……まだ大丈夫……まだ大丈夫……

地価の天井知らずの上昇は、値をつける側だけでなく、高騰《こうとう》していく地価を甘んじて受諾せざるをえなかった買手の方にも責任はあった。

物価の高騰《インフレーション》がそうであるように、地価の高騰が永遠に続くはずはないのだ――理屈ではそうわかっていても、『IF《イフ》』の二文字は恐ろしい悪魔の囁きとなって人々の思考を狂わせる。

これまでの歴史のあらゆる局面で、人が『IF《もし》』に狂わされてきたように。

もし、このまま地価が上昇し続けたら……

もし、今、土地を買っておかなければ……

もし、将来、住む場所がなくなったら……

十七世紀オランダのチューリップバブルも、十八世紀イギリスのサウススィーバブルも、二十世紀アメリカの大恐慌に至る株価の急上昇も、『IF』の囁きに抗しきれなかった人々の群集心理が生み落としたものだ。太陽の黒点《サン・スポット》による占いやケインズの美人投票説は、噂に左右されて人々の主体性が失われた時、バブルが生じるのだということを暗示している。

主体性を維持できれば、バブルは生じない——それは、わかっている。だが、根拠のない噂というものはいわば魔物であって、秩序のない集合体でしかない群集心理の立ち向かえる相手ではない。かくして歴史はくりかえし、バブルは膨れあがる。

いわゆる、『バカになり続ける《グレーター・フール》』の法則である。

●

舟島幸三《こうぞう》は人格的には明らかに問題のある人物でも、時代を読む確かな眼をもっていた。

膨らみはじめたバブルの上を、幸三は絶妙のステップで立ち回った。幸三にとって、よい土地を安価で買取り、高値で売りつけるという行為は、仕事というよりも遊戯《ゲーム》だった。いかに効率よく金を儲けるか——そのことに、幸三の思考ベクトルは偏向していた。

幸三は、金に執着する偏執狂《パラノイア》だった。

悪質な地上げ行為も、幸三の良心の呵責《かしゃく》を呼び覚ますことはなかった。いや——、呼び覚ます、という仮定そのものが、無意味なものだ。もともと、幸三の中には良心などというオメデタイものは存在しないから。

幸三は、まだ罪を知らぬ少年のように純粋に金を渇望し、不埒《ふらち》な悪行とされる行為を続けた。はたから見ると、幸三が狂気の世界に生きているのは明らかだった。幸三は、『金』という悪魔に魂さえも高値で売り飛ばしたかのように見えた。

だが……、当の本人は意外と冷静《クール》だった。

なぜなら、彼にとって金儲けは遊戯《ゲーム》でしかなかったから。

RPG《ロールプレイング》で怪物を殺す。SLG《シミュレーション》で戦争を楽しむ。STG《シューティング》で破壊行為にふける。AG《アクション》で敵を倒す。——ゲーマーたちがそれらの残虐行為をなんとも思わないのは、それらがあくまで遊戯《ゲーム》だと承知しているからだ。

幸三は、一種のゲーマーだった。ただ、彼が相手にしていたゲーム機は、『現実』という厄介な代物だった。そのことを、本人はあまり意識していなかった。

●

残暑の厳しい、蒸し暑い夜のことだった。

けたたましい電話のベルで、虎次郎は目覚めた。その時、すぐに枕元の時計を見たことを虎次郎は今でもよく憶えている。蛍光塗料のついた時計の長針と短針は、午前一時十九分を示していた。

虎次郎の寝ていた子供部屋と両親の寝室（——ほとんど母専用の寝室だった——）は少し離れているので、はっきりと聞き取ることはできなかったが、うわずった調子で母が喋っているのはわかった。

危機を告げる警鐘《けいしょう》の音《ね》が聞こえたような気がして、虎次郎は母のいる寝室を目指した。眠けは消え去り、高揚感と危機感の中間のような、不思議な感情の昂《たか》ぶりがあった。

寝室で、母は、化石のように固まっていた。ナイトスタンドの灯りが、母の蒼白な横顔を照らしていた。電話の受話器を置いたままの姿勢で、母は身動《みじろ》ぎもしなかった。息子が寝室に入ってきたことにも、気づいていないようだった。

『母さん』

母の体が、ピクリと痙攣《けいれん》した。

『母さん……どうしたの。父さんになにかあったの？』

なぜそこで父のことを尋ねたのか、虎次郎は憶えていない。

ただ、この時が来るのをずっと前から予想していたような奇妙な感覚があった。

息子の方を向いた母の目には、涙の滴《しずく》が溢れていた。コップから溢れ出そうになりながら、表面張力でなんとかコップの縁にとどまっている水のような涙だった。

『あの人がね……殺されたの』

涙声だった。母はよろよろと虎次郎に歩み寄ってくると、床に膝をつき、くずおれるようにして息子を抱き締め、嗚咽を漏らした。

『母さん？』

母の涙で虎次郎の頬が濡れた。虎次郎は、一歩も動けなかった。

『あの人はね……死んじゃったのよ。もう、どこにもいなくなってしまったのよ——』

涙にむせび、喉をつまらせた声はよく聞き取れなかった。

だが、母の悲しみは息子へと充分に伝わった。

不動産事務所に泊まり込んでいた幸三が、侵入してきた何者かに刃物で滅多刺しにされたと虎次郎が知ったのは、翌日になってから。少年の教育上よくないとの配慮から、結局、虎次郎が父の遺体を拝むことはなかった。それほどに惨い状態だったようだ。

余程恨まれていたんだな、あんなに切り刻まれるなんて——捜査官の一人が呟いた言葉は、刻印となって少年の脳裏に刻みつけられ、決して消えない記憶となった。

●

幸三の死で、母は変わってしまった。

夫は妻を愛さず、いつも『金《マネー》』という名の美女と浮気をしていた。だから虎次郎の母も、夫に憚《はばか》ることなく若い愛人を何人も囲っていた。まだ幼い少年の眼から見ても、両親の間に『愛《ラヴ》』というおめでたいものが存在しないのは、はっきりとわかった。

なぜ一緒に暮らしているのかわからないほどに、夫婦は互いに愛しあっていなかった。

少なくとも、当時の虎次郎の眼にはそう映っていた。

それなのに、母は変わってしまった。

父の死の翌日、一夜にして母の髪は白く染まった。目は落ち窪み、頬はこけて見えた。ミイラのように生気の欠けた母の姿に、生命の輝きは感じられなかった。

母は、愛人と会うこともなく、用事はすべて家政婦に任せて自室にこもりっきりになってしまった。実の息子である虎次郎にさえ、ほとんど会うことはなかった。時折、息子の前に姿を現す母の様子は憔悴《しょうすい》を極め、日に日に衰弱していった。

夫の死によってアイデンティティを喪失し、自己の一部をもがれたかのように苦しんでいた母――少年の眼には、ずっと両親が互いに反目しあっているように見えていたので、彼女が夫の死によってなぜそれほどに苦しむのかわからなかった。

表面的な不仲と関係なく心の奥底で結びつき、互いに相手を想う――大人の屈折した愛情を理解するには、虎次郎はあまりに幼すぎたのだろう。

母は一週間後にこの世を去った。一人では大きすぎる邸宅に、息子だけを残して……。

★

両親の死に虎次郎は感慨を覚えなかった。

その頃からすでに、彼は鋭敏な感性で感じ始めていたのだ。

自分は小説の登場人物の一人にすぎないのだ、ということを。

虎次郎は、父の前轍《ぜんてつ》を踏むのは御免だったので、父の腹心が提示した金額で書類にサインをして、会社を売り払った。十年は軽く遊んで暮らせる大金を手にしても、虎次郎はやはりなんの感動も覚えなかった。

自分が感情をどこかに置き忘れてきたことを、虎次郎は知っていた。時に、あるいはこれも作者の意図だろうか、と考えることもあった。……虎次郎は覚えていないのだ。『どこ』に感情を置き忘れてきたのかを。

――小説の中だろうか。それとも外か？

その疑問に答えてくれる者はいなかった。

●

数年後バブルが弾け、平成不況という魔物が姿を現した。不況は、方々で社会を破壊して回った。その恐ろしさは、ゴジラやガメラのようなハリボテの怪物の比ではなかった。無形の魔物こそ最強の怪獣なのだということを、人々は改めて思い知らされた。

会社の権利を虎次郎から買い取った父の元・腹心が、財産と職を失って妻に逃げられ自宅で首を吊ったという話を耳にした時もまた、虎次郎はなにも感じなかった。

★

扉《ページ》を開くと、そこに広大な世界が広がっている。

――だが、世界はしょせん、小説という密室にすぎない。誰も、外に出ることはできない。宇宙が無限の広さを持った密室であるのと本質は同じだ。人は世界を無限だと信じている。世界が小説という密室だということにも気づかずに……。

ある者はゆっくりと歩き、ある者は全力で駆ける。読者の両手の内にある宇宙《space》は、一頁《ページ》ずつ時を刻む。読者は小説に終わりがあることを知っている。いつそれが訪れるのか、ということも承知している。それを知らないのは登場人物たちだけだ。

小説の終わりに達した時、登場人物は世界の涯《はて》の存在を知り、釈迦《しゃか》の掌《てのひら》の上の孫悟空《そんごくう》の心境になる。『死』、ではない。その扉には作者の筆跡でこう記されている。

お前の役目は終わった　作者拝

その恐怖の前では、『死』でさえも愉快なものになるだろう。

後に待つのは完全なる無。あるいは、永劫《えいごう》に読み継がれるという不毛な永遠《とわ》の輪廻《りんね》。

しかし、扉《ページ》は閉じられる。

ただ一つの例外もなく、必ず扉《ページ》は閉じられる。

そして世界は小説でしかなくなり、登場人物たちは無限の時の彼方に消滅する……。

★

虎次郎は小説を読むのが好きだった。

小説を読む時の彼は『舟島虎次郎』ではなく、小説内世界を傍観者的な立場から鳥瞰《ちょうかん》する超越者だった。

本を手にしている自分は、自分の世界の住人ではなく、小説内世界の住人だった。

だから、虎次郎は小説を読むのが好きだった。

過去、現在、未来のあらゆる世界を様々な人物と共に旅《トリップ》するのは、たまらなく魅力的だった。その快感を前にすれば、生きることなど面白くもなんともなかった。虎次郎にとって生活とは、読書《トリップ》と読書《トリップ》の間の繋ぎでしかなかった。

——もっと読書がしたい。もっといろんな世界を旅してみたい。

自分に与えられた数十年という限られた時間のことを思うと、憤りに体が震えることもしばしばだった。過去に書かれた本、現在書かれている本、未来に書かれるであろう本のすべてを体験したかった。——それが絶対にかなわぬ願いであると考える時、切なさで精神がおかしくなってしまいそうになるのだ。

●

ある日を境に、虎次郎は人生や世界について考えるようになった。多くの本を読み漁《あさ》り、

睡眠時間を削って、答えが得られるまで徹底的に考察した。その結果、彼が手にしたものは

……すべての本を読むことはできない、という過酷な現実以上の、辛い『真実』だった。

――この世界は、小説なんだ。自分は、登場人物の一人にすぎないんだ。作者に操られる駒にすぎないのだ。

恐怖に体が張り裂けそうだった。

自分が生きている人生、世界は無数の小説《パラレル・ワールド》の一冊にすぎない――その考えは間違いなんだと信じたかった。だが、それが『真実』であることを虎次郎は確信していた。

――自分のこれまでの人生も、両親が死んだのも、すべては、作者の創造したものにすぎない。虎次郎という名前も、親ではなく作者が命名したものなのだ。……ひょっとしたら、虎次郎という名前は、孤児となる自分の運命を暗示しているものなのかもしれない。

そう考えると、発狂してしまいそうだった。

虎次郎の友人には、似通った性格の者が多い。今までは、『類は友を呼ぶ』という諺《ことわざ》や、運命や偶然という言葉で説明してきたが、それも、作者に人間を描き分けるだけの力がないのだとすれば……。

無数の小説《パラレル・ワールド》に無数の作者がいる。その作者の一人に、自分はすべてをゆだねている！

いや……

そこで、虎次郎はさらに恐ろしい事実に思い至る。

こういったオレの思考の数々も、自分で考えているのではなく作者に考えさせられている

のだとしたら――?

――オレという存在はなんなのだ? 自分で考えることすらできない、登場人物の一人でしかないオレは……。

かつて読んだ小説の中に、虎次郎と似たような考えを持つ人物が登場することも、なくはなかった。だが、彼らはいつもそこで思考を停止してしまうのだ。

自分はなにをバカなことを考えているんだ。この世界が小説であるはずがないじゃないか、と。読者に読まれているとも知らずに、彼らはみじめにも登場人物の一人に甘んじてしまうのだ。

自分もそういった連中の仲間入りをするのは嫌だ。――という思考すらも作者に考えさせられているのかもしれない。しかし、仮にそうだとしても、自分で考えているのだと信じ、読者に呼びかけずにはいられなかった。

★

「オレは小説の登場人物の一人にすぎない。それはわかっている。誰か、返事をしてくれ。これを読んでいる者が本当にいるのなら、声を聞かせてくれ!」

舟島邸は森閑と静まり返っている。物音一つしない。

『小説』という密室の外から、返事はなかった。

虎次郎の頬を涙が流れ落ちた。

——こうしてオレもまた、他の登場人物たちと同じように消えていくんだな。こんな考えは偏執的《パラノイアック》な思い込みにすぎなかった、と自分に言い聞かせて。

だが……、作者は誰なのだろう？

オレの作者もまた、読まれているのだろうか？

登場人物であるオレが本を読んでいるように、作者にも作者が存在しているのだろうか？

小説の中に小説があり、小説の外に小説がある。

小説は内外に無限に拡がり、無数の小説《パラレル・ワールド》として宇宙を形成しているのだろうか？

——オレは、なにをすればいいんだ？

虎次郎の頭に浮かぶのは、本を読むことだけだった。

——読者になり、自分の存在を消してしまおう。

もともと、自分は実存を許されない登場人物にすぎないのだ……。

読書をしている間はすべてを忘れられる、かに思える。だが、いかに旅《トリップ》が楽しくとも、小説内世界の住人とは対話をすることはできない。『真実』の沼に足を踏み入れた虎次郎は、究極的な孤独に包まれていることを痛感するばかりだった。

——オレは登場人物として生き、消えていくのか。そんなのは嫌だ。絶対に……嫌だ！

涙が本を濡らすのも気にせずに、虎次郎は手にした本のページをめくり続けた。

★

一月五日の午後二時頃、密室卿からＪＤＣにかかってきた犯罪予告の電話は、それまでのものとは少し違っていた。

『次は奈良で殺される。奈良の舟島邸で殺される』

密室卿はその電話で初めて、犯行現場の固有名詞を告げたのだ。

●

『14番目の被害者』一九九四年一月五日昼

■舟島虎次郎　性別＝男　年齢＝二〇　身長＝一七二　体重＝九八
血液型＝Ｂ　職業＝無職

屍体発見現場◎奈良県
密室の仮名称◎豪邸の三重密室

■現場の状況←

①被害者は、自宅の鍵のかかった自室で首を斬られて殺されていた。
②被害者の家は、門も邸宅も厳重に戸締まりがなされており、被害者は三重密室の中にいた。
③被害者の家に設置されている防犯カメラのビデオには、不審な人物は映っていなかった。
④被害者が本を握りしめた状態で殺されていたことから、読書中に殺害されたと思われる。本は濁暑院溜水《だくしょいんりゅうすい》という作家の『死が濶いて至る』だった。
⑤被害者の家から、凶器と思われるものは発見されていない。
⑥被害者の背中には、被害者自身の血で、『密室拾肆《じゅうし》』と記されていた。

密室十五　ホテルのダブル密室

『悪の華』

突然、ぐにゃりと視界がゆれた。

鳴海晃《なるみあきら》は思わず足を止めた。ホテルのネオンが——常夜灯が——ふらふらと漂って見える。覗きこんでくる裏風忍《うらかぜしのぶ》が二人いた。

「……もうイッちゃってるのかい、あんた。早いのは嫌われるよ」

下品に笑う忍が二人から四人になった。晃は瞼《まぶた》を閉じ、二、三歩よろめいてホテルの壁にぶつかった。世界は白く濁った光に包まれている。目を閉じているはずなのに、晃の視界は白く輝いていた。

目を開けると、相変わらず世界が揺れていた。

通りすぎた中年男性とOL風の女性がこちらをふり返り、ひそひそとなにか話している。

——見ルナ、ボクヲ見ルナ——

心の中の声が自然と口をついて出た。

ろれつのまわらぬ自分の声は、他人が発したものであるかのように晃には聞こえた。

「見るな。……見るな。ぼくを、見るな」

ぐいと忍に腕を強く摑まれた。

晃は引っ張られるがままに、『HOTEL MOON』へと入った。

「トリップにはまだ早いよ、坊や」

目を開けているはずなのに、また視界が白くなった。

●

客のプライバシーを守るため、ラヴホテルのフロントは、従業員の顔が見えないように、仕切りの壁がある場合が多い。……とはいえ、そうでない場合も、むろん少なからずある。

『MOON』はフロントに仕切り壁のないホテルだった。

馴染みのフロントのボーイにウインクを送り、晃を抱きかかえるように、忍は進んだ。

三十個ほどの部屋の写真が並んでいるパネルの一つを押す。

四〇〇〇円の部屋のランプが消え、天井の矢印型の蛍光灯が灯《とも》った。

ちらっとフロントを見る。

興味深そうな視線をこちらに向けていたボーイは、あわてて目を逸らした。

うめき声を発している晃の頰を軽く叩いて、忍は微笑した。三ヵ月前までは純朴《じゅんぼく》そのものだった少年を見事に堕落させたという満足感は、麻薬《ドラッグ》よりも快感だった。

人間の道を踏み外すギリギリの線上《ライン》を彷徨《さまよ》うスリルはたまらない。

——やはり、人生はこうでなくちゃね。

エレヴェーターに入ると、忍は『3』のボタンを押した。

★

黒木《くろき》慎也《しんや》は、そのカップルが好きだった。

頭のネジが幾つかはずれているように見える二十代後半の赤毛の女と、優等生的な風貌を持つ高校生らしい少年のカップルは、アンバランスだが、奇妙な魅力を備えていた。

普通のカップルはもちろん、美男美女の組み合わせや、中年の男と若い女、あるいはその逆——そういう連中に、黒木はなんら興味を覚えなかった。なんの面白みもない獣の交わりには、盗み見る楽しさがないのだ。

『MOON』のオーナーは、かなりイカれた男だった。情緒不安定で気難しく、両刀遣《りょうとうづか》いの上に変態ときているのだから救いがない。黒木は、オーナーには爪の垢《あか》ほどの敬意も払っていなかったが、『MOON』での仕事はそれなりに面白かった。

業者の袖《そで》の下を重くしてホテル各部屋に設置した超小型カメラでの秘密の行為の盗み見は、なかなか愉快なものだった。密室の中で人がどれだけ狂えるのか、冷静な眼で観察していると、なんだか自分が他人より偉くなった気になれるのだ。

ただ――自分が女とセックスをする際にも、「他人に見られているのではないか」という被害妄想にかられ、モノが萎《な》えてしまうことが多くなったのは困りものだった。

変態オーナーは明らかに彼の体を狙っていたし、俗物どもの営みを盗み見ることにもあきあきし始めた頃、黒木は真剣にこの仕事をやめることを考えていた。

そんな時だった――。あの赤毛女と少年が『MOON』にやってきたのは。

妙にアンバランスな組み合わせだな――それが、黒木の第一印象だった。あの二人がどのようなプレイをするのか、少し気になった。そこで久しぶりに『行為』を盗み見た黒木は、不可解な戦慄に打ち震えることになった。

パンドラの匣《はこ》を開き、その奥底の闇にあるこの世ならぬものを見てしまったかのような、恐怖にも近い戦慄だった。

赤毛女と少年はブッ飛んでいた。ただセックスを楽しむのではなく、それこそ獣のように室内を這いまわったり、吠えながら飛びはねたりする様子は、黒木の視線をカメラのモノクロームの映像に釘づけにしたのだ。二人が薬《ヤク》をやっているのは明らかだったが、単なる麻薬《ドラッグ》セックスとは言い切れない異常さが彼らにはあった。

その日から、赤毛女と少年を待つことが黒木の楽しみになった。

そして、黒木の期待に応えるように、彼らは週に二、三度必ず『MOON』を訪れた。

――今日もまたブチ切れてくれ。オレは、あんたらのイカれたトリップを見るのが大好きなんだよ。

赤毛女は三〇九号室のパネルを押していた。すでに、モニターは三〇九号室の隠しカメラの映像に切り替えている。モニターを見ながら、逸《はや》る心を抑えるのが大変だった。

――さあ、まだか。早くこい。早く……、早く！

黒木の股間のモノは、固さを増していた。

★

鳴海晃は、受験戦争の先頭を走っていた。

小学校の頃から塾通いを始め、勉強に明け暮れて少年時代《ボーイズ・ライフ》を過ごした。別に両親に強制されていたわけではない。両親は塾の月謝を惜しまずに払ってくれたが、晃はいつも自主的に勉学に励んできた。勉強が好きだったからだ。――試験でいい点をとり、クラスメイトから羨望の視線で見られ、自分が英雄であるかのごとき優越感にひたるのが好きだったからだ。

小学校、中学校、高等学校と、現在に至るまで晃は、常に同学年の競争相手たちの先頭に立ち、追随する者たちの目標となってきた……。

最初はそれが楽しかった。だが、やがて模擬試験でトップをとることが当たり前になり、誰も羨望のまなざしを向けてくれないようになった。

『鳴海はトップで当たり前だ。勉強の虫《スタディ・ホリック》だからな』

両親も、トップの成績を取っても褒《ほ》めてくれることはなくなった。

皆が慣れてしまったのだ。

逆にトップを逃すと（――たとえ二番であっても――）周囲の反応は冷たかった。ある者は口に出して、ある者は無言の視線で『どうしたんだ？』と晃を責めた。気づいた時には、トップの成績をとり続けなければならないという重荷《プレッシャー》を晃はしょいこんでいた。しかも、それは日に日に重さを増していった。

『受験勉強になんの意味があるんだ。大学に行くことになんの意味があるんだ？』

かつて、小学校時代からの親友にそう悩みを打ち明けられた時、晃は無責任にこう答えるしかなかった。

『それが日本の学歴社会なんだよ。みんながやってることさ』

『お前はいいよな。優等生で、大学だって確実に合格できるんだもんな！』

その友人は数日後、高校を中退した。それ以来、彼とは会っていない……。

高校生に大学受験についての論文を書かせたところ、六割以上の者が、『学歴のみを重視する社会は歪《ゆが》んでいる』――そういった趣旨のことを書いたという。

高校生が大学を受験する立場にいるから、そういう結果がでたのだろう――調査を行った大手予備校では、そう推論を下していた。現実逃避としての学歴社会批判。それが証拠に、学歴社会に否定的な意見を示していた者も、大学に無事入ってしまうと肯定的になるという例が多々あるという。

受験生は、心理的に受験戦争から逃げたがっている――その言《げん》は正しいと晃は思う。

だから、受験に挑むことなく学歴社会を否定する連中は醜いと考えてきた。

――学歴社会を否定したければすればいい。だがそれならばせめて、大学に入ってからにするんだな。勝てもしないのに勝ちを放棄するフリをするのは負け犬の戯言《ざれごと》でしかない。

それが今までの晃の意見だった。

華奢《きゃしゃ》な二本の足では支えきれないほどにプレッシャーが膨脹した時、自分もまた、高校を去った元・親友と同じ立場に立たされたと晃は知った。

迷いが記憶力を低下させ、焦りが理解力を減少させた。

模擬試験でトップから三十位まで転落した時、晃は恐怖に震えた。自分はこのまま転落していくのではないか。どこまでも、どこまでも……堕《お》ち続けていくのではないか、と。

初めて予備校の授業をサボタージュし、夜の公園でボーッとしていたところに声をかけてきたのが裏風忍だった。赤い髪をした彼女は、ベンチに座る晃の隣りに腰を下ろすと足を組み、煙草《セイラム》の煙を唐突に吐きつけてきた。

鼻から侵入してきた煙にせきこむと、忍はおかしそうに笑った。

『なに黄昏《たそがれ》てんだい、坊や？』

晃は、優等生としての自分を知らない誰かの助けを欲していた。悪い成績をとっても笑い飛ばしてくれるような誰かに、励まして欲しかった。

『ぼくとつきあってください』

信じ難いセリフがさらりと口から流れ出た。赤毛の女性は、プッと吹き出した後、珍獣でも眺めるような視線でドロップ・アウトした優等生を見た。

『あたしたち初対面だったよね？　面白い奴だよ、あんた。ちょっと、おもしろすぎる』

無言で自分を見つめる晃の真剣な視線に、忍は肩をすくめていた。しばらく黙って煙草《セイラム》をくゆらせていたが、やがて、それを口の中に放り込んだ。晃が思わず『あっ！』と叫ぶと、忍はさも愉快そうに微笑して、唾《つば》と一緒に煙草《セイラム》の吸殻を吐き出した。

晃は、彼女の危険な微笑に不思議なほど魅入られている自分に驚いていた。

これまでの生活を捨てることに迷いはなかった。

『後になってから、後悔してるなんて言わせないよ。……ついといで、せいぜいかわいがってやるさ』

こうして晃と忍の奇妙なつきあいが始まった。

★

裏風忍は黒い心臓《ブラック・ハート》の持ち主だった。

物心ついた時から白よりも黒を、光よりも闇を、善よりも悪を、昼よりも夜を、夏よりも冬を好んだ。なにかをしてはいけないと言われるとそれをしたくなり、危険なことに首をつっこみたがった。型にはめられることを頑強に拒み続け、気のむくままに風のように天衣無縫《てんいむほう》に成長した。

中学では教師を挑発して関係をもち、ゆすりを続けた。高校では春を売り、手にした札束を同級生たちの前でちらつかせて、他人の驚く表情を見て悦に入った。

世の暗黒が忍の育ての親だった。筋者《やくざ》と問題を起こし、殺されかけたことも幾度かある。両親は娘の非行に匙《さじ》を投げたが、忍は強く育っていった。

一度、忍が更生しかけたことがある。六年前、路上《ホコテン》ライヴを開いていたアマチュアロックバンドのベーシストと知り合い、大恋愛に陥った時だ。

二人は似た者同士で、相性は最高だった。お互いに相手の存在を自分よりも大事に想える間柄だった。忍は、まっとうに生きるのもそう悪くはないと、それまでの考えを改めるようにさえなっていった。忍が妊娠すると、二人は、将来を共有することを誓いあった。決して二人の愛を忘れぬように、共に、左手の薬指に指輪の入れ墨をした。

今までの生活はまるで悪夢だったかのように、すべてが順風満帆だった。

しかし、悲劇は音もなく忍の背後に忍び寄っていた。

子供の存在を意識し始めた頃、忍は初めて自分の過去の人生を相手に打ち明けた。それまでは互いに、過去の話はしないことにしていた。

規則を破ったことが、破局の始まりだった。

男の部屋のベッドの中で忍が話を終えると、それまで無言で聞いていた男は、吸っていた煙草をおもむろに忍の腕に押しつけた。絶叫する忍をよそに、男は全裸の彼女を殴り、腹を蹴り、部屋から叩き出した。

『これ以上オレに関わったら殺すぞ』

なにが男の気に障《さわ》ったのか、忍にはわからなかった。二人は将来を誓いあった仲だったのに……幸せになるはずだったのに……夢のような生活は、まさしく夢のように一瞬で忍の手からすり抜けてしまった。

その事件以来忍は、以前にも増して世界のすべてを憎悪するようになった。愛や恋などという綺麗事に心を惑わされることは、もう、なかった。左手の薬指――指輪の入れ墨を見るたびに、この世のすべてを呪った。忍は自らの手で子を産み、首を絞めてその子を殺した。二人の想い出の象徴である子供の屍体は、バッグに詰め、男の元に送りつけてやった。

子供の屍体がその後どうなったのか、忍は知らない。厄介事を嫌う男の性格から考えれば、おそらくコインロッカーにでも捨てたのだろう。なんにせよ、これまで表沙汰になっていないことからして、男が子供をうまく処理したことだけは確かだ。

男の所属するロックバンドは（――確か『WIN』という名だった――）事件の直後から人気が出始め、プロデビューを果たした。昨年、人気爆発《ブレイク》し、今ではミリオンセラーを連発する、全国的に超有名《メジャー》な存在にまでなっている。

『WIN』の所属する事務所をゆすってやろうかと考えたこともある。

でも、男と関わりを持つのが嫌だったので、それは止めた。

――自分が表に出ない方が、あの男を怯えさせることができる。子供の屍体を思い出し、一生、あたしの影に怯え続けるがいいさ。もし将来あいつが幸福になったら、その時こそ、あたしが、あの男のすべてをぶち壊してやる！

そんな風に考えながら……忍は次第に男との記憶を忘れていった。

●

他人よりもハードな体験を重ねてきたせいか、忍の精神年齢は高かった。同世代の者は子供に見えた。十歳以上も年上の男とつきあうこともあったが、少女の日から持ち続けている心の渇きを潤してくれるものは得られなかった。

いつしか、堕落こそが忍のアイデンティティとなっていた。

――もっと堕《お》ちてやる。どこまでも。この世の暗黒にダイヴして、世界の底を、この目でしっかりと見てやる！

しかし、忍の尖った心は歳月を追うごとに丸められ、闇の精神《ダーク・ソウル》は薄れていった。好色中年《エロじじい》を相手にして、金をかせぐ日々の繰り返し。暗黒の探求も行き詰まり、世界の底と自分との距離が拡大していくのを忍は感じ始めていた。

人生ゲームのゴール間際でスタートに戻された心境だった。

人は丸くならなければ生きられないのなら、自分の今までの人生はすべて無駄なものになる。自分の過去は無駄な人生でしかなかったと認めるのは嫌だった。

そして、忍は鳴海晃と出会った。

晃は忍と正反対の少年だった。

この世の暗黒をまったく知らぬ、純情な心の持ち主だった。

その晃を、忍は思いのままに改造した。核ミサイル発射のボタンを押してしまったような後ろめたさを心の片隅に感じつつ、真っ白な半紙を墨《すみ》で黒く塗りつぶしていった。

わずか三ヵ月で晃は見る影もなく朽ち果て、堕落した。

麻薬《ドラッグ》とセックスに溺れ、勉強を忘れ、晃は、無惨に破壊された木偶《でく》人形となっていた。

堕落の糸で糸あやつり人形《マリオネット》を動かす時、忍は世界の底を確かに見た気がした。

他人を崩壊させるスリルに勝るものは、この世に存在しない――そんな風にも思えた。

――今はまだ、晃との関係を楽しんでいる。それは、晃が堕落しきっていないから。晃が堕落しきった暁《あかつき》には……

その時のことを考えると、忍は笑わずにはいられなかった。たまらなく愉快だった。

――晃を究極的に破滅させてやる。堕落するだけさせて、捨ててやる。麻薬《ドラッグ》を取り上げ、セックスを奪い、孤独の底なし沼へと、突き落としてやるのだ。……晃は自殺するだろう、おそらく。その時こそ、あたしの目的は果たされる。世界の底まで堕《お》ちたら、派手に死ぬのも悪くない。

忍の口元に浮かぶのは、常に悪魔的な微笑だった。

★

過去の記憶がフラッシュ・バックして、今の記憶と交錯している。

——ぼくは今、どこにいるんだ。なにをしているんだ?

白く輝く世界が消え、ゆらめくホテルの廊下が視界に入った。

——そうだ。ぼくは忍さんと『MOON』に来て……。

センター試験を十日後に控えても、勉強する意志はまったくなかった。『予備校の自習室で勉強してくる』——親には、そう言い残して家を出た。駅前の公衆電話で忍を呼び出して……それから後のことは、まったく記憶にない。

クスリ……。

——ぼくはアシドを飲んだんだ。忍さんとホテルに入ってすぐにトリップできるように。
● LSD《リサージック・アシド・ジエチルアミド》。通称アシド。幻想の世界へと導いてくれる幻覚剤《サイケデリック》。自分の意識を制御できなくなることから、麻薬中毒者《ドラッグ・ジャンキー》の中にも敬遠する者がいるほどの悪魔の薬だ。
いつもはホテルに入ってから飲むので、薬が効いてくるのを待たねばならなかった。

今日の晃はその待ち時間さえももどかしく思えるほどに、落ち着きを失っていた。

——夕食を食べていなかったから、薬が早く効いてきたんだろう。普段は、こんなに早くトリップしないのに……。

そこまで考えたところで、また記憶が飛んだ。

★

『MOON』のオーナー・月影隆造《つきかげりゅうぞう》は、今日こそ黒木慎也をモノにするつもりだった。

二十代を女漁《あさ》りに明け暮れた隆造は、いつの頃からか、女に飽き始めていた。三十代は、男との禁断の関係（――最近では容認されつつあるが――）を持つことに、情熱を傾けた。

そして四十代になると、男にも女にも興味を示すようになった。

最近、若者が中性的になっているという話を、雑誌かなにかの記事で読んだことがある。時代が進み、男と女の間の垣根は小さなものになっている。それはつまるところ、人間には男も女もない、ということなのだろう。男も女も平等――ということは、真実《まこと》の愛には性別など関係ないはずだ。……それが、隆造の持論だった。

宮本武蔵ほど見事にではないが、隆造は両刀を巧みに使いわけた。

男も女も、愛する時の感情は同じだった。

隆造は（――自分で認めるのもなんだったが――）変態だった。自分が変態であることを自覚することによって、さらに変態的な感情を昂《たか》めていった。爆発する異常性欲は、誰にも止められないものとなって彼を狂わせた。

男も女も、隆造は、自分が惚れ込んだ相手は手に入れないと気が済まないタチだ。嫌がる相手に無理矢理侵入し、愛を植えつけるのだ。最初は嫌がっていても、やがて相手は自分を愛するようになる。そうなれば、隆造のペースだ。さまざまな体位を試しつつ、かりそめの愛を育む。

隆造が相手に飽きてしまえば愛は終る。彼にとって、愛とはそういうものだった。

中学、高校、大学と柔道で鍛えた隆造は、腕力と相手を組み敷く術には自信があった。

これまで、目をつけた相手を余さず撃墜《げきつい》し、百戦錬磨を誇ってきたのもそれ故《ゆえ》だった。が、黒木慎也という男は難攻不落だった。大学時代アメフトのクォーターバックをやっていたという黒木の体格は、隆造と互角だった。体格で互角ということは、年長の隆造の方が不利ということになる。

実際、腕力を試すために、隆造は黒木と腕相撲をしたことがある。結果は圧敗だった。黒木の逞《たくま》しい腕にねじ伏せられた時、隆造はますます彼が欲しくなった。どうしても征服してやりたかった。

ある時は直接的に誘い、またある時は間接的に攻めて権謀術数の限りをつくしたが、黒木は鉄壁のガードを崩さず、隆造は攻めあぐねていた。

拒まれれば拒まれるほど、隆造の征服欲は高まっていった。

薬局を営む悪友から麻酔薬《クロロホルム》を入手した隆造は、ついに強攻策に出ることを決意した。

——関係を持ってしまえたら、もうこっちのものだ。後はわたしのテクニックで、黒木君をおとしてやる！

黒木は注意深い男だ。普段はまったくスキがない。

だが……
機会《チャンス》を狙うなら、黒木がフロントに出ている時だろう。
モニターに注意を奪われていたら、もうこっちのものだ。
事務室を出ると、隆造は忍び足でフロントに向かった。

★

晃は空に浮かんでいた。
周囲のすべてが空の青《スカイ・ブルー》だった。大の字になって、晃は仰向けに浮かんでいた。
鮮やかな青い空に太陽は見当たらなかった。
――刹那。
突然、世界が変わった。
どこかの部屋に、晃は寝ていた。かと思うとすぐに世界は回転を始めた。
――グルグル、グルグル、と――
船酔いのような気持ち悪さが食道を込み上げてくる。
晃はようやく、『MOON』の一室にいるという現状を把握した。
頭がガンガン鳴っている。
――バッド・トリップだ。

眠りにつく時、すばらしい夢と悪夢を選べないのと同じだ。

バッド・トリップは予告もなしに訪れる。

晃は狂人のように頭をふり、髪をかきむしる。

少し気分が落ち着いて、シャワーの音に気づいた。

バスルームに人の影が見える。

少年は、四二・一九五キロを全力疾走して消耗したマラソン選手のごとき頼りない足取りで、バスルームに向かった。

シャワーの音は、雨の音に似ていた。

バスルームの戸を開けると——首のない全裸の女性がシャワーを浴びていた。

晃は猿のような声で絶叫した。

★

黒木はモニターに釘づけになっているようだ。

隆造は心臓が爆発的に早鐘を打つのを感じた。スラックスの下で、彼の戦友は勃起していた。右手には、麻酔薬をしみこませたハンカチを持っている。黒木の逞しい体を自分のモノで貫く時のことを考えると、興奮で死んでしまいそうだった。

黒木がこちらに気づいた様子はない。黒木まであと五歩……四歩……三歩……

隆造は完全に黒木の背後をとった。

あと二歩……一歩……

隆造は獲物に襲いかかった。

★

「なに猿《モンキー》みたいな声だしてんの、あんた。旅《トリップ》で狂ってんだね」

首のない全裸の女性は、晃の方をふり返るとそう言った。よく見ると、女性の臍《へそ》のあたりに口があった。彼女は、その口で喋っているのだ。大きな二つの胸が目だった。彼女の体には顔があった。

胸の目がウインクした。そう思った瞬間、晃の体は局地的な雨に襲われた。

首のない全裸の女性が、シャワーをこちらに向けたのだ。

少し、頭がスカッとした。

「……忍さん⁉」

女性の腹から顔は消えていた。消失したと思われた頭部は、あるべき場所にあった。

――ぼくは、幻覚を見たのか？

「おかえり」

忍は楽しそうに笑った。

★

つかまえた！

そう思った時、黒木の体は隆造の腕の中になかった。

「――月影さん、どういうつもりだ？」

黒木の左手が隆造の右手をしめあげた。隆造の右手からハンカチが落ちる。黒木は素早くハンカチを拾いあげて、顔に近づけた。軽く匂いをかいで、彼はすべてを察した。その顔が憤怒にゆがむ。

「どうして……。お前、モニターを見ていたんじゃ――」

「ああ、見てたよ。モニターに映ったあんたの姿をな！」

隆造はモニターを見た。モニターには、どこかの部屋の映像（――人は映っていない――）と重なるように、黒木と隆造の姿が映っていた。

隆造が視線を黒木に戻そうとした時、左の頬を強烈な衝撃が襲った。

フロントのデスクに叩きつけられ、隆造はくずおれた。

頬を押さえて見上げると、黒木が拳をふりかざしていた。

「貴様……。雇《やと》い主《ぬし》を殴るのか。クビだ！　お前はクビだ！」

「関係ねーよ。この――変態野郎！」

黒木が蹴りを発するのと、隆造がフロントの椅子を黒木の方へ押し出すのが同時だった。椅子の角で足を打ち、今度は黒木が苦痛に顔を歪めた。短く悲鳴を漏らす。

隆造は立ち上がりざまに、黒木の股間を蹴り上げた。黒木はズボンをおさえて絶叫した。

下半身の激痛で前傾姿勢になった黒木の顎を、隆造はフロントのデスクの灰皿で打ちすえた。黒木はよろめき、後ろに倒れて柱の角に頭をぶつけた。

ゴツンッ
鈍い、嫌な音がした。

「……おい、嘘だろ?」

隆造の戦友はすっかり縮こまってしまった。

黒木は死んでいた。

★

忍と入れ替わりに、晃はシャワーを浴びていた。

シャワーは血の色に見えた。

時折、世界が空の青《スカイ・ブルー》に包まれたり、白い輝きに包まれたりした。

それだけではなく、世界は絶えず揺れていた。

――幻覚なんだ。これは幻覚なんだ。

瞼をきつく閉じ、ゆっくりと開くと体が黒くなっていた。

股間に目をやると、男性自身が消失していた。

晃は何度も悲鳴をあげ、震えながらシャワーを浴びた。地獄を仮想体験しているようで、恐ろしく、涙がわいてきた。悪夢が楽しく思えるほどの酷《ひど》いトリップだった。

しかし、シャワーを浴びたことで、彼の気持ちも幾分マシになっていた。もう、悪い旅は終わってもいい頃だ。この後に待っているのは、蜜のようなセックスであって欲しかった。

忍との交わりを想起すると、彼の分身《グランス》は天を突いてそそり立った。

その槍で、嫌なことをすべて打ち払いたかった。

バスルームを出ると、ベッドの上で忍が全裸で寝ていた。

──忍さんは、露出狂《エロトマニア》のケでもあるのかな。なにも、裸で待っていなくてもいいのに。

いつもは晃が先にシャワーをするか、あるいは一緒に入るので、忍が先に出て待っているということはなかった。室内は暖房がきいていて暖かい。確かに、服を着ていなくても寒くはないが……。

と……。

忍の異変に晃は気づいた。

ベッドの上──大の字になって寝ているかのように見える忍は、完全なる『大』の字ではなかった。『大』の字の上部は、突き抜けていなかったのである。

シーツが緋《あか》い。それも幻覚だと思っていた。

だが頬を叩いても、眼をしばたたいても、映像は変化しなかった。

それは正真正銘、首を斬られた忍の屍体だった。

胴体の側にコロリと転がる忍の首が、晃を見ていた。すべての世界が血の色に染まった。

★

二人の男の中で恐怖が急速に成長し、二人の人格を覆いつくした。

●

——隆造は考えた——

黒木の屍体をどうする？ 警察に連絡するのか？ ホテルの部屋を盗み見していたことがばれてもいいのか？ いや、そんなことは大事の前の小事ではないのか？

●

——晃は考えていた——

忍さんの屍体をどうする？ ホテルの人に連絡するのか？ 警察に報せるのか？ 麻薬《ドラッグ》をやっていたことがバレてもいいのか？ ホテルで愛人と会っていたことがバレてもいいのか？ 両親はどんな顔をするだろう？

★

電話が晃に語りかけてきた。

『お前の人生はもう終ったんだ。お前はもう終りだ。お前は道を誤ったんだ。お前は——』

「うるさい、黙れ！　黙れ黙れ黙れ！」

晃が叫ぶと、声がやんだ。電話の声と思えたのは、晃自身の声だった。

晃は震える手で受話器をとり、フロントを呼び出した。

呼出音が鳴るたびに、晃は痙攣《けいれん》した。

彼の周囲で世界が変化し続けていた。青から白、白から赤へと……。

フロントは出なかった。

晃は、自分が世界の底に一人で放り出されたかのような恐怖を覚えた。

体内でなにかの線がプチッと切れた。晃は完全にパニックに陥った。

全裸のまま部屋を飛び出し、エレヴェーターに向かう。エレヴェーターが五階で止まっているのを見ると、待つのももどかしく、階段を駆け降りた。寒さは気にはならなかった。

途中、何度か足元の階段が消失する幻覚を体験した。

そんなことを気にしているゆとりはなかった。

一階に降りると、フロントへと走った。

フロントに人の姿が見えると、嬉しさのあまり涙が出た。

「助けてください！　お願いです、助けて！」

フロントの男はピクリともしない。

——また幻覚だ。また幻覚が見える。

フロントの男には、首がなかった。フロントのデスクの上に、彼の首が乗っていた。

●

『15番目の被害者』一九九四年一月五日夜

■裏風忍
性別＝女　年齢＝二九　身長＝一七〇　体重＝四九
血液型＝AB　職業＝無職

屍体発見現場◎神奈川県
密室の仮名称◎ラヴホテルの密室

■現場の状況←
①被害者は、ラヴホテル『MOON』の三〇九号室で首を斬られて殺されていた。
②当時、三〇九号室にはLSDを使用して錯乱状態にあった高校生男子がいた。

③当時、三〇九号室は密室状況にあったと推測される。
④現場の周辺から、凶器と思われるものは発見されていない。
⑤被害者の背中には、被害者自身の血で、『密室拾伍《じゅうご》』と記されていた。

●

（追記）……同時刻、ホテル『MOON』のフロント係も首を斬られているのが発見されたが、現場の状況から、こちらは密室連続殺人とは無関係であると判断された。

密室十六　壁のない闇の逆密室

『みじめ（M←IJIME）』

世界が消失してから、二年が過ぎていた。

彼女の周囲で世界が消失した頃は、ひたすら絶望し、悲嘆にくれていた。

それも、今ではもうはるか昔のことのように思える。

体内で燃え盛る生命の炎は、美月千鳥《よしづきちどり》をいつまでも放ってはおかなかった。生きるために彼女は強くなることを強いられ、過酷な状況に適応することを余儀なくされた。

失われた光を取り戻すことを生活の支えに、千鳥は今も生きている。

確かに、生きているのだ。

たとえどのような形であれ、伊館郁夜《いだちいくよ》がいつも自分の側にいてくれなかったなら、自分はここまで生きてこられただろうか——千鳥がそう考えるのも一度や二度ではなかった。それほどまでに、千鳥の中の郁夜の存在は大きなものになっていた。

★

――自分を慕《した》っている下級生。
高校で初めて出会った時、千鳥が郁夜に抱いた感想は、それだけだった。華道部の部長を
務めていた千鳥は当時、下級生や同級生たちの人気を一身に集める華《はな》だった。自分への想い
を他の者より強く感じてはいたものの、千鳥にとって郁夜は、あくまで多くの支持者の一人
にすぎなかった。
気丈な性格にボーイッシュな風貌をしていた千鳥は、彼女が通っていた女子高校のちょっ
とした『顔』だった。芯の通った逞《たくま》しい女《ひと》――そういったイメージを持たれやすいらしく、
彼女に相談を持ちかけてくる者は多かった。
最初はそういった取り巻きの存在が快《こころよ》かったが、自分が単なる一生徒から『偶像《アイドル》』へと
持ち上げられるにつれ、千鳥は周囲のことをけむたがるようになっていった。強気な姿勢は
増していき、語調を荒らげる機会が増えた。千鳥が男らしくなる度に、人気は高まる一方だ
った。女の群れに美青年を放り込んだような、異常な興奮だった。

●

美月千鳥は特別な人間になってしまった。

親しい人間も次第に離れていった。誰もが崇拝する地位にありながら、彼女は孤立してい

た。『偶像』を独占することはファンにとってはぬけがけである。彼女の支持者たちは、不文律に従って自分だけが『偶像』に接近することを避け、皆、一様に距離を置いたつきあいをするようになった。

——いつからこうなってしまったのだろう？　いつ、こんな道に迷いこんでしまったのだろう？

周囲は自分を特別な『偶像』として見ている。彼女はいつの間にか、『偶像』であることを支持者たちに強制されるようになっていた。スポーツでも勉強でも、支持者たちは『偶像』が優れた成績を示さねば納得しなかった。わざと悪い成績をとっても、マグレだとか手を抜いていただけだとか言われ、軽い非難の視線を浴びせられるだけだった。その視線には、『次は必ずいい結果を出すに決まっている（——出すべきだ——）』という残酷な期待の感情もこもっていた。

今まで友達とつきあうのにあてていた時間を、千鳥は体力を鍛えることや勉強に打ち込むことにあてた。『偶像』であり続けることが、彼女にとっては大事だったのだ。趣味だった映画鑑賞の機会も着実に減少していった。一人で観る映画など、つまらないものだ。

高く、天空の彼方まで胴上げされているような心境だった。

気持ちよく空中を舞っている間はいい。だが、もし自分が地に落とされたら……。『偶像』に飽きてしまえば、ファンは無責任に彼女の周囲から離れていくだろう。かつての親友も、もういない。そうなれば、美月千鳥は荒野に一人だけ孤立してしまう。

千鳥は『偶像』という密室に囚われていた。出口の見えない密室の中で、彼女は、必死で一日一日を過ごした。『偶像』たり続けねばならないという、とてつもないプレッシャーと闘いながら。

……不安が彼女のストレスを蓄積させた。苛立ちが募り、千鳥は意味もなく、気にいらない同級生をクラスから孤立させたりした。千鳥は『偶像』であり、その権力は絶対だった。彼女に眼をつけられた生徒は、例外なく黙殺《シカト》され、孤立した。そうして誰かを苦しめることによってのみ、千鳥は心の渇きを癒《いや》すようになった。胸の内に空しさはあったが、彼女は誰かを『イジメ』ずにはいられなかった。

『イジメ』は複雑な問題だ。場合によっては、被害者と同様に、加害者の方も苦しんでいることだってあるのだから。

伊館郁夜も、千鳥に狙われて孤立した生徒の一人だ。最初は、それだけの存在だった。華道だけに打ち込み、親友と楽しい時を過ごしていた頃が、ひどく懐かしく思えるようになった。高校三年の秋、部長の座を後輩に譲与しても、ファンたちは彼女を解放してはくれなかった。

『また……遊びにきてくださいますよね?』

無邪気な響きの後輩たちの声は、千鳥の耳には脅迫にしか聞こえなかった。

——早く大学に入りたい。今度は共学校に入って、友達や彼氏をつくって、またみんなで映画を観に行くんだ。

しかし、その夢は実現せぬままに、夢として終わることとなる。

●

高校三年の冬。千鳥は時折視界がぼやけるのに気づいた。勉強のしすぎで眼が疲れているんだろう。その時はそう考え、眼科に診察に行くこともなかった。

そのまま時は流れ続けた。時の河を渡河《とか》する者は、凍《い》てついた風が河を凍らせようとしていることをまったく予想だにしていなかった。

あの日は、雲一つない空だった。

だが空はなぜか煙色にくすぶり、曇っている時のように薄暗かった。

部屋の窓から空を見た千鳥は、日食でも起こったのか、と訝《いぶ》かったほどだ。

朝食をとりに食堂に行った。新聞を読んでいた父と、目玉焼きの載った皿を手にした母と爽やかな挨拶を交わした。いつも通りの日常が変化したのは、千鳥が『今日の天気はどうなっているの？』と尋ねようとした時だった。父が脳天気な声で言った。

『今日はいい天気だぞ、千鳥。雲一つない快晴だ。今日の模試、がんばれよ』

——いい天気？　……快晴？

千鳥の中で、疑惑と恐怖の混ざりあった感情がかすかに生じた。

——どこが晴れているの？　こんなに曇っているのに……。

最初の瞬間から、最悪の可能性は脳裏に浮かんでいた。だが、それを認めることを恐れる心が千鳥の思考を縛りつけ、麻痺《まひ》させていた。眼が見えなくなってしまう……そんなことがありえるはずがないのだ。

食事の最中、できるだけさりげなく、千鳥は両親に天候のことを聞いてみた。

——青い空が広がってるよ。久しぶりの好天だよ。

両親が自分をかついでいるのでないことは、その態度から明らかだった。彼らは確かに、自分と違う景色を見ていたのだ。むろん……厳密に言えば、身長（視点の高さ）、視力などで、人間は皆、異なる景色を見ている。しかし、それは哲学者《フッサール》の言う『妥当』で、一致した景色を見ている、と自らを納得させることができる。問題なのは、『妥当』のものさしから自分が外れてしまった場合——異常となってしまった場合だ。

その時は、異常なのがどちらであるのかは明白だった。

●

家を出て最寄りの駅へと自転車をこいでいる時も、電車の中でボーッと列車窓の外の景色を眺めている時も、全国統一模擬試験の会場である予備校に着いても、取り巻きたちと明るく（——表面上は——）会話を交わしても、彼女の心を覆う靄《もや》は晴れなかった。依然として、視界は濁り続けていた。

試験の最中も、問題を解くことに集中することなどできなかった。

白いはずの答案用紙が灰色に見えるのだ。冷静でいられようはずがない。

両親に打ち明け、眼科に連れていかれるのが怖かった。

——もし手遅れだったらどうしよう？　失明が避けられない選択だとしたら？

眼を閉じると、恐怖が増幅した。

――失明してしまったら、眼を開けていてもこの状態なんだ。

そう思うと、眼を開けるのが怖かった。眼を開けてもそこに視界がなかったら……。

自分はヒステリックに泣きわめいてしまうだろう。

『偶像』などという体面を気にしている状況ではない。

時を刻む腕時計の秒針が呪わしかった。

時が止まってしまえば、たとえこのままでも視界は維持できるのに――。

しかし、冷徹に秒針は時を刻み続ける。

カチッ　カチッ　カチッ
――でも、本当にわたしは眼が見えなくなるの？　これが一時的なものだったら……。わたしはまた、元に戻れるはずよ。

そう考えると一刻も早く病院に行った方がいいような気がした。だが、そんなものは楽観的な自分への慰めにすぎないのだという思いも存在し、その二つの相反《あいはん》する思考の狭間で、千鳥は振り子の針のように揺れていた。

結局、試験に集中することはできなかった。

いろんなことを考えていると、あっという間に時間は過ぎた。

模試が終わっても、明るく話しかけてくる知人たちに相談することはできなかった。なぜなら彼女は、『偶像』だったから。彼女は弱いところを見せるわけにはいかないのだ。一度でも弱いところを見せれば、彼女は軽蔑されてしまうだろう。そして、自分が孤立させてきた者たちと同じように(——あるいは、さらにひどく——)孤立してしまうことになる。

みじめな『イジメ』の贖罪《しょくざい》……。

家族にも、相談することはできない。家族に相談することは、死刑執行書に死刑囚自らがサインをするようなものだから。眼科に連れて行かれるのは必至であり、千鳥には医者の顔が頭に浮かぶようだった。

無念そうに首を振り、冷酷な真実を患者に告げる名医。

『残念ながら手遅れですね』

手遅れ——手遅れ……手遅れ!

駅から家への夜道を自転車で走りながら、千鳥は泣いた。声をあげることなく泣いた。

誰にも頼ることはできない。

いつの間にか、彼女は完全に孤立していた。

★

千鳥が眼科に行き、悪性の白内障《はくないしょう》だと告げられたのは病状が末期に入った頃だった。瞳孔《どうこう》拡散剤で診察を受けた時、世界は無限の光に包まれて、とても眼を開けていられない状況だった。眼を開けていても眼が見えない恐ろしさを、千鳥は身をもって教えられた。

今度はこの状態が永遠に続く。光ではなく闇に包まれて……。

光を失った千鳥は、一夜にして廃人のようになってしまった。

●

女子校を自主退学し、家で絶望にくれる日々が続いた。父は慰めの言葉をかけてくれた。母は映画のビデオを借りてきて筋《ストーリー》を話して聞かせてくれた。だが、千鳥の心は渇く一方だった。一緒にいてくれるはずの両親でさえもが、どんどん遠くに行ってしまう気がした。千鳥が失明したことを知ると、友人たちは離れていった。最初こそ見舞いに来てくれていたものの、堕ちた『偶像』を目の当たりにして、興味を失くしてしまったようだった。

楽しみはすべて奪われ、苦しみだけが残された。絶望の海で溺れる生活——これ以上生き続けても仕方がない。幾度もそう考え、真剣に自殺することを考えた。

しかし、自殺する気概さえ、もはや残されていなかった。

●

絶望にひたり続ける千鳥に、最後の支えであるはずの両親さえもが、やがて冷たく接するようになってしまった。

なぜ自分の子が、失明しなくてはならないのか？

両親の言葉の裏には、そういった憤りが感じられるようになった。その頃には、千鳥は、すべてがどうでもよくなり始めていた。生も死も、もうどうでもよかった。

ただ無為に生きる日々が続いた。

底のない沼から救い出してくれたのが、伊館郁夜だった。かつて千鳥に苦しめられた郁夜だけが、ただ一人、定期的に見舞いに来てくれていた。そんな郁夜の思惑が不気味ではあったが、千鳥には彼女の存在がありがたかった。この世の最後の希望だった。

地元の郵便局に職を得ると、郁夜は千鳥の両親に持ちかけた。

『千鳥さんと一緒に暮らしたいんです』

両親は怪訝そうな表情だった。郁夜の真意を測りかねているのは明白だった。

誰が好んでお荷物をしょいこむだろう？

『千鳥さんは、わたしが一番尊敬する先輩なんです。頼りがいがあって、一緒にいるだけで心が落ち着くんです』

一人暮らしを始めるにつけ、家を空ける時に留守を守ってくれる人がいるのは心強いし、帰宅する時に親しい人が待っていてくれれば安心だ……それが、郁夜の言い分だった。

郁夜さんも、すぐに千鳥のことを見放すだろう——そう考えながらも、千鳥の両親はその申し出を受諾した。二人がそれでいいのなら、という条件つきで。正直言うと、両親も厄介払いができると喜んでいたのだ。彼らの娘への愛は、この時既に、かなり減退していたようだった。

かくして二人の生活が始まった。

『お姉様は、なにもなさらなくて結構。わたしがお世話しますから』

郁夜は千鳥のことを『お姉様』と呼んでいる。少女小説等の影響を受けているのだろうか。郁夜はその呼称を気に入っていたが、千鳥本人はなんだか気持ち悪くてそう呼ばれるのは嫌だった。だが、千鳥は郁夜のいいなりだった。郁夜は自分のことを『E《イー》ちゃん』と呼ばせた（イダチ・イクヨの『イ』と『E』をかけてのものらしい）。

郁夜は仕事の前に千鳥と朝食をとり、職場に赴く。千鳥の昼食にと、弁当まで毎日作ってくれた。そして夜、帰宅するとまた夕食を作ってくれる。家事もすべて郁夜が担当し、千鳥は後ろめたさを感じるとともに、最初から抱いていた不気味な思いは少しずつ増幅していた。この子は、わたしを密室に閉じ込めようとしている。

『なにもかも押しつけてしまって、悪いわね』

申しわけなくなって千鳥がそう言い、なにかをしようとすると、必ず郁夜は強い力で千鳥を抑え、それを阻んだ。

『好きでやってるんですから、いいんです』

日中、郁夜が留守の間は、千鳥はボーッと時を過ごすことがほとんどだった。郁夜といる時は、気持ちがはりつめて落ち着かなかった。テレビやラジオをつけっ放しにしておくこともあったが、大抵は過去のことなどに思いをはせ、ボーッとしていた。

休日には、郁夜は映画のビデオを借りてきたり、面白そうな本を買ってきて朗読してくれたりした。ボランティアの人が小説を朗読した音訳テープというものもあったが、郁夜は、自分で千鳥に読んで聞かせるのを好んだ。

なにもかも、押しつけられた生活だった。自分のすべてを握る郁夜を千鳥は恐れていたが、それでも彼女の存在はありがたかった。世界でただ一人孤立した千鳥は、愛に飢えていたのだ。

一方で千鳥には、郁夜の思惑が読めず、彼女の行為を不気味に感じることもあった。郁夜は昔から、人一倍千鳥のことを想っているようにふるまっていた。それはあまりに過剰なものであったため、鬱陶《うっとう》しくさえ感じられた。『偶像』としての権威を保つために――また、独占されることを避ける思いもあり、千鳥は郁夜を孤立させた。それ以来、千鳥が失明するまで、郁夜は彼女から離れていた。

郁夜が千鳥の元に戻ってきたのは、単なる親切心だけが理由とは思えなかった。昔、千鳥がクラスから孤立させたことを、郁夜は恐らく恨んでいるだろう。郁夜は、光を失った千鳥に報復しようとしているのでは……？

世界が消失したという不安が、千鳥の恐怖を募らせた。怯えながら郁夜の好意を感じると、好意の裏側に悪意が存在するような気がして、恐怖は何倍にも膨れあがった。

●

早朝の車の少ない時間に散歩することを、千鳥は習慣にしていた。今ではすっかり、点字にも慣れていた。朝の散歩で馴染みとなったジョギングをする老人や犬の散歩をする少女とも親しくなった。

新しい生活に慣れ始めると、次第に気持ちは落ち着いていった。

しかし、郁夜に対して抱いている恐怖は、さらに増していた。

闇に包まれた世界にも楽しみはある――密室の外にある時は、そう思えるようになった。

心の眼で世界を見つめてやれば、素晴らしい喜びを発見することもできた。

しかし、密室の中にある時は――郁夜の存在が強大な威圧感をともなって千鳥に伸《の》しかかってくる。郁夜は優しい……その優しさを素直に受け止めることができない千鳥は、彼女の存在を恐怖した。好意の裏側にある（――本当にあるのだろうか？――）悪意に怯え、彼女は郁夜のいいなりだった。郁夜を怒らせるのが怖かった。彼女にはいつも忠実に従うようにしていた。

散歩の最中に出会う老人や少女の顔を想像しながら、郁夜の帰りを待つ。映画を聞くでもなく、音訳テープを聞くでもなく、掃除や洗濯をするわけでも、夕食の準備をするわけでもない。ただ『待つ』という行為は、肉体労働よりも激しく過酷なものだった。

だが、千鳥は郁夜を待ち続けねばならなかった。それは、自分がかつて犯した罪の償いなのだ――というのは建前だ。本音を言うと、千鳥は郁夜を恐れつつも必要としていた。

世界からたった一人孤立した時、郁夜は、千鳥の光となった。その時から、郁夜は千鳥のアイデンティティの一部を占めるようになった。両親は、いずれ死ぬ。散歩で親しくなった老人や少女も、いつまでも自分と共にあるわけではない。

誰もが、自分から離れていく……郁夜を除いて、誰一人の例外もなく。

それでも、千鳥はもう孤立していなかった。彼女には郁夜がいたから。

千鳥は、郁夜に対する恐怖の裏側に愛情を感じるようになっていた。

彼女は郁夜を恐れる一方で、深く愛していたのだ。

★

伊館郁夜は、今の生活に満足していた。

彼女は、女子高校時代から、一学年先輩の美月千鳥を愛していた。

尊敬でも恋慕でもなく、紛れもなく『愛』していたのだ。

学校一の人気者だった千鳥は、その人気とは裏腹に、時折悲しそうな表情を見せることがあった。他の者たちは気づいていないようだったが、千鳥の孤独を郁夜は確かに、早くから察知していた。

それは郁夜もまた、孤独の世界の住人だったからだ。八歳の時、両親が離婚して以来、郁夜は祖父母に引き取られ、五十も年齢の離れた老夫婦と暮らしてきた。彼らは郁夜に優しくしてくれたが、それは子供を育てる親から子への愛ではなく、子供を可愛がる祖父母から孫への愛だった。親子の愛を渇望しても、手の届くところに両親はいない。欲求不満が蓄積され、自然と郁夜は心の扉を閉ざすようになった。

同年代の友人とも、心の通ったつきあいをすることはなかった。友人には親がいる。自分の心を理解してくれる者など、しょせんいない——そんなことを考えながら、彼女は育ってきた。

千鳥は郁夜が見つけた初めての同類だった。千鳥と接する度に、愛しい想いは募っていった。千鳥との出会いは、シャム双生児が齢《よわい》十六にして初めて片割れの存在に気づいたかのような、筆舌に尽くし難い感動的なものだった。

郁夜は千鳥を欲した。自分のものにして、永遠に同じ時を過ごしたかった。だが、彼女は生徒たちの『偶像』だった。千鳥と郁夜の間には、飛び越えることの叶《かな》わぬ、深い溝があった。溝を無理に飛び越えようとした時、郁夜は千鳥によって手痛いしっぺ返しをくらった。しかし、郁夜は元々、自分のことを孤立した存在と認識していたので、他の生徒から孤立しても、それまでの自分が変わることはなかった。……ただ、彼女は慎重になった。千鳥との距離を保ち、千鳥が自分を受け容れてくれる時が到来するのを待った。

手の届くところにあるものを手にすることができない。それはたまらない苦痛であると同時に、郁夜の千鳥への愛を強める要因ともなった。そして、彼女は待った……待ち続けた。

●

本質的には孤立していても、『偶像』たる千鳥は状況的にはいつも多くの取り巻きに囲まれていた。そんな彼女が光を失った時、本当に彼女を愛していなかった者たちは彼女の周りを離れていった。そして、千鳥を心から愛する郁夜だけが彼女の元に残った。

同情もしたが、千鳥の失明は、郁夜にとっては嬉しい誤算だった。大いなる意志をもった超越者の見えざる手で、二人の運命を絡められたかのような錯覚すら覚えた。自分たちは結ばれる宿命《さだめ》だったのだ――そう考えずにはいられなかった。

運命に強姦され傷ついた千鳥に、郁夜はゆっくりと（――しかし、着実に――）接近した。孤独地獄に突き落とされた愛する者を優しい言葉で愛撫し、慈しみで抱擁《ほうよう》した。

郁夜が差し延べた手は、藁《わら》よりははるかにすがる価値のあるものだった。絶望の中に一縷《いちる》の希望を……千鳥は、郁夜の華奢《きゃしゃ》な腕にしっかりとしがみついた。

そして二人は一人となった。

★

鍵孔に鍵が差し込まれ、開錠する音。続いて、マンションのドアに取りつけた鈴がシャランとなった。壁を伝って玄関口までいくと、郁夜の両手が千鳥の背中に回され、二人は熱い抱擁を交わした。

「お姉様、今日もお変わりありませんでした？」

「いいえ、いつもより悪かったわ」

郁夜の手が千鳥の肩に乗せられる。

「……なにか、ありましたの？」

心配そうな声だ。おそらくは顔もそうだろう。千鳥は微笑して首を横に振った。

「いつもより寂しかったの。きっと、あなたへの愛が増しているからね。Eちゃん、愛してるわ。心から」

それは事実だった。最近では、千鳥は郁夜への愛を感情の前面に押し出すようにしていた。愛を強く感じることによって、恐怖を忘れることができるからだ。

「まあ、嬉しいですわ。お姉様がそこまで想ってくださるなんて」

「Eちゃん……」

千鳥は両手で郁夜の頰をなでた。

二人の顔が接近する。お互いの息が相手の顔にかかるほどに。

「——はい？」

「わたしを一人にしないでよ」

二人の唇が重なった。郁夜はバッグを床に落とし、二人は愛の海へと飛び込んだ。

●

女性同性愛者が、お互いの体を求めあうのは希で、小説や映画の中だけのことだ——郁夜は、そんなことを本で読んだことがあった。だが、彼女は（——彼女たちは——）お互いに求めあわずにはいられなかった。愛の昂《たか》まりが、相手と一つになることを本能に強く訴えたのだ。

だからといって、性欲を満たすだけの俗物同士の交わりとは違う。二人にとって愛を確認する行為は神聖なものだった。すべてをさらけ出し、一つに重なりあうことは、彼女たちが絆《きずな》を確認する一つの『儀式』だった。

海を泳いでいるかのように、愛が全身を包み込み、愛撫する。

二人は恍惚感《エクスタシー》に溺れ、完璧に知り尽くしている互いの聖域《サンクチュアリ》を刺激しあった。

●

『儀式』が終わっても、二人は感極まってしばらく震えていた。二人とも男は知らなかったが、男との交わりではこれほどの喜びは得られまい、と考えていた。女性間同性愛《レズビアン》の語源であるレスボス島の女詩人サフォーも、ここまで女性を愛したことはないだろう——それほどまでに、二人の神聖な『儀式』は素晴らしいものだった。

暖房《エアコン》をつけていない廊下は寒いはずなのに、千鳥は全裸でも寒さを感じなかった。郁夜の愛が体内に流れこみ、熱く燃えているかのようだった。眼が見えない分、千鳥は郁夜よりも強く感じることができた。雑念のない闇に包まれた、密室世界での秘密の『儀式』を……。

「シャワー浴びましょうか、お姉様？」

照れ臭そうな郁夜の声で、千鳥は陶酔の世界から現実へと回帰した。

「わたしは後でいいわ……」

「じゃあ、お先に」

バスルームの扉が開閉する音。

雨の音にも似たシャワーの音が、心地好く耳に響いてくる。

『儀式』の後、千鳥は決まって郁夜の体を想像する。あのなめらかな曲線を——豊饒《ほうじょう》の海のごとき包容力のあるあの体を、千鳥は見たことがないのだ。手触りでしか知らない体を想像することは甘美な快楽だった。決して解かれることのない謎のような魅力……だから、自分は決して郁夜に飽きることはないだろう。

——だが、郁夜は？

郁夜が自分に飽きてしまったら。そう考えると途端に恐ろしくなって千鳥の体は冷たくなった。それは、千鳥が普段郁夜に感じている漠然とした恐怖ではない、真の恐怖だった。くしゃみをし、慌ててその可能性を否定する。

——そんなことないわよ。彼女はわたしを愛してくれている。わたしたちは、ずっと一緒にいられるはず……。

千鳥は、郁夜を愛してしまった。だから、彼女に捨てられるのが怖かった。

郁夜が離れていけば、今度こそ千鳥は世界に一人残されるのだ。

千鳥の潜在意識から、巨大な恐怖の感情が浮上してくる。

まさか郁夜はそれを狙って……それこそが、彼女の復讐なの？

被害妄想なのだろうか？　それとも——

千鳥は闇に包まれている。それは、失明したからではない。人間として生まれた時から、千鳥は闇に包まれていたのだ。なに一つ確かなもののないこの密室世界に、信じるものを見出ださなくてはならない苦痛……人はなにかを信じなくては生きてはいけない。

だからこそ、強く信じる者に裏切られた時のショックは大きい。

●

シャワーの雨が止んだ。

……バスルームの扉が開く音。

——ギィイイッ——

そして、なにか重い物が倒れる音が、二回、響いた。

●

静寂。不気味な静けさ。

——なに？　なんなの、今のは……。

おそるおそる千鳥は声を発した。なにがあったと言うのか？

「——Eちゃん？」

「Eちゃん！　……郁夜！　どうしたの？」

返事はない。ただひたすらに、静謐。

全裸のまま、這ってバスルームへと向かう。嫌な感じがした。失明した時もこんな感じだった。今や千鳥の全身には鳥肌が立っていた。——寒さのせいではない。これは、悪寒だ。

千鳥の両手が、ぬるりとした液体と、なめらかな表面の濡れた物体に触れた。

……郁夜と、その血？

千鳥は郁夜の体を起こし、体を揺さぶった。

「Eちゃ……郁夜、どうしたっていうの？　ねえ、しっかりして！」

心なしか、いつもより体が軽い気がする。顔に触れようと伸ばされた千鳥の手が空を切った。絶句し、千鳥は金魚のように口をパクパクと開閉した。——言葉が出ない。よろめき、床につこうとした左手が丸い物体に触れる。

郁夜の首だった。

●

自分と郁夜以外に、室内に気配はなかった。

部屋には鍵がかけてあるし、玄関の鐘も鳴っていない。

——いったい、郁夜になにが起こったの？

想像もできない恐ろしいものが壁を通り抜けてバスルームに侵入し、郁夜の首を狩る。

眼が見えないだけに、千鳥はその映像を鮮明にイメージすることができた。

化け物のような外見の奴が、バスルームで郁夜を殺す。

ワイドショーで聞いたし、郁夜に教えて貰ったので奴のことは知っている。

奴の名は、密室卿。

●

千鳥の中で、なにかがプツリと切れた。

「嫌ぁあっっ!!」

絶叫が闇の密室に谺響《こだま》した。

●

『16番目の被害者』一九九四年一月五日夜

■伊館郁夜
性別＝女　年齢＝二〇　身長＝一六三　体重＝五三
血液型＝A　職業＝郵便局員

屍体発見現場◎茨城県
密室の仮名称◎バスルームの密室

■現場の状況←
①被害者は、バスルームの中で首を斬られて殺されていた。
②当時、室内には被害者の他に同性の同棲相手がいた。彼女は、自分の他に誰もいなかったと証言している(ただし、彼女は眼が不自由である)。
③被害者の家には戸締まりがされていて、誰かが出入りした形跡はなかった。
④現場の周辺から、凶器と思われるものは発見されていない。

⑤被害者の背中には、被害者自身の血で、『密室拾陸《じゅうろく》』と記されていた。

密室十七　高度三〇〇〇メートルの密室

『落ちる！』


自殺志願者は天空の高みからはばたいた。

両手を翼のように広げ、虚空へと身を躍らせる。強烈な気流が、下から突き上げてくる。

空気の流れが、消防車のホースから放出された水のように強い勢いで、大庭《おおば》利密《としみつ》の体に打ちつけられる。

弾丸のごとき速さで利密の体は地表を目指す。

三〇〇〇メートルの高さから、両手を広げてこちらを見上げている大地の胸元へ……。

速い！　速い！　——速い！

——どこまでパラシュートを開かずにいられるだろうか。自分はどこまで限界に近づけるだろうか？

生と死の境界にあるものを、利密は見てみたかった。

今まで幾度も試みて未だに見ることの叶《かな》わぬ神秘の領域を、体験してみたかった。自殺を試みて失敗した者は、死の恐ろしさに触れて、もう二度と自殺しようとは思わないという。

——本当にそうなのだろうか？

その問いに対する答えを、ここ数年、利密は希求し続けていた。

人生に興味を失くした利密には、死がそれほどまでに恐ろしいものだとは思えなかった。自分は人生の落伍者だと考える彼には、自殺も人生の一つの選択にすぎなかった。

だが彼は、幾度も自殺を試みながら、未だに成就しておらず生き永《なが》らえていた。

——死ぬのが怖いんじゃない。でも、死には興味があるのかもしれないな……。

死の後に待ち受けているものが存在するのなら、人生の最後にそれを見ておきたかった。だから利密はいつも、ギリギリのところまでパラシュートを開かなかった。生と死の境界を確認したいという、最期の夢を見たいがために——。

——あるいはわたしは、自分をごまかしているだけかもしれない。なんだかんだと理由をつけてはいるが、本当は死ぬのが怖いだけかもしれない。

両手を体につけ、頭から地上へと向かう。

風を切り、空を裂く刃《やいば》となって利密は引力に身を預けた。

重力加速度が速度を高める。利密の口元には微笑が浮かんでいた。

●

……すべてが砕けた！

鉤十字《ハーケン・クロイツ》のように四肢をくねらせた屍体が大地の上に見えた。

頭はスイカ割りのスイカのようにパックリと裂け、脳漿《のうしょう》と血が飛び散っている。

——一つの生命の終焉《しゅうえん》の時が訪れた……。

★

「おい、いいかげんに目を覚ませ、利密」

体を揺すぶられ、利密は目覚めた。

——わたしは夢を見ていたのか？

夢というにはリアルすぎる体験だ。肌を刺す気流の感触。大地に打ちつけられた衝撃。醜く変形した屍体——あまりにも記憶は生々しかった……。

——夢ではなく、今のが生と死の境界なのか？

——並行世界《パラレル・ワールド》では、自分は死んでいたのかもしれない。自分は、並立する世界の情景を（——本来、見ることのできない死の風景を——）見たのではないだろうか？

そんなことを考えていると頬をピシャリと叩かれた。並子敬《なみこけい》の整った顔が、こちらを覗き込んでいる。十人乗りセスナ《ピラタスターボポーター》の中で失笑が漏れ、奥の方で誰かが『グッド・モーニング』

と利密をからかった。

——まだ飛んでいなかったのだ、わたしは。まだ生きている。

呆然とした表情で並子敬を見ると、頷きが返ってきた。

「もうじきダイヴって時に、居眠りするなよ」

手袋をはめた両手を握りしめた。生きているという実感が湧いてくる。

生命の重さを初めて知った気がした。

ようやく現在置かれている状況を認識すると、利密は敬の目を見て言った。

「……夢を見ていたよ」

「どんな夢だ？」

「最高の、夢さ」

★

十人乗りセスナ《ピラタスターボポーター》の中には、十人の人間がいた。

空からの飛込《スカイ・ダイヴィング》を前に、皆、高揚感に顔を紅潮させている。

吐く息の白ささえもが、彼らの神聖な挑戦《チャレンジ》を祝福しているかのようだった。

敵陣への突撃を前にした戦闘部隊のような、大事な試合を控えたスポーツチームのような心地よい緊迫感が機内を漂っている。快適で秘密めいたその場所に、並子敬もいた。

俳優としての成功の階段を一段昇るごとに、プライヴェートな時間はどんどん削られるようになった。それでも敬は、名が売れる前からのダイヴ仲間との時間をできるだけ確保するようにしていた。

有名人の中には、有名になった途端、かつての仲間に背を向ける輩《やから》がいる。もちろん、有名になればなるほど忙しくなるので、ある程度それも仕方のないことではあるのだが、敬はそんな言い訳はしたくなかった。いつまでも昔の仲間とは親しくつきあっていたかった。人間関係に有名も無名も関係ない。それが敬の考えだった。だから彼は、ずっと疎遠になっていた昔の知人(――断じて友人ではない、と彼は考えている――)が、こちらが有名になってから突然、親友面《づら》して寄ってきても取り合うことはなかった。それは、昔からの仲間を大事にすることの裏返しでもあった。敬は、自分の厳しい哲学に忠実な男なのだ。

空中には世の真理がある、と敬は考えている。究極に最も近い場所での時間を共有してきた仲間たちは、仕事の同僚以上の、最高のパートナーたちだった。

●

八〇年代末から九〇年代初めにかけての刑事ドラマブームは、並子敬にとっては忘れられない黄金時代だった。

サラリーマンとしての人生を出発し始めた頃、今の事務所の人間にスカウトされた。刑事ドラマに出演することを夢見て、敬は俳優の世界に入った。『太陽にほえろ』、『西部警察』、『誇りの報酬』、『ベイシティ刑事《コップ》』、『あぶない刑事《デカ》』……数々の名作刑事ドラマが与えてくれた青い春《ブルー・スプリング》の興奮を、敬は忘れたことがなかった。

あこがれの刑事役こそお声がかからなかったものの、印象的なこわもて顔が買われ、多くの刑事ドラマへの出演を（――悪役ではあったが――）果たした。『もっとあぶない刑事《デカ》』、『ハロー・グッバイ』、『ザ・刑事』、『ゴリラ』、『あいつがトラブル』、『ララバイ刑事《デカ》』、『刑《デ》事《カ》貴族』、『代表取締役刑事』、『愛しの刑事』、『はだかの刑事』……。

刑事ドラマブーム時代にお茶の間に顔を売り込むことに成功した敬を待っていたのは、次なる時代の主役の座だった。九〇年代に入り、世紀末へと時代が加速するにつれ、悪役英雄《バッド・ヒーロー》も受け入れられるようになった。――というよりもむしろ、新鮮な悪役英雄《バッド・ヒーロー》の方こそ、より歓迎される風潮になってきている。

　時代の要請に従い並子敬が歴史の表舞台へ登場したのは、いわば当然の帰結だった。

『はだかの刑事』の後枠に入った『ズルい探偵』は、それまでにあまり知られていなかったＪＤＣを舞台にした新感覚犯罪ドラマで、『もっとあぶない刑事』に迫る高い視聴率を記録し、事件記者ドラマブーム、刑事ドラマブームに続く、探偵ドラマブームという大きな流れの口火を切る嚆矢《こうし》となった。

『ズルい探偵』の主役という大役を堂々と果たした並子敬は、時代劇、トレンディドラマなどにも次々と主演した。今年の四月からは、舘《たち》ひろしと共演する『ズルい探偵』の続篇『ズルすぎる探偵』がスタートする予定だが、これも高視聴率が約束されており、まさに脂《あぶら》が乗り切った人生の絶頂期に達しつつある敬である。

今まではJDCの存在を知る者は少なく、日本探偵倶楽部というのは『ズルい探偵』というドラマのために創作された架空の組織だろう、と思っている一般視聴者も多かった。しかし、密室連続殺人が進展し、JDCがマスコミで取り上げられるにつれ、その知名度は一気に高まっている。『ズルい探偵』の再放送も始まった。ここでJDCが事件を解決すれば、探偵ブームは否応なしに爆発し、『ズルすぎる探偵』のヒットに拍車《はくしゃ》をかけることにもなるだろう。そのためにも敬は、JDCが事件を解決することを願ってやまないのだった。

★

一月六日朝。JDC本部にかかってきた密室卿の犯罪予告電話は、暗示的なものだった。

『次は群馬で殺される。群馬の空中で殺される』

電話があるとすぐに、密室卿からの電話に備えてJDCで待機していた京都府警の捜査陣から群馬県警への注意勧告と、全国の捜査を統括する警察庁への報告がなされた。

ここのところ、そういった流れがパターン化してきていた。密室殺人の合間に情報収集、証拠詮索、推理が繰り返される。しかし、犯人の像はまったく見えない。そこで、密室卿からの犯罪予告の電話がかかり、警戒体制が敷かれる。やはり殺人は起こる……延々とその循環《ループ》である。

密室卿の掌《てのひら》の上で踊らされているとの感は否めない捜査陣《ピエロたち》だったが、事件が進展しない以上、それも仕方がない。スポーツ新聞やワイドショーなどで痛烈に捜査の遅れを皮肉られても文句の言えない立場ではあった。

これまでのところ、密室卿の犯罪予告電話はすべて、犯罪が起こる直前になされている。密室卿が提示する微小な（——微小すぎる？——）データから密室殺人を未然に防ぐことも、不可能ではないのである。それゆえに、捜査陣では電話がかかってくるとすぐに、電話の内容の検討がなされる。密室卿は『どこ』で『誰』を狙うつもりなのかということを推理し、密室殺人を未然に防ぐために。

今まではすべてのケースにおいて、捜査陣が答えを出すより先に殺人が成就されてしまった。とはいえ、『決して諦めない《ネバー・ギヴアップ》』の精神で挑戦し続ける以外の選択肢は、捜査陣には与えられていない。

これまでも、これからも……。

●

今回の電話は、示す内容が比較的明確であるように思われた。

群馬の空中で殺される……空中で。

解釈はいろいろあるが、空中の密室というだけで標的の可能性がある場所はかなり限られてくるだろう。まず、候補に上がるのは飛行機だ。それから、熱気球、ハンググライダー、ロープウェイ（——存在すると仮定しての話だが——）、絶壁を登攀《とうはん》中の登山者など……。

例えば飛行機である場合はどうか。犯人が機内に凶器を持ち込むことは可能か？　密室を機内のどこに設定するか？　殺人を成就したとして、密室卿はいかにして逃げおおせるか？

機内で殺人を犯せば、自らを飛行機という密室内に封じ込めることになる。そのような愚《ぐ》を密室卿が犯すだろうか？

論理を詰めていけば、可能性を持つ選択肢はかなり少なくなりそうだ。

密室卿vs.捜査陣。

今回の勝負は、どちらに軍配があがるのか？

★

十人乗りセスナ《ピラタスターボポーター》の横腹が裂けるように開き、薄暗い機内に光が射した。

冷たい空気が流れ、清涼な天空が視界に拡がる。

天を舞う瞬間の到来に、ダイヴァーたちは、鼓動が速まるのを感じていた。

この独特の興奮は、最初の飛込《ヴァージン・ダイヴ》の時から変わらない。

神々《こうごう》しい聖域に飛び出す時、彼らは鳥と化し、世界の息吹を全身で感じるのだ。

「——レディ・セット」

「ゴー！」

EXIT《イグジット》！　バッと、一人目がはばたく。続いて、二人目、三人目……

並子敬が大庭利密の背中を叩いた。

「空中で居眠りするなよ。永遠に眠り続けることになるぞ」

冗談めかしたその調子には、友への想いやりが含まれていた。

無言で頷くと、利密はゴーグルを下ろし、大空にダイヴした。

そのすぐ後に並子敬が続く。

並子敬は七人目のダイヴァーだ。

後にさらに三人がダイヴし、十人のスカイ・ダイヴァーたちは全員天空に放り出された。

★

そこで、セスナに通信が入った。

密室卿ノ標的トナル可能性アリ注意サレタシ──と。

●

一人機内に残されたパイロット冬木《ふゆき》剛志《たけし》は、操縦桿《そうじゅうかん》を握りながら、冷たい戦慄が背後から背中をなめるのを感じた。

──機内には誰もいないはずだ。ここには、オレしかいないんだ。

しかし、空を駆る密室の中に一人で取り残されると、俄然不安はつのった。密室卿は密室の中に現れ、煙のごとく去っていく。まさに神出鬼没の恐ろしい犯罪者……。

ゾクリと、首筋を冷たい風が撫でたような気がした。

両脚と両手がブルブルと震え、歯がカチカチと鳴る。

冬木剛志は、恐怖に体が凍りつくのを感じた。ふり返ることはできなかった。

後ろに人が（――密室卿？――）いたら？

――密室卿の奴は本当に人間なのだろうか？　もし奴が、闇の世界からやってきた怪物《モンスター》だったとしたら。

バカらしい考えだと承知で、そんなことを考える。密室卿が人間だとしても、自分は果たして安全なのだろうか。密室卿が人智を超越した超絶密室トリックを持っていたら、状況は変わらないのではないか？　自分が密室卿のターゲットかもしれない、というこの状況は……。

冬木は数年前読んだトマス・ブロックの『超音速漂流』を思いだし、さむけを感じた。

主《あるじ》なきセスナが天空を飛行し続ける。

――操縦席には、首を斬られた自分《パイロット》が……？

それは、愉快な想像ではなかった。

★

大庭利密は天空の高みからはばたいた。

両手を翼のように広げ、虚空へと身を躍らせる。強烈な気流が、下から突き上げてくる。

空気の流れが、消防車のホースから放出された水のように強い勢いで体に打ちつけられる。

　弾丸のごとき速さで利密の体は地表を目指す。

三〇〇〇メートルの高さから、両手を広げてこちらを見上げている大地の胸元へ……。

両手両脚を広げ『大』の字になったスカイ・ダイヴァーたちは落下しながら少しずつ体を動かし、十人の中の自分の位置を修正する。体を傾け、手足でバランスをとり、全員の高度と位置が重なるよう調整していくのだ。

　これまで幾度も経験してきたことだった。彼らは全員、二〇〇回を越えるダイヴを経験し、Dライセンス《エキスパート》を持っている。十人のダイヴァーの呼吸は完璧である。彼らは互いに絶対の信頼を寄せ、十人の中で自分がすべきことを心得ていた。

　天空に散った十個の点が、次第に一箇所に集まっていく……。

　ダイヴァーたちの距離が縮まる。

　十の『大』が、天の一点を中心とする円周にほぼ等間隔に並び、円心に頭を向けている。手と手がガッシリとつかまれた。一人、二人、三人、四人……

　空中に美しい環《リング》が描かれようとしていた。

★

　飛降り自殺者のように引力に身を任せて、大庭利密はふたたび死について考えてみた。

だろうか?

——このままわたしが死んでしまっても、もう一人のわたしは並行世界《パラレル・ワールド》で生き続けるの

先程の夢のように…… いや、あれは夢ではない。あの時、確かに利密は死んでいた。

——だとすれば、今こうして生きているわたしは何者なんだ?

『死』などという時間が存在せず、人間が決して死ねないとしたら?

一人の自分が死ぬ。そこで分裂したもう一人の自分は並行世界《パラレル・ワールド》で生き続ける。そして、また、新しい自分が死ぬ。自分は分裂し続け、並行世界《パラレル・ワールド》では∞《むげん》の時を生き続ける……。

『死』というものの耐えられない軽さが、利密には恐ろしかった。もし人間が死ぬことすらできない存在であるなら——厳粛《げんしゅく》な最期の儀式であったはずの『死』でさえ滑稽なものとなってしまう。

消防署員という職業に嫌けがさしたわけでも、妻や二人の息子に不満があるわけでもない。警察官になるという夢は、とうの昔に『現実を見つめよう』と書かれたゴミ箱に捨てた。何十年も警察官としてやっていくことを考えた時、社会の悪と闘い続けることにゾッとさせられ、利密はその道を断念した。おそらく、警察官に向いていなかったのだろう。

どの方面に進むか迷いに迷ったあげく、結局、消防署員に落ち着いた。警察官と似ているという気がしなくもないが、どちらにせよ、社会人として自立した時には、職業というものは利密にとって二次的なものになっていた。

家族にしてもそうだ。利密は三人以上、子供が欲しかった。できれば、そのうち最低でも

一人は娘が良かった。だが……過酷な現実はまたしても利密が夢をかなえるのを拒んだ。二度目の出産の時、妻は子供を産めない体になってしまった。

利密が娘を抱くことはなかった。

●

利密は家族を愛していた。妻も二人の息子も、平等に愛していた。

利密は友人たちもまた好きだった。苦楽を共にした消防署の同僚も、並子敬ら昔からのダイヴ仲間も、みんな好きだった。素晴らしい友人や家族に囲まれ、利密の人生は幸せなものと映るかもしれない。だが本人は時折、どうしようもなく悲嘆し、人生を放棄したくなることがあった。

――今までの自分の人生は何だったのだろう？　自分にしかできないことをなにか一つでもしたのだろうか……これから生き続けても、人生に価値を与えるようななにかができるのだろうか？　こんな平凡な人生なら、大庭利密という人間でなくとも、他の誰かが代わりを務めることができるのではないか？

そう考え出すと思考はどんどん鬱《うつ》に染まっていった。

自分のことを大事に想ってくれる人がいるから死ねない。そういう人たちに迷惑をかけるわけにはいかないから？　そんな考えには、利密はいつも首を傾《かし》げずにはいられない。

――自分の生きる価値が自分ではなく他人にしかないのなら、生きていても仕方がないんじゃないか？

そして思考はいつも死を目指す。ここ数年の間、ずっとそうだった。日常生活のただ中にあってさえそうなのだから、神々しい天空の聖域で引力に体の支配権をゆだねている時などは尚更だ。

すでに手をつないでいる五人のダイヴ仲間の一人が、利密に手を差しのべている。

――手を伸ばせば届く距離に、救いの手がある。

どうする？　手を握り、生を選ぶか。それとも――。

手をつなぐと、仲間の体の分だけ風の抵抗を受ける面積が増え、落下スピードは一人の時より遅くなる。ここで仲間の手をとらず一人で落下し、パラシュートを開かなければ、誰にも自分を止めることはできない。

それは極めて魅力的な選択であるように、利密には思えた。突然――自分が自殺したら、ダイヴ仲間や家族、同僚はどんな顔をし、どんな想いで大庭利密の死を受け止めるだろう。

――自分は死ぬことによって初めて、大庭利密にしかできないことができるのではないだろうか？

差し出された手をとるべきか否か、刹那の間に逡巡《しゅんじゅん》する。

●

鉤十字《ハーケン・クロイツ》のように四肢をくねらせた屍体が大地の上に見えた。

頭はスイカ割りのスイカのようにパックリと裂け、脳漿《のうしょう》と血が飛び散っている。

……あの現実的《リアル》な死の情景が脳裏をよぎった。フラッシュバックする鮮明な映像……。

ハッとして大庭利密は仲間の手をつかんだ。冷たい風が顔を撫で、冷汗が溢れ出た。

——なにを考えているんだ、わたしは？

自分が思考の狂気の領域に足を踏み入れていたことを悟り、利密は慄然とした。

息がつまる。

唾を飲み込むと、少し冷静さが回復した。

●

友の手から希望が流れ込んできて、絶望を一掃したかのように感じられた。

陰鬱《いんうつ》な気分は清々《すがすが》しさに座を譲った。

ミニチュアのセットのような眼下の風景を見た時、利密は真理が体を貫くのを感じた。

——人生など、考え方一つでどうとでも変わるものだな……。

心の中の靄《もや》が晴れたその時、利密は、並行世界《パラレル・ワールド》のもう一人の自分は、さっき死んでいたのだろうかと考えていた。

★

六人からなる空中の環《リング》は、五分の三が完成していた。並子敬ほか四人が加われば空の環《スカイ・リング》は完成する。『大』の字のまま連なる六人のダイヴ仲間の元へ並子敬は落下する。大庭利密が、こちらに手を伸ばしていた。

——あの手を摑むだけでいい。簡単なことだ。

これまで何度も経験してきたことだった。

失敗するなどということはありえない。そう思えた。

同時に敬には、利密の手を握る行為が、なぜか（——理由はわからないが——）重要な、
聖なる儀式であるかのようにも感じられた。

栄光の手《ハンド・オブ・グローリー》——。

過去、現在、未来の成功の象徴が、そこにある。手を伸ばせば届く、すぐそこに——。

並子敬は手を伸ばした。

さあ、手を握って……

★

並子敬は大庭利密の手を握ることなく落下し続けた。

「おい、どうなってるんだ！」

手をつないだ六人の一人が、風の抵抗に負けじと、大声で叫んだ。

ビョォォオッツ——！

敬が落下すると、強風が不気味な音で鳴いた。

まもなく死者が出る家の窓のすぐ外で泣き声を発するという伝説の妖精《バンシー》もさぞや、という

おぞましい響きだった。

「並子！　パラシュートを開け!!」

聞こえないと承知で、利密は絶叫した。

●

残りの三人が環に加わり、空の環が一応完成した。

その時、並子敬は九人のはるか下方を落下していた。

……落ちていく……落ちていく……

九人にはどうしようもない所に、敬はいる。

——と。

九人の見ている前で、並子敬の首筋の辺りから赤い飛沫が散った。

首と胴体がスパッと分かれ、空中で血液が飛び散る！

——その直後、敬の収納バッグからパラシュートが開いた。高度計の設定高度になっても落下スピードが自由落下状態の時に作動するＡＡＤ（自動開傘装置《オートマティック・アクティベイト・デバイス》）だ。

パラシュートは、首を斬られた敬の屍体を一同の視界から隠す。

密室連続殺人は、究極の不可能犯罪を空中に産み落とした……。

●

『17番目の被害者』一九九四年一月六日朝

■並子敬

性別＝男　年齢＝三一　身長＝一八五　体重＝七七

血液型＝B　職業＝俳優

屍体発見現場◎群馬県

密室の仮名称◎空中の密室

■現場の状況←

①被害者は、スカイ・ダイヴィングの最中、首を斬られて殺された。

②被害者は九人の人間が見守る中で首を斬られた。どのように首を斬られたのかは謎のままである。

③被害者はダイヴする前は確かに生きていた。

④九人の目撃者たちが着地すると、被害者の背中には、被害者自身の血で『密室拾柒《じゅうしち》』と記されていた。それがいつ記されたものかはハッキリしない。

⑤現場から、凶器と思われるものは発見されていない。

密室十八　密室卿自身の密室？

『茶番劇』

麻生茉緒《あそうまつお》は密室の中にいた。

通りに面した窓はカーテンを閉め、ドアはロックし、チェーン錠もかけている。

外部から完全に隔絶された空間――まぎれもない密室だ。

三和土《たたき》から二メートルの通路があり、その両脇にキッチンとユニットバスがある。

部屋は六畳で、押し入れが一つある。

通りを走る車の騒音は、どこか遠く離れた別世界から聞こえてくるようだ。

とても、窓のすぐ外の往来をたくさんの車が走っているとは思えない。

壁一枚を隔てているだけではない。

密室を創ることにより、麻生茉緒は俗世とは次元の異なる空間にいるのだ。

六畳の部屋の片隅に、テレビとビデオデッキが置かれている。その脇には、ＦＡＸつきの電話と、ミニコンポがあった。

押し入れの正面の壁には、床から天井へと届く大きな本棚があり、六法全書を始めとする法律書から、警察やＪＤＣに関する本、さらには推理小説や、快楽殺人を扱った書籍などが合計五〇〇冊ほど肩を並べている。コリン・ウィルソンの『現代殺人百科』の隣りに、発売されたばかりのブライアン・マリナー著『毒殺百科』もある。本棚の床から下二段には、警察、ＪＤＣ、密室連続殺人に関する報道番組を録画したビデオが五十本ほど並んでいる。犯罪に関係のある本、ビデオで埋めつくされた本棚は不気味な雰囲気をかもし出しているが、さらに異様なのは、本棚、押し入れ、ガラス窓ではないもう一つの壁だ。

その壁には、Ａ４サイズの紙と十七枚の写真、それに日本地図が貼りつけられていた。

『犯　罪　予　告　状』
今年、一二〇〇個の密室で、
一二〇〇人が殺される。
誰にも止めることはできない。
密　室　卿

Ａ４サイズの紙は、密室連続殺人の犯罪予告状だった。

警察庁、ＪＤＣ、マスコミ各社に一月一日に送られたものと全く同一の犯罪予告状だ。

そして十七枚の写真は――驚くべきことに……密室連続殺人のこれまでの十七人の被害者の屍体の写真だった。

●

一枚目……京都府、平安神宮の人込みの中。闇で黒く見える白砂の上に横たわる、須賀原《すがわら》小六《ころく》の首を斬られた屍体。その背中には、『密室壹《いち》』の文字がある。

二枚目……兵庫県、人家のコンクリート塀に突っ込んだタクシー。運転席でシートベルトをしたまま首を斬られた町田竜一郎《まちだりゅういちろう》の屍体。座席に座っているため背中は写っていない。

三枚目……鳥取県、マンション『サンドヒル宮城』の七〇五号室の中。食卓に座ったまま首を斬られた山咲華音子《やまざきかねこ》の屍体。その背中には、『密室參《さん》』の文字がある。

四枚目……岡山県、国道一八〇号線の路上に転がる、山極教太《さんごくきょうた》の首を斬られた屍体。その背中には、『密室肆《し》』の文字がある。

五枚目……広島県、新幹線のトイレの中。北上波子《きたかみなみこ》の首を斬られた屍体。その背中には『密室伍《ご》』の文字がある。

六枚目……長野県、ゲレンデのゴンドラの中。下田英次《しもだえいじ》の首を斬られた屍体。その背中には、『密室陸《ろく》』の文字がある。

七枚目……山梨県、緒華《おばな》邸の書斎の中。机にうつ伏せるようにして首を斬られた緒華夢彦《ゆめひこ》の屍体。その背中には、『密室柒《しち》』の文字がある。

八枚目……静岡県、ボウリング場のレーンに倒れる、滝沢宗樹《たきざわむねき》の首を斬られた屍体。その背中には、『密室捌《はち》』の文字がある。

九枚目……愛知県、梶《かじ》邸の寝室のベッドの上で首を斬られた梶真菜魅《まなみ》の屍体。その背中には、『密室玖《きゅう》』の文字がある。

十枚目……滋賀県、電話の受話器を握りしめたまま、自室の中で首を斬られた鮎川鶴美《あゆかわつるみ》の屍体。その背中には、『密室拾《じゅう》』の文字がある。

十一枚目……高知県、学生マンション『コーポ吉田』二〇一号室前の廊下で首を斬られた堀田士郎《ほったしろう》の屍体。その背中には、『密室拾壹《じゅういち》』の文字がある。

十二枚目……長崎県、NHK佐世保放送局のエレヴェーターの中で首を斬られた太河広《おおかわひろし》の屍体。その背中には、『密室拾貳《じゅうに》』の文字がある。

十三枚目……山口県、宇部市民会館の中ホールの中。凪波摩琴《なぎなみまこと》の首を斬られた屍体。その背中には、『密室拾參《じゅうさん》』の文字がある。

十四枚目……奈良県、本を握りしめたまま、自室の中で首を斬られた舟島虎次郎《ふなじまこじろう》の屍体。その背中には、『密室拾肆《じゅうし》』の文字がある。

十五枚目…… 神奈川県、ホテル『MOON』の三〇九号室の中。ベッドの上で首を斬られた裏風忍《うらかぜしのぶ》の屍体。その背中には、『密室拾伍《じゅうご》』の文字がある。

十六枚目……茨城県、自宅のバスルームの中で首を斬られた伊館郁夜《いだちいくよ》の屍体。その背中には、『密室拾陸《じゅうろく》』の文字がある。

十七枚目……群馬県、パラシュートに包まれて上毛高原に転がる並子敬《なみこけい》の首を斬られた屍体。その背中には、『密室拾柒《じゅうしち》』の文字がある。

日本地図には、赤のサインペンで丸数字が書きこまれていた。京都の上に①、兵庫に②、鳥取に③、……それが、最新の被害者を出した群馬まで続いている。

密室連続殺人の捜査陣が渇望する『証拠』が、密室の中には揃っていた。

★

麻生茉緒は最高の気分だった。

密室卿が自分の中に入り、この六日間、十七人の死に立ち会ってきた。これまでの人生で味わうことのできなかった充足感を得ることができた。誰も経験することのできない現世《うつしよ》の『夢』を見ることができたのだ。

密室卿は、まもなく自分の中から出て行こうとしている。

それでもいい。麻生茉緒には生への未練はなかった。

密室の超越者、密室卿……その神秘を、我が身をもって体験することができたのだ。

これ以上を望むのは贅沢が過ぎるというものだろう。

麻生茉緒はこれまでの人生をおもしろおかしく過ごしてきた。人生に思い悩むことなく、明日という日が無限に続くことを信じて、楽観的な生を歩み続けてきた。死などには興味がなかった。

三年前に密室卿の存在を知った時、麻生茉緒は自分が考えていたのよりもさらに、人生は素晴らしくなり得るのだということを知った。

密室は魔方陣のようなものだ。魔法に満ちた、秘密の空間なのだ。密室という枠で囲ってやることによって超越存在は召喚される。

麻生茉緒は密室が大好きだった。すべての密室には、密室卿が棲《す》んでいる。だから、密室は魅力的なのだ。彼は密室という空間、そして密室卿を愛していた。密室の中で一人じっとしていると、密室卿の存在を知覚し、その大いなる御手《みて》で愛撫される感じさえした。密室と密室卿のことを考えると、アドレナリンは分泌されて、興奮は否応なく高まった。恍惚感《エクスタシー》は麻生茉緒を狂わせた。密室卿は密室に隷属《れいぞく》する彼を翻弄し、魅了し尽くした。

スカイ・ダイヴィングは神とのセックスだと言った者がいる。だが、密室での密室卿との交わりがそれ以上であることを彼は知っていた。密室卿のことを考えると自然とモノは固くなり、密室で自慰行為にふけることも多かった。

麻生茉緒は密室卿を尊敬し、崇めた。過去、現在、未来……そのすべての自分の生を否定し、魂を捧げても構わない——それほどまでに彼は、密室卿という絶対者を崇拝していた。自らを生贄《いけにえ》に捧げることに、ためらいはない。密室卿が自分に降臨し、その神秘に犯され尽くすことができるのであれば、一個人の命など安いものだった。

●

一月一日——すべての始まりの日。密室卿が自分の中に入るのを麻生茉緒は感じた。

『麻生茉緒』はその時、絶命した。そして、密室卿をこの世に現す仲介者となった。

十七人を密室の中で殺害するのは、楽しかった。自分の意思ではなく密室卿の意思であると承知してはいても、超越者と体を一つにして超常現象を体験することは快感だった。未知の空間の密室を訪れ、生贄《いけにえ》を殺し、煙のように立ち去る。生の果て、至上の時……。

そして——今、ついに終焉が訪れようとしている。

麻生茉緒という人間の完全なる死の瞬間は、もう、すぐそこだ。

密室卿が離れていく……自分から。

「ありがとうございました、密室卿」

頭《こうべ》を垂れ、密室卿に深謝する。その時、密室卿は彼と分離し、彼はただの人間に戻った。

麻生茉緒は受話器をとると、ＪＤＣに電話をかけた。

★

「次は大阪で殺される。大阪で密室卿の使者が殺される」

今までの犯罪予告電話はすべて、次の密室殺人の舞台を予告したものだった。誰が殺されるのか、抽象的にでも予告されたのは、一月六日午後のその電話が初めてだった。また、公衆電話以外の場所から密室卿が電話をかけてきたのも初めてだった。逆探知によって、電話をかけてきたのは、大阪市淀川区《よどがわく》のマンションの一室であると判明した。

しかも今回は、密室卿はまだ受話器を置いていなかった。こちらからの呼びかけには応じないが、受話器を置いてはいないのだ。あるいは、単に受話器がはずれているだけかもしれないが、捜査陣にとっては犯罪予告電話の主《ぬし》を確認する絶好の機会だった。

連絡を受けた大阪府警は、ただちにそのマンションに現場の刑事を急行させた。

●

『メゾン漆原《うるしばら》』の一〇七号室は、一階の一番奥の部屋だった。

表札のプレートには、綺麗な筆跡で『麻生』と記されている。

司馬俊博《しばとしひろ》警部補と村沢始《むらさわはじめ》巡査部長は、緊張に身を強張らせていた。インターホンを押して返事を待つ間、喉《のど》をカラカラにして直立不動の彫像のように固まっていた。

二度、三度とインターホンを鳴らすが返事はない。

村沢と顔を見合わせ、司馬は扉をノックした。

「麻生さん、おられませんか？　麻生さん！」

ノブを回してみるが、ドアは施錠されている。

司馬が目で合図すると、村沢は頷き、管理人室へと駆け出した。

──麻生茉緒が密室卿なのだろうか？　それとも……。

村沢は、自分は今、とんでもない場所にいるのではないかと自問した。日本を震撼《しんかん》させている密室連続殺人が、ここにきて新たな局面を見せるかもしれない――その場所に、自分は居合わせているのだ。

そう考えると、自然に足は早まった。早く、室内を覗いてみたかった。

――あの室内にはなにがあるのか。十八番目の密室か、それとも、もっとおぞましい人外魔境か？

★

才賀《さいが》秀俊《ひでとし》は、コンビニエンスストアが好きだった。

コンビニでの買物が、ではない。週刊誌やマンガを立ち読みすることが好きだった。本屋で立ち読みをしたり、喫茶店や定食屋で本を読むのはあまり好きではない。才賀が好きなのは、コンビニで立ち読みをすることだった。

コンビニには魔法がかけてある、と誰かが言った。絶妙の形に配列された棚には、本当に魔法がかかっているかのようだ。物を買いたくなる魔法が、そこにはかけられている。室内を流れるヒットナンバーも（――今は『WINTER☆WINDOW』がかかっている――）、なぜか自分の部屋で聞くのとは違って聞こえる。それは魔法の旋律なのだ。……極めつけは、オシャレでエレガントな装飾。快適で居心地の良い魔法の空間。

才賀にとってコンビニは、まさに魔法の世界《マジック・ワールド》だった。

週刊誌の低俗な記事を読み飛ばす。記事そのものにはあまり興味がない。だが、コンビニの一角を独占し立ち読みをしているという行為が才賀をわくわくさせずにはおかなかった。立ち読みをしている時――彼は魔法の世界に完全に溶け込み、その世界の一員となることができるのだ。

●

百貨店、通信販売店、チェーンストア、スーパーマーケット、ディスカウントストア、ショッピングストア……。

時代が変わると、人々のニーズにあわせて、新しい形態の店が登場する。最新の形態を持った店は時代の象徴であり、支柱であるのだと才賀は思う。便利さを追求する人々の要請に従い必然的に登場したコンビニは、今や現代を語る上で欠かせない文化の一つである。

コンビニの次にどのような形態の店が登場するのか？　――それは才賀にはわからない。しかし彼は、コンビニが究極の形態でないことは承知していた。コンビニはいずれ別の形態を持つ店へと、徐々に変遷していくだろう。究極という概念が定められない以上、そういうことになる。だが、今はそんな予兆だに見られない。それは、今がコンビニ時代のピークだからだろうと、才賀は勝手に考えている。

次の時代の中心となる店……。それは、コンビニの延長上にあるのだろうか？　例えば、宅配専門のコンビニ、といったような。あるいは、全く別の性質のものなのか。――それはわからないが、才賀はできるだけ長い間、このコンビニ時代が続いて欲しいと考えている。

魔法の世界が破壊され、朽ち果てていくのを見たくなかったから……。

●

才賀は、その男が好きだった。

コンビニの制服がよく似合う、女性的な顔立ちの青年だ。

吹けば飛びそうな繊細な体つきをしており、その華奢《きゃしゃ》なところがまた、才賀をそそった。

才賀は女には好感を抱いたことがなかった。物心ついた頃には、母親や姉妹も含めて女に接することを避けるようになっていた。成長してもそれは変わらず、むしろひどくなった。

大学に入って自由な時間ができると、自分のそういう性格に、ある程度冷静な分析をすることができるようになった。その結果、導き出される結論は、いつもこうだ。

——ぼくは女を恐れているんだ。

深層心理を分析してみた。どうやら、気性の激しかった母に起因する問題のようだった。

才賀の母は、言葉で諭《さと》すよりも暴力に訴えるケースの多い女性だった。悪さをすると有無を言わさずひっぱたかれ、そこで泣きじゃくると、さらに強く——泣きやむまで何度も何度も殴るのだ。そんな母も、人前では上品な婦人を装っていた。言葉を荒らげることなどなく、幼い才賀が悪さをしても睨むだけで、二人きりになるまで暴力はふるわなかった。

少年の眼には、母が奇異な存在として映っていた。仏なのか鬼なのか判然としない母は、子供にとっては正体の知れない化物も同然だった。

その頃植えつけられた『女性＝怖い』という精神外傷《トラウマ》が、未だに拭い去られていないのだろう。才賀はそう考えている。

また才賀は、自分がコンビニのレジの『彼』に惹《ひ》かれるのも、原因は同じなのだろうとも自己分析していた。

男としての本能が、女を求めさせる。しかし、精神外傷《トラウマ》によって、女には根源的な恐怖を抱いている。恐ろしいと感じているものを好きになることは難しい。ゆえに、女らしい男を好きになるようになった。……QED（証明終《クオトラ・エラット・デモンストランダム》）

自分が男性同性愛者《ホモセクシャル》なのかもしれないと考えると、後ろめたくなることもあった。だが本で読んだところによると、最近では同性愛も、恋愛の一つの形として受け容れられるようになりつつあるらしい。こういう恋愛しかできないのが自分のアイデンティティならば、それはそれでいいかとも思うようにしている。

好きになったんだから、しょうがないじゃないか、と……。

★

カチリ、と密室の鍵が開かれる音が通路に大きく響いた。

司馬と村沢は、期待と不安の混在する興奮した眼で、一〇七号室を開錠する管理人の手元を見ていた。茶色のセーターを着た管理人の背は、なめらかに曲がっていた。

鍵束がジャランと音をたてる。鍵孔から鍵が抜かれ、管理人が二人をふり向く。遠近両用の眼鏡が、ずれ落ちそうになりながら鼻の先端部にかろうじて引っ掛かっている。老人は、心配そうなしゃがれ声を発した。

「あのー。麻生さんが、なにか警察のご厄介になることでも……」

司馬が視線を相棒に向けると、村沢は言葉を選びながら、弁解がましく言った。

「ある——事件に関わっている可能性がありましてね。こちらの麻生さんがなにかをやったと決まったわけではないんですが」

「まさか、今うわさの密室連続殺人だとか？」

上目遣いに、管理人は村沢を見た。なかなか鋭い勘の持ち主である。困った表情でお茶を濁す相棒をよそに、司馬は室内に乗り込んだ。

●

一歩、足を踏み入れた瞬間から、室内に人がいないのはわかった。人の気配はまったくない。事実、視界には誰もいなかった。

しかし……

なにかが、司馬の刑事としての本能に呼び掛けた。

捜査の女神がなにかを司馬の耳元で囁いている。

ユニットバスのドアを開ける……中には誰もいない。

部屋を横切り、カーテンを開ける……窓は施錠されている。

首を横に向け、本棚を見る。

犯罪に関する本、ビデオで埋めつくされた本棚——不気味な印象。

——こいつは……。

本やビデオの中には、警察、ＪＤＣ関連のもの、密室連続殺人に関するものもあった。

——こいつは、ひょっとすると……。

押し入れを開けようとふり向いて、司馬はついに壁に貼りつけられたものを発見した。

——本当かよ。……宝クジに当たったみたいだぜ！

その壁には日本地図と犯罪予告状、さらには密室連続殺人の十七人の被害者の写真が押しピンで貼りつけられていた。

●

「ハジメ！」

冷静さを欠いた声で、司馬が呼んでいる。なにかを発見したのだろう。しつこく追及してくる管理人をあしらい、村沢は室内に入る。その後ろから、好奇心旺盛な管理人が続いた。

「——先輩、大丈夫スか？」

司馬が顔で壁を示す。壁を見た村沢の表情が凍りつく。村沢の隣りに並んだ管理人は、眼鏡をずり上げて壁に貼られた写真を見た。それがなにかを認識すると同時に、老人は口をパクパクしながら後ずさった。

司馬は床に膝をつき、テレビの脇の電話の受話器が外れているのを確認した。

「この電話ッスかね。犯罪予告の電話がかけられたのは……」

司馬は無言で頷くと、立ち上がり、ショックで放心状態の老人の方をふり向いた。

「管理人さん、ここの住人はどういう人物です？　年齢は？　仕事は？　立ち回り先は？」

捜査の材料を欲する強い調子だった。

「管理人さん！」

村沢が肩を叩くと、管理人はようやく我に返った。

「あ……ああ、はい。これは、いったい——あの、どういうことです？　ええと……、わしは、あの——」

「住人について教えてください！」

村沢が司馬に代わって管理人を詰問した。

「はあ？　——はい、あ……麻生さんは、近所のコンビニでバイトをしているそうなんで、ひょっとしたら、そっちの方に行かれれば見つかるんじゃないかと……」

管理人は、惚けた表情になっている。

司馬は部屋を飛び出した。

——覆面パトカーの無線で府警本部に連絡し、所轄署からも応援を回してもらおう！

取り敢えず一〇七号室を念入りに調べねばならないだろう。

それから、コンビニだ……順調に行けば、密室卿をもうすぐ捕まえ、、、ることが、、できる、、。

悪夢の終りがようやく見えた気がした。

興奮がエスカレートする。

★

麻生茉緒は、その客が嫌いだった。

いつも空《す》いている時間帯にやって来て、二、三時間も立ち読みをし、立ち読みの代金だとばかりにジュースを一本だけ買っていくその客は、黒縁の度の強い眼鏡をかけている。白昼からコンビニに入りびたっているところや、アイロンをあてていないシャツといっただらしない服装、さらに年齢から判断して、大学生だと思われた。

別に立ち読みをしているだけなら、こちらも文句は言わない。

が、ねちっこい視線をしばしばこちらに向けられると、たまらなく不快な気分になる。視線に気づき、こちらから睨《にら》んでやると、すぐに眼を逸らす。それでも……また立ち読みに没頭したかと思うと、いつの間にか自分を見つめている視線に気づくのだ。

正月に　することもない　大学生

思わず俳句が頭に浮かぶ。麻生茉緒は、もう一度眼が合うのを待って睨みつけてやろうかと思ったが、奴がこちらを見てくるのもこれで最後だということで思い止どまった。

その存在などないかのように、大学生の脇を素通りする。麻生茉緒は従業員室に入った。

●

従業員室には、日本刀を持った密室卿がいた。

密室卿が新たに降臨したその人物は、麻生茉緒を見つめた。

冷ややかなその視線は、まぎれもない超越者のものだった。

時さえも凍てつかせるであろう、冷徹なまなざし。

麻生茉緒が頷いて瞼を閉じると、日本刀が振り下ろされた。

鮮血が散る！

首が転がり、胴体が床に倒れる。

密室卿は屍体の横からかがみ込む。

密室卿は流れ出る血に指をひたし、麻生茉緒の背中に『密室拾捌《じゅうはち》』と記した。

★

『彼』が自分の脇を通り過ぎる時、才賀は心臓が早鐘を打つのを感じた。いつも見つめている『彼』が、肌が触れあうほど近くを歩いている——それだけで刺激的な体験だった。

従業員室の中に消える『彼』の残像を閉ざされた扉に見ながら、才賀はしばらく本を開いたままの姿勢で、『彼』の消えた扉を見つめていた。

『彼』がふたたび現れるのを待ちこがれながら……。

相棒は現場保存のためマンションに残っているので、彼ひとりである。

覆面パトカーをコンビニのすぐ前に停め、司馬は店内に駆け込んだ。

★

●

レジには誰もいない。

注意力を高め、店内を回る。……コンビニの中には、若い男の客が一人いるだけだ。

司馬は、男の肩をつかんだ。

「失礼ですが、麻生さんですか？」

興奮しているため、少し乱暴な口調になった。

男が戸惑い、首をおどおどと横にふると、さらに尋ねた。

「ここの店員は――？」

男は従業員室の扉を指差した。

●

才賀には突然のことだった。

本を手に従業員室の扉を見つめていたところ、いきなり肩に手を置かれ、わけのわからないことを尋ねられたのだ。質問を発してきたいかつい男は、いつの間に店内に入ってきたのか。才賀はボーッとしていたので、そのことにすら気づいていなかった。

——この警官のような男は、『彼』を探しているのだろうか？　『彼』の名が『あそう』なのだろうか？

そんなことを考えながら、従業員室に駆け寄る男の背中を、才賀は無言で見つめた。

●

司馬は従業員室の扉を乱雑に二度ノックし、返事も待たずにノブを引く。

●

密室の『扉』が開かれた——。

『18番目の被害者』一九九四年一月六日昼

■麻生茉緒

性別＝男　年齢＝二六　身長＝一六六　体重＝四七
血液型＝A　職業＝フリーター

屍体発見現場◎大阪府
密室の仮名称◎コンビニエンスストアの密室

■現場の状況←

①被害者は、コンビニの従業員室で首を斬られて殺されていた。
②従業員室には被害者の他に誰もいなかった。また、事件当時店内にいた男は、
従業員室に出入りした者を被害者以外に見ていない。
③現場の周辺から凶器と思われるものは発見されていない。
④被害者の背中には、被害者自身の血で、『密室拾捌《じゅうはち》』と記されていた。

密室十九　解決とピラミッドの密室

『闇』

密室卿死亡――その情報はまたたく間に警察機構、ＪＤＣ内部に行きわたった。

とりあえず密室卿が自殺したらしい（――真偽のほどはわからない――）というだけで、詳細を知る者は少なかったが、外部には情報を漏らすことがないよう厳重に箝口令がしかれ、捜査陣は密室連続殺人事件開始以来最大の緊張に包まれていた。

●

一月六日午後七時――。

京都府京都市中京区《なかぎょうく》。河原町《かわらまち》通と御池《おいけ》通の交差点角に、ＪＤＣ本部ビルが建っている。世界には闇が降りていたが、交通の大動脈である河原町通と御池通には車の列が絶えず、無数のライトが、地上の星々となって夜の世界を照らしている。オフィス街のビルの灯りは一つ一つ闇に没しつつあったが、八階建てのＪＤＣビルは、夜の海を照らす灯台のように、煌々《こうこう》と灯りがともっていた。

様々に飛び交う未確認情報の確認、持ち込み推理への応対、さらには自分たち自身の推理と、様々な職務に忙殺される探偵たちの夜は長い。一九九四年に入ってからのこの六日間、JDC本部は不夜城《ふやじょう》と化しており、泊まりこんでいる探偵たちも多かった。

JDC第三班の探偵、ピラミッド・水野《みずの》もその一人だった。

●

JDCを構成する三五〇人の探偵は、第一班から第七班まで七つの班に分けられており、班番号が若くなるほど有能とされている。ふた月に一度の班替えでは、下位班の成績優秀者と上位班の成績不良者が容赦なく入れ替えられ続けている。

JDCの第一班ともなれば、日本だけでなく世界でも通用する大探偵であるが、第二班、第三班にも第一班の予備軍として、並々ならぬ推理力を有した精鋭たちが顔を揃えている。そんな名探偵集団の中で、一人、異彩を放つのがピラミッド・水野その人であった。

ピラミッドは、今までに事件を解決したことは一度もない。それが彼の迷探偵《めいたんてい》たるゆえんなのだが、ピラミッドの迷推理は、いつも核心に触れつつも正鵠《せいこく》を射ないのだ。

凡庸な感性を持った人間からすれば、ピラミッドはただの迷探偵である。しかし、JDC総代《そうだい》・鴉城蒼司《あじろそうじ》は彼の非凡なる才能に着目し、異例の抜擢《ばってき》をした。

鴉城蒼司の元には、その名声を慕って、名探偵たる才を持つと自任する連中が集《つど》ってくる。そういった者たちを受け容れるだけでは凡下《ぼんげ》の輩《やから》だが、鴉城は名探偵飽和状態にも満足することなく、名伯楽《はくらく》として絶えず人材を発掘することを怠らなかった。

優れた人材が大成功した後に、その才能を評価することは誰にでもできる。だが、在野に眠る偉才をいち早く発掘したり、凡人ならば到底気づかないような、ある人物の潜在能力を最大限に引き出したりすることは容易なことではない。

鴉城蒼司がJDC総代として日本探偵界のトップに君臨し続け、JDCが組織として磐石《ばんじやく》であるのも、鴉城が先に述べたような人材発掘の努力を実行し続け、成功し続けているからだろうと目されている。

……それにしても、ピラミッドの才を発掘した鴉城蒼司の慧眼《けいがん》は絶賛に値する。

一〇〇パーセントの確率で外れる天気予報は、五〇パーセントの確率で当たる天気予報より、よほど価値がある――それが鴉城蒼司の言い分だ。実際、ピラミッドの迷推理は間接的には多くの難事件の解決に貢献してきた。

ピラミッド・水野は、第七班きってのオチコボレ探偵でしかなかった自分を当代随一の迷探偵の座にまで押し上げてくれた鴉城蒼司には感謝していたし、少しでも総代のお力になりたいものだ、といつも考えていた。

普段は事件に接すると、ふわふわと水面下から物体が浮遊してくるように、一つの推理が浮かんでくる。ピラミッドはそれを真相と確信し、いつもそれは真実と異なっている……。

今回の密室連続殺人ではまったくと言っていいほどに、その『迷直観』がなかった。

ピラミッドもJDCの探偵であるから、ああだこうだと、真相を推理してみせることはできる。だが、それでは意味がない。

ピラミッドの真価を発揮するのは、あくまで直観に頼った迷推理。

迷推理が浮かばないために、彼の苦悩の日々は続いていた。

●

鴉城は、事件が始まってから三度ピラミッドの元を訪れた。

『ピラミッド、迷推理は浮かんできたか？』

そう問われる度に、彼は総代への申しわけなさでいっぱいになった。総代は自分のようなものに（——本来は名探偵集団の一員となることなどできなかったはずの自分に——）期待してくださっている。非才なる身を抜擢していただいた大恩ある総代に、いつまでも恩返しすることができない——それはたまらない罪悪感を生んだ。

鴉城はピラミッドを非難することなく、逆に激励していつも去って行った。

その背中を見るたびに、ピラミッドはいつも自分を責める想いでいっぱいになるのだ。

事実上、日本最高の探偵である鴉城蒼司に解決できない事件など、皆無に等しい。だからこそ、珍しく解決が遅れている密室連続殺人で、ピラミッドは鴉城の力になりたいのだ。

いつもはすぐに浮かんでくる迷推理が、今回に限って影すら見せようとしないとは、まったくはがゆかった。

●

三十分ほど前（午後七時）、鴉城は、麻生茉緒が密室卿本人とは限らず、密室連続殺人はおそらくまだ続くであろう——という見解と、ＪＤＣでは依然として事件の推理を続ける旨《むね》をＪＤＣ内部と警察機構に発表した。

——事件はまだ、終わっていないのだ。

自分にも、まだ総代に恩返しするチャンスはある。

ピラミッドは目を閉じ、さらなる努力の決意を固めた。

★

ＪＤＣ本部ビルの七階には、第二班と第三班の部屋がある。藍色《あいいろ》の絨毯《じゅうたん》の上にはクリーム色の机と椅子が整然と並んでいる。材質にこだわった高級な調度だ。天井は高く、御池通と河原町通に面した北と西の壁は総ガラス張りである。部屋の隅には、観葉植物もある。清潔でエレガントな快適オフィス空間だった。

第三班の部屋には、ピラミッド・水野しかいない。他の者は、日本各地の現場に出張しているか、自宅で推理をしているかだ。もう、本部ビルには残っていない。第一班、第二班は現在、密室連続殺人にかかりっきりになっており、他の事件には第三班以下の班があたっている。ここ数日、第三班は負担が増え、なかなか大変な毎日が続いている。そのため、というわけでもないが、まだ居残っているのはピラミッド・水野ただ一人だった。

ピラミッドはキャスターつきの椅子を回転させ、足を組んだ姿勢で、窓を見た。御池通に面したガラス窓には、闇をバックに、自分の姿が映っている。右腕で頰杖をつき、物憂げな表情をした長身の男が。……見る人が見れば『聡明そうな』となるかもしれない、まずまずの容姿をしている。ピラミッドのことを『頭の悪そうな』奴と見る者はまずいないだろう。

——しかし、実際はどうだ……。

ピラミッドは眉根を寄せた。柔和な顔立ちが不快そうに歪む。

静かに第三班の部屋のドアが開き、ピラミッドの顔から険しさが消えた。

ドアの方を向いた彼の顔には微笑さえ浮かんでいる。

小柄な女性が、たたずんでいた。ストレートの髪の片側を耳の後ろに回しており、薄化粧をした顔には、あどけなさを残している。赤いセーターと黒のスカートがよく似合っているなと、ピラミッドは感じた。ピラミッド・水野の助手で第四班の水流《つる》姫子《ひめこ》だった。

姫子はピラミッドの元に歩み寄ると、手にした厚い紙束を卓上に置いた。

ピラミッドは、紙束と助手の顔を交互に見つめる。

「こんなにもあるのか、姫?」

呆れたような口調だ。水流姫子は困ったように肩をすくめた。

「ピラミッドさまがおっしゃった通り、すべての密室に関する微細な情報をプリントアウトしてきたんですけれど……」

紙面には小さな字がおびただしく並んでいた。密室連続殺人のそれぞれの密室の構成状況から、室内の様子、周囲の状況、発見に至る経緯などがこと細かに記されている。

「とんでもない事件だな――おそらく、有史以来最も複雑な事件だろう」

「……お言葉の通りですわ。本当に」

二人は顔を見合わせて苦笑した。

★

ピラミッド・水野と水流姫子が知り合ってもう七年になる。

第七班へ入ったのが同期だったこともあり面識はあったが、実際、一緒に仕事をするようになったのは三年前からだ。

ピラミッド・水野が第三班に大抜擢されたのに対し、水流姫子は、昇進の階段を一段ずつ昇ってきた。ＪＤＣでは、第三班以上の探偵は、相互承諾がある場合は、同位班、あるいは下位班の探偵を、助手（あるいは相棒）につけることができる。ピラミッドが姫子を助手に選んだのは、勤勉かつ温厚なひととなりを見込んでのことであったが、彼女は彼の想像以上に力になってくれていた。

異例の大抜擢をされたということもあり、苦労して第三班にまで昇りつめた班員たちの、ピラミッドへの応対は決して温かいものではなかった。しかし、それも姫子の気さくな性格のおかげで雰囲気は中和され、なんとかうまくやっている。ピラミッドにとって彼女の存在は、一服の清涼剤のようなものだ。……気分を清々《すがすが》しくしてくれる。さらに実務面でも役に立ってくれるのだから、言うことはない。

●

一年ほど前から、ピラミッドは、水流姫子への自分の想いがなんなのか、判断しかねていた。姫子が自分に好意的なのは承知していた。ただそれが個人的なものなのか、パートナーとしての仕事上のものなのか、わからないのだ。

姫子は自分のことを個人的に好いてくれていると、ピラミッドは推理していた。

ところが、彼は迷探偵。彼の推理は必ず外れるのだ。

ということは……

その先を考えるのは嫌だった。

ピラミッドは、姫子のことが好きだった。仕事上のパートナーとして、そしてなによりも個人的に。だからこそ、彼女に真偽のほどを確認するのは嫌だった。尋ねても、姫子は自分のことを好きではないとは決して言わないだろう。そのような性格であればこそピラミッドは彼女を好きになった。もし好きだとも言われないのであれば（――両想いである可能性が完全に否定されるぐらいなら――）、今の宙ぶらりんな状態の方がまだましだった。

●

それにしてもピラミッドには、自分の特殊な能力が呪わしくてならなかった。

肝心な事件に直面して働かないくせに、恋愛面ではしっかりと答えを出すのだ。

運命を司る者のなんと皮肉なことか、ピラミッドはそう思わずにはいられなかった。

★

「神宮、タクシー、マンション、国道、新幹線、ゴンドラ、書斎、ボウリング場、寝室、電話、廊下、エレヴェーター、ホール、個室、ホテル、バスルーム、空中、コンビニ……やれやれ、密室が多すぎるな、本当に」

ようやく資料を読み終えたピラミッドは、最後のページに簡潔にまとめられている密室のデータを見ながらしみじみ言った。

「密室卿は、遠慮というものを知らないんですわ。きっと」

姫子が楽しそうにピラミッドの脇から言う。

こういう時なのだ。彼女が自分を好いてくれていると推理してしまうのは……。

「こんなにも密室トリックを持っているのなら、推理作家にでも分けてやればいいのにな」

そんなことを言いながら、ピラミッドは姫子の方を見た。

異性として意識しないよう努めて——彼女は単なるパートナーなのだ。

「姫はどう思う。総代が発表された見解について。事件はまだ続くと思うか？」

「うーん。理由はありませんけど、まだまだ続くような気がしますわね。……一二〇〇人が殺されるまで続くとは思いませんけど」

「女の勘、ってやつか？」

「女の勘はあたりますよ」

「——少なくともオレの推理よりはあたるだろうな」

ピラミッドは自虐的な調子で言う。

「ピラミッドさま！　そんなことをおっしゃらずに……。推理を必ず外すというのも立派な特技ですわ」

「褒《ほ》められてるのかな」

「あら、褒めたように聞こえませんでした？」

二人は静かに笑った。

●

事件についてしばらく二人は検討していたが、やがてピラミッドは腕時計に視線を落とすと、急かされたように立ち上がった。

「おっと、もうこんな時間だ。……姫、長く引き止めて悪かったな」

「いえ、それは構いませんけど——ピラミッドさまは、まだお帰りにならないんですか？」

「もう少し残っているよ。まだなんの推理も浮かんでいないしな」

姫子はピラミッドの表情の奥に苦渋の色を見た。三年間パートナーとしてつきあい、彼女はピラミッドの苦しみを誰よりも理解しているつもりだったし、力になりたいと、いつも思っているのだ。

「わたしになにかできることは——？」

「いいんだ、姫。もう充分に手伝ってもらったからな。送ってはいけないが気をつけて」

「……そちらもあまりご無理をなさらずに」

姫子は、椅子にかけていたコートをとり、心配そうにピラミッドを見ている。総代のためだけでなく、彼女のためにも早く推理せねば……この時、ピラミッドは切にそう思った。

「十九番目の被害者とならないように、気をつけて帰ります」

笑えない冗談だ、と思いながらピラミッドは相棒に手をふって別れの挨拶をした。

水流姫子は去り、ピラミッドは密室でふたたび一人になった。

★

しばらく姫子の最後の言葉が頭から離れなかった。

『十九番目の被害者とならないように……』

十九番目——もう、十八人もの人間が殺されている！　改めて事実を認識し直すとともに、ピラミッドは身を震わせ、惘然《ぼうぜん》とした。あまりにも人が死にすぎて、死に対する感覚が麻痺してしまったかのようだった。ピラミッドだけではない。おそらく、遺族や関係者以外の他人には、そういう者も多いだろう。なにしろ、密室殺人が十八回も繰り返されているのだ。

——これはもう密室連続殺人《シリアル・キラー》ではなく、密室大量殺人《マス・マーダー》だな。

その時、ピラミッドの頭をなにかがよぎった。閃光のようなそれは、水面下からふわふわと上がってくる……推理が朧《おぼろ》げながら……浮かびつつある！

考えろ！　考えろ！　よく、考えるんだ！

今、なにかがピラミッドの思考を震わせた。

この感覚は、いつも推理が浮かんでくる時に似ている。

●

連続殺人《シリアル・キラー》？　大量殺人《マス・マーダー》？

ピラミッドが反応した言葉はその二つだった。

そうだ。まさに、推理が完成しようとしている！

連続殺人と大量殺人の違いは——？

連続殺人《シリアル・キラー》……とは、狙った獲物を一人一人、殺していくことだ。

大量殺人《マス・マーダー》……とは、不特定の獲物を大量に殺すことだ。

——密室『連続』殺人ではなく、密室『大量』殺人なのだとしたら？

天啓が閃きつつあるのをピラミッドは感じていた。

漠然としていたイメージは、やがて、はっきりとした形をとり……。

迷推理が完成した。

★

総代室に電話をすると、鴉城蒼司本人が出た。

『——ピラミッドか。どうした？』

聞くものを安心させる響きの、芯の通った逞《たくま》しい声だ。

ピラミッドは興奮に受話器を持つ手が震えるのを感じた。

「総代、ついに推理がまとまりました」

今回こそは迷推理ではなく、核心をついた！

そう確信できるほど、ピラミッドには自信があった。

「密室トリックだけではありません。犯人も動機も看破《かんぱ》したつもりです。犯人は——」

勇躍するピラミッドの声を、鴉城蒼司の冷静な声が抑えつけた。

『待った。それは直接聞こう。今、第三班室か？』

「もしよろしければ、わたしがそちらに伺いますが……」

興奮がピラミッドの体を突き抜ける。心臓が爆発しそうだ。

——総代のお役に立てる。そして……本物の名探偵になれるかもしれない！

『そうだな、じゃあよろしく頼む。すぐにな』

静かながらも、鴉城蒼司の声には期待が確かに感じられた。

ピラミッドには、それがたまらなく嬉しかった。

「はい。すぐにそちら——」

ピラミッドの首に衝撃が加わった。

視界が揺れ、意識が宙を舞ったかと思うと、眼の前が赤一色に包まれた。

最期の瞬間。ピラミッド・水野は、水流姫子のことを考えた。

●

『19番目の被害者』一九九四年一月六日夜

■ピラミッド・水野　性別＝男　年齢＝三二　身長＝一八一　体重＝六七
　血液型＝ＡＢ　職業＝探偵（ＪＤＣ第三班）

屍体発見現場◎京都府（二人目）
密室の仮名称◎電話の密室

■現場の状況←
①被害者は、ＪＤＣ本部ビル七階の第三班室で首を斬られて殺されていた。
②殺されたと思われる瞬間、被害者はＪＤＣ総代と電話で話をしていた。

③現場の周辺から、凶器と思われるものは発見されていない。
④被害者の背中には、被害者自身の血で、『密室拾玖《じゅうく》』と記されていた。

★

一月一日から一月六日までに十九人が殺された。

	被害者の名前	密室の場所
1	須賀原《すがわら》　小六《ころく》	平安神宮
2	町田《まちだ》　竜一郎《りゅういちろう》	タクシー
3	山咲《やまざき》　華音子《かねこ》	マンションの一室
4	山極《さんごく》　教太《きょうた》	国道一八〇号線

5	北上《きたかみ》 波子《なみこ》	新幹線のトイレ
6	下田《しもだ》 英次《えいじ》	ゴンドラ
7	緒華《おばな》 夢彦《ゆめひこ》	自宅の書斎
8	滝沢《たきざわ》 宗樹《むねき》	ボウリング場のレーン
9	梶《かじ》 真菜魅《まなみ》	自宅の寝室
10	鮎川《あゆかわ》 鶴美《つるみ》	自宅の自室
11	堀田《ほった》 士郎《しろう》	マンションの通路
12	太河《おおかわ》 広《ひろし》	エレヴェーター
13	凪波《なぎなみ》 摩琴《まこと》	市民会館のホール

14	舟島《ふなじま》　虎次郎《こじろう》	自宅の自室
15	裏風《うらかぜ》　忍《しのぶ》	ホテルの一室
16	伊館《いだち》　郁夜《いくよ》	自宅のバスルーム
17	並子《なみこ》　敬《けい》	空中
18	麻生《あそう》　茉緒《まつお》	コンビニの従業員室
19	ピラミッド・水野《みずの》	JDCの第三班室

しかし事件はまだ、本当の意味では始まってすらいない。

被害者は——あと、一一八一人。

真相は、闇の中に……。

※『ジョーカー　清』あるいは『コズミック　水』に続く

●本書は一九九六年九月に小社より刊行された『コズミック世紀末探偵神話』を改題、**二分冊にした上巻**です。
●この物語に登場する個人、団体等はすべて架空のもので、実在するものとはまったく関係がありません。

|著者|清涼院流水　1974年8月9日兵庫県生まれ。京都大学経済学部在学中の1996年に、本作品『コズミック 世紀末探偵神話』で第2回メフィスト賞を受賞しデビュー。同書は型破りな設定やストーリーが発表当初から大きな反響を呼んだ。第2作となる『ジョーカー 旧約探偵神話』(2分冊の上巻が講談社文庫に本書と同時収録)は本作品と対をなしており、両作品を通読してはじめて浮かび上がる仕掛けが施されている。その後も問題作を多数発表、ミステリー界で特異な地位を占めている。著書に『19ボックス 新みすてり創世記』、3分冊で原稿枚数4200枚におよぶ『カーニバル』シリーズ(すべて講談社ノベルス)など。

コズミック 流《りゅう》

清涼院流水《せいりょういんりゅうすい》

2000年4月15日第1刷発行
2003年4月30日第7刷発行

発行者――野間佐和子

発行所――株式会社 講談社

東京都文京区音羽2-12-21　〒112-8001

電話 出版部 (03) 5395-3510
販売部 (03) 5395-5817
業務部 (03) 5395-3615

Printed in Japan

講談社文庫

定価はカバーに表示してあります

デザイン―菊地信義

製版――豊国印刷株式会社

印刷――豊国印刷株式会社

製本――有限会社中澤製本所

ISBN4-06-264649-8

講談社文庫刊行の辞

二十一世紀の到来を目睫に望みながら、われわれはいま、人類史上かつて例を見ない巨大な転換期をむかえようとしている。

世界も、日本も、激動の予兆に対する期待とおののきを内に蔵して、未知の時代に歩み入ろうとしている。このときにあたり、創業の人野間清治の「ナショナル・エデュケイター」への志を現代に甦らせようと意図して、われわれはここに古今の文芸作品はいうまでもなく、ひろく人文・社会・自然の諸科学から東西の名著を網羅する、新しい綜合文庫の発刊を決意した。

激動の転換期はまた断絶の時代である。われわれは戦後二十五年間の出版文化のありかたへの深い反省をこめて、この断絶の時代にあえて人間的な持続を求めようとする。いたずらに浮薄な商業主義のあだ花を追い求めることなく、長期にわたって良書に生命をあたえようとつとめるところにしか、今後の出版文化の真の繁栄はあり得ないと信じるからである。

同時にわれわれはこの綜合文庫の刊行を通じて、人文・社会・自然の諸科学が、結局人間の学にほかならないことを立証しようと願っている。かつて知識とは、「汝自身を知る」ことにつきていた。現代社会の瑣末な情報の氾濫のなかから、力強い知識の源泉を掘り起し、技術文明のただなかに、生きた人間の姿を復活させること。それこそわれわれの切なる希求である。

われわれは権威に盲従せず、俗流に媚びることなく、渾然一体となって日本の「草の根」をかたちづくる若く新しい世代の人々に、心をこめてこの新しい綜合文庫をおくり届けたい。それは知識の泉であるとともに感受性のふるさとであり、もっとも有機的に組織され、社会に開かれた万人のための大学をめざしている。大方の支援と協力を衷心より切望してやまない。

一九七一年七月

野間省一

杉浦日向子　入浴の女王
杉浦日向子　呑々草子
杉　洋子　粧刀 チャンドゥ
杉　洋子　海潮音
鈴木輝一郎　ご立派すぎて
鈴木輝一郎　美男忠臣蔵
須田慎一郎　長銀破綻〈エリート銀行の光と影〉
砂守勝巳　沖縄シャウト
鈴木龍志　愛をうけとって
末永直海　浮かれ桜
瀬戸内晴美　かの子撩乱
瀬戸内晴美(寂聴)　かの子撩乱その後
瀬戸内晴美　京まんだら(上)(下)
瀬戸内晴美　彼女の夫たち(上)(下)
瀬戸内晴美　蜜と毒
瀬戸内寂聴　寂庵説法
瀬戸内晴美　再会
瀬戸内寂聴　新寂庵説法 愛なくば
瀬戸内晴美　家族物語(上)(下)

瀬戸内寂聴　生きるよろこび〈寂聴随想〉
瀬戸内寂聴　寂聴天台寺好日
瀬戸内寂聴　人が好き「私の履歴書」
瀬戸内寂聴　渇く
瀬戸内寂聴　愛死(上)(下)
瀬戸内寂聴　白道
瀬戸内寂聴　「源氏物語」を旅しよう〈古典を歩く4〉
瀬戸内寂聴　いのち発見
瀬戸内寂聴　無常を生きる〈寂聴随想〉
瀬戸内寂聴　わかれば『源氏』はおもしろい〈寂聴対談集〉
瀬戸内晴美編　火と燃えた女流文学〈人物近代女性史〉
瀬戸内晴美編　新時代のパイオニアたち〈人物近代女性史〉
瀬戸内晴美編　国際結婚の黎明〈人物近代女性史〉
瀬戸内晴美編　恋と芸術への情念〈人物近代女性史〉
瀬戸内晴美編　自立した女の栄光〈人物近代女性史〉
瀬戸内晴美編　反逆の女のロマン〈人物近代女性史〉
瀬戸内晴美編　明治女性の知的情熱〈人物近代女性史〉
瀬戸内晴美編　人類愛に捧げた生涯〈人物近代女性史〉
梅原　猛　瀬戸内寂聴　寂聴・猛の強く生きる心

関川夏央　よい病院とはなにか〈病むことと老いること〉
関川夏央　水の中の八月
関川夏央　中年シングル生活
先崎　学　フフフの歩
妹尾河童　少年H(上)(下)
妹尾河童　河童が覗いたインド
妹尾河童　河童が覗いたヨーロッパ
妹尾河童　河童が覗いたニッポン
妹尾河童　野坂昭如　少年Hと少年A
清涼院流水　コズミック流
清涼院流水　ジョーカー清
清涼院流水　ジョーカー涼
清涼院流水　コズミック水
清涼院流水　W《ダブル》ドライヴ院
清涼院流水　カーニバル一輪の花
清涼院流水　カーニバル二輪の草
清涼院流水　カーニバル三輪の層
曽野綾子　幸福という名の不幸(上)(下)
曽野綾子　無名碑(上)(下)

2003年3月15日現在